Mon père et ma mère

AHARON APPELFELD

Mon père et ma mère

traduit de l'hébreu
par Valérie Zenatti

ÉDITIONS DE L'OLIVIER

L'édition originale de cet ouvrage a paru chez Kinneret,
Zmora-Bitan, Dvir en 2013
sous le titre : אבי ואמי (*My Parents*)

ISBN : 978-2-8236-1468-8

1

Sur mes chemins d'écriture, je retourne sans relâche dans la maison de mes parents, en ville, ou celle de mes grands-parents, dans les Carpates, ainsi que dans les lieux où nous avons été ensemble. J'ai dit « je retourne » mais je voudrais aussitôt me corriger : je suis toujours dans ces maisons, même si elles n'existent plus depuis longtemps. Ce sont mes lieux inébranlables, des visions qui m'appartiennent et dont je m'approche pour les vivifier. Il est des jours où cette nécessité se fait plus pressante encore, à cause de la fatigue, de la mélancolie ou d'un sentiment d'effondrement.

La plupart du temps, le retour à la maison est une joie qui s'accompagne d'une vive émotion.

J'ai habité de nombreuses maisons tout au long de ma vie, mais la nostalgie que j'ai de celle de mes parents ne m'a jamais quitté. Il y a les jours où je m'y installe, et ceux où je prends le large vers celle de mes grands-parents. Le vivier qu'elles m'offrent toutes deux est inépuisable.

Les deux maisons sont en apparence telles que je les avais laissées. Il n'en est rien pourtant : les années ont éliminé le provisoire et le superflu pour ne garder que l'enfant qui s'étonnait de ce qui se passait autour de lui et en lui, et s'en étonne encore.

Un regard d'enfant est indispensable à tout acte créateur. Lorsque vous perdez l'enfant qui est en vous, la pensée s'encroûte, effaçant insidieusement la surprise du premier regard ; la capacité créatrice diminue. Plus grave encore : sans l'émerveillement de l'enfant, la pensée s'encombre de doutes, l'innocence bat en retraite, tout est examiné à la loupe, tout devient contestable, et l'on se sent contrarié d'avoir simplement aligné des mots.

La maison originelle, le retour vers elle, le séjour en elle, ont nourri chacun de mes livres. Je n'écris pas de livres de souvenirs. La conservation du souvenir et sa congélation sont des actes antiartistiques. Mes écrits ont poussé sur la terre constituée par ce qui m'est arrivé durant mon enfance et ma prime adolescence, et si je les ornais uniquement d'expériences plus tardives, sans la maison originelle – des fondations au toit –, je me noierais dans un océan de réflexions contradictoires. Je ne serais plus accaparé par la littérature mais par des réflexions et des tentatives vaines. La création est toujours liée au mystérieux regard de l'enfant en soi, dont l'empreinte ne peut être transformée par aucune ruse littéraire.

Dès l'instant où le regard de l'enfant émerge de l'obscurité des années, vous êtes assuré que des visions nouvelles, des mots choisis et des tournures éclairantes vont se révéler à vous. L'ébahissement attentif de l'enfant ôte immédiatement la poussière recouvrant les années, les visions et les êtres, qui se tiennent alors devant vous comme si vous les découvriez pour la première fois, et vous implorez de tout votre cœur que cette grâce ne s'achève jamais.

L'écriture d'un livre est un voyage qui durera de nombreux jours. Il comportera, comme tout voyage, son lot de découvertes, d'égarements, de pensées découragées et de nuits de mauvais sommeil. Le contact intérieur avec vous-même et les personnages qui vous accompagneront au long de cette route résultent de la fusion des personnes que vous avez connues de près avec celles qui sont passées devant vous avant de disparaître de votre vie ; certains êtres fondateurs de votre âme ne vous sont pas apparus naguère comme il se doit à cause du trouble qui régnait, et ont sombré dans le ravin de l'oubli, mais il faut rester confiant : si la chance vous sourit, des lacunes seront comblées et votre monde s'élargira.

Le voyage de l'écriture ressemble, par bien des aspects, au voyage que je faisais en été avec mes parents pour me rendre dans la maison de mes grands-parents, dans les Carpates. Rien de ce que je voyais ne ressemblait à ce que j'avais imaginé : ni les paysages, ni les gens que nous croisions. Les visions fondaient sur moi de toutes parts. Fort heureusement, ma mère soutenait mon émerveillement sans attirer mon attention sur des détails, et sans rien expliquer, permettant ainsi aux visions de s'écouler directement en moi, et ce silence absolu, qui est le secret de tout art, me rendait d'autant plus réceptif.

Vous prenez la route après quelques préparatifs. Au départ, la voie semble dégagée, vous allez pouvoir avancer vite, à un rythme régulier. Mais cette confiance est aussitôt contrariée. Les premières phrases, qui virevoltaient harmonieusement dans votre tête, refusent de se revêtir de lettres. Il vous apparaît que rien n'est moins simple que de trouver les mots justes pour décrire une sensation, un paysage, sans parler du visage d'un homme. Vous redécouvrez que les mots ne sont ni des sensations ni des visions ; au mieux ils peuvent y faire allusion. C'est le cas de la plupart des adjectifs sur lesquels nous nous appuyons : « beau », « magnifique », « merveilleux » relèvent de l'ornement, qui ne rend pas le roi moins nu. Décrire ou raconter quelque chose avec des mots est une mission qui réclame toutes vos forces. Mais dès le début du chemin, vous vous retrouvez les bras ballants. La foi en la possibilité de raconter avec les mots justes, le bon rythme – cette foi, s'avère-t-il, ne repose sur rien.

Malgré les égarements et les pannes, vous essayez encore de relier les visions aux lettres. Jusqu'au bout, cette malédiction à la Sisyphe ne vous lâchera pas.

Certains mots déposent en vous de la lumière, vous aidant à forger une image ou une comparaison adéquate, d'autres ne sont, étrangement, que des tas inertes. Si vous êtes chanceux, les mots de lumière paveront votre route, mais le plus souvent, ils sont mêlés aux mots inertes, rendant l'artisanat de l'écriture difficile et décourageant.

Soudain, un miracle a lieu : vous vous désembourbez et reprenez la route.

Vous avancez cette fois avec prudence et une attention de plus en plus soutenue, comme dans votre petite enfance lorsque vous sortiez de la maison par la porte de service, attiré par la sombre clairière. Vous n'alliez pas loin, et pourtant les quelques pas effectués, le contact avec les ombres inquiétantes de la clairière, votre hésitation profonde vous reviennent à présent, alors que vous vous trouvez à l'orée d'un nouveau livre et partez vers l'inconnu.

Prenez garde, l'angoisse et la peur seront désormais vos compagnes : que dire ? Que taire ? Un excès de prudence peut vous pousser à effacer l'essentiel. Une torpeur s'abat sur vous qui n'est pas de la fatigue, mais un sentiment d'échec, de désespoir. Vous examinez votre travail à la loupe. Les faiblesses, les approximations, tout ce que vous avez cherché à effacer revient flotter à la surface ; par bonheur, au milieu de cette tornade, apparaît brusquement une terre immense et paisible : c'est le jardin enchanté des grands-parents où fleurs, légumes et vieux arbres fruitiers s'épanouissent chaque année. Grand-père et grand-mère sont là, intrigués de me voir malgré toutes les pannes rencontrées.

Ils n'imaginent pas combien je me suis langui d'eux.

Il y a ici tout ce dont la ville est privée : terre, herbe, animaux, grands arbres, ciel et ruisseaux vifs. Et par-dessus tout, la foi, dans tout son éclat. Grand-père et grand-mère ressemblent à des enfants à cause de leur petite taille. L'étonnement inonde leurs yeux. Mon père et ma mère sont gênés. Les années en ville ont ôté cette innocence qui était autrefois également la leur. Quant à moi, la joie d'être là est si forte que je ne peux plus faire un pas.

2

Je retourne cette fois dans l'isba que mes parents louaient sur la rive du Pruth durant les vacances d'été. À force d'y séjourner chaque année, la modeste bâtisse n'avait plus rien de provisoire pour nous. Nous y demeurions un mois, au milieu de tableaux naturels, simples et intenses : un champ de tournesols jaunes, des grillons argentés qui stridulaient jour et nuit, des plantes aquatiques hautes et touffues, raflées par des oiseaux de proie dont les cris perçants me réveillaient la nuit.

L'isba est exiguë : deux chambrettes, une cuisine qui fait également office de salle à manger. Elle donne sur une cour, un potager, deux cerisiers et des buissons de roses.

Tôt le matin, le propriétaire nous livre une miche de pain de campagne, des œufs et des produits laitiers. Le potager est à notre disposition, maman nous sert gaiement des concombres, des tomates, des radis et des ciboules tout frais cueillis. De nombreux parfums et saveurs ont accompagné mon enfance, mais le goût des légumes de ce potager est resté gravé en moi jusqu'à ce jour.

Nous passons la matinée à nager et bronzer sur la rive. Les vacanciers sont rares mais reconnaissables à leur style flamboyant. Seule la bourgeoisie juive peut s'autoriser un mois de vacances dans ce paysage pastoral au pied des Carpates.

Le soir, nous buvons du café devant l'isba, au fil du crépuscule qui, en cette saison, entraîne dans son sillage les lueurs du jour jusqu'au cœur de la nuit. La lumière diaphane entre les blocs d'obscurité grise ne s'éteint jamais totalement.

Nous n'allons pas rendre visite à la rivière à cette heure, nous la contemplons de loin en écoutant son murmure, absorbant tout ce que le jour nous a révélé.

Peu avant minuit, maman découpe une pastèque. Son rouge excite le regard et son goût est un délicieux nectar.

La journée se déroule donc sur la rive du Pruth. Ni large ni bouillonnant, il ne faut pas se fier pour autant à cette apparence paisible : il a plus d'une fois emporté un enfant.

Mes parents ne me quittent pas des yeux, mais cette surveillance continue ne m'empêche pas de voir la grande femme qui lézarde près de l'eau et ne bouge quasiment jamais, tandis que son mari chétif lui sert de la limonade comme à une enfant.

Un peu plus loin se trouve un homme à la jambe coupée. Je comprends d'après les allusions de mon père qu'il s'agit d'un riche propriétaire de la ville souffrant de diabète, ce qui a contraint les médecins à l'amputer. Solitaire, il se tient à l'écart. La casquette militaire vissée sur son crâne accentue son apparence fermée.

Ici, tout n'est que montagnes et scintillement des eaux. Il me semble parfois qu'un orchestre s'apprête à jouer une valse et que les gens vont se mettre à danser, comme chaque dimanche dans le parc municipal.

La plupart des personnes présentes sur la rive ont l'âge de mes parents, quelques-unes sont plus jeunes. Les plus âgées ont un membre meurtri par les années. Elles boitent, s'aident d'une canne pour marcher ou sont poussées dans un fauteuil roulant.

Je découvre que l'eau et le soleil sont sévères avec les personnes âgées, car elles retournent rapidement en ville, accompagnées de leurs domestiques.

Il y a autour de moi quantité de gens étonnants. Je demeure avec une poignée d'entre eux dans mon sommeil, où je peux les observer de près. Contrairement à ce que j'avais perçu, l'homme à la jambe coupée n'est pas triste mais aigri, et son regard amer se mue quelquefois en mépris. L'irritation déferle sur son visage lorsqu'il aperçoit la grande femme abreuvée de limonade par son mari.

Les visions nocturnes sont semblables aux visions du jour, et différentes pourtant. Elles rétrécissent, seules les personnes étranges ou effrayantes conservent la même taille. Ce n'est pas sans raison que ma mère me souhaite de beaux rêves en m'embrassant sur le front. Il m'est arrivé de m'éveiller en nage. Ma mère tente alors de m'extirper de la vision, mais les gens effrayants continuent de me faire trembler.

Autre chose à présent. Non, à vrai dire, il s'agit du même sujet : les pleurs. Ma mère est inquiète de constater qu'ils m'ont déserté, même les piqûres me laissent impassible. Mon père est fier de cette retenue. Un homme qui pleure est un malheureux qui ne maîtrise pas ses émotions. Pitoyable.

Il nous a confié qu'il pleurait, enfant, mais s'était exercé à se retenir. Ma mère craint qu'il ne m'ait transmis cette résolution. Elle a tort. Je distingue parfois les yeux humides de mon père et devine qu'il est au bord des larmes. Quand sa sœur aînée Tsila est morte, j'ai vu ses yeux briller. Mais c'est la seule fois où il s'est épanché. Maman, elle, pleure silencieusement et se dépêche d'essuyer ses larmes.

Lorsque j'étais en cours élémentaire, un garçon costaud m'a frappé en criant : « Allez, pleure ! » et j'ai pensé, Non, non. Il me semble que c'est depuis ce moment que les pleurs sont bloqués en moi. Je n'y ai jamais recours. Si j'ai mal, je serre les dents ou les poings.

Cela préoccupe maman, qui répète : « Les enfants doivent pleurer lorsqu'ils ont mal, ça les soulage. » Elle ignore sans doute que l'enfant que j'étais est déjà caché en moi.

Je n'ai pas le pouvoir de barrer la route aux rêves qui font irruption dans mon sommeil pour en prendre possession. Je me réjouirais de rêver s'ils n'étaient peuplés de monstres et d'épouvantables créatures sanguinaires. J'ai demandé un jour à ma mère s'il était possible d'empêcher les rêves. Alarmée, elle a répondu : « Ce n'est pas en notre pouvoir. Le sommeil et les rêves nous échappent. Un homme ne désire pas rêver : il rêve.

– C'est un cadeau ou une malédiction ?

– Un rêve est un don de Dieu qu'il faut bénir. Dieu nous a octroyé une profusion de cadeaux : nous voyons, entendons, percevons le goût, sentons et rêvons aussi. Que ferions-nous sans ces présents ? »

La plupart du temps, maman parle de Dieu avec moi avant le coucher et j'ai parfois l'impression que c'est un secret entre nous. Papa n'emploie pas ce mot. Notre domestique en revanche le prononce souvent. Elle possède une icône qu'elle pose sur la commode dans sa petite chambre, puis elle s'agenouille en joignant les mains pour prier.

Maman n'utilise pas les mots de papa, tels que : « démonstration », « preuve », « ordre chronologique », ou des phrases comme : « Nos ancêtres avaient leurs croyances, à nous d'en faire soigneusement l'inventaire. »

Quand papa énonce ses principes en rafales, maman le regarde comme s'il n'était plus son mari mais un parent revenu soudain dans la famille, qui ne laisse pas de la surprendre.

3

Beaucoup d'années se sont écoulées avant que je parvienne à apprivoiser le sommeil et les rêves. J'ai compris un jour qu'ils étaient plus proches de l'art que de la réalité débordante de chaos, de contradictions, et de détails si nombreux qu'on ne peut leur donner un sens.

Le sommeil et les rêves constituent un guide pour tout artiste qui aspire à échapper au chaos qui l'entoure. Le rêve filtre la réalité, n'en conservant que les détails indispensables. En art aussi il suffit de quelques détails justes pour façonner un personnage et lui insuffler la vie.

Pendant des années, mes rêves étaient enserrés dans le chaos. Seuls les grands artistes, comme celui qui a écrit l'histoire de Joseph dans la Bible, savaient que les songes ne sont pas une reproduction de la réalité, mais qu'ils en éclairent le sens.

Mon père refusait de leur accorder une signification. De ce débat qui l'opposait à ma mère, comme d'autres, j'étais un témoin muet. Toute controverse mêlée d'éclats de voix me paralyse. Je ne peux plus articuler un mot.

Plus d'une fois au cours de mes longues années d'écriture, j'ai été pris dans une détresse de langage qui me laissait démuni, comme pendant ces années mutiques où je m'évertuais à dire quelque chose de mes émerveillements et de mes terreurs sans que les mots à ma disposition me viennent en aide, et je me mordais les lèvres.

L'absence de mots est-il toujours un inconvénient ? Durant mes premières années d'écriture, la carence de mots justes m'oppressait jusqu'à me couper le souffle. Avec le temps, j'ai appris que cette détresse, comme le bégaiement, les phrases rugueuses, bref, les tares qui définissent une écriture affligeante, sont quelquefois des qualités. Il arrive que des phrases longues et merveilleusement cristallines dissimulent un vide. Une abondance de mots bien ordonnés peut ne receler qu'un dégoulinement de superflu.

Un bégaiement surgi de la détresse peut être l'expression d'une vérité. Je remercie qui de droit de m'avoir permis de vivre mon enfance auprès d'êtres à l'éloquence lourde qui cherchaient leurs mots. Ils m'ont enseigné la tension, la détresse, et aussi l'écriture.

Les vacances que nous passions sur la rive du Pruth, un mois par an, et parfois plus longtemps, ont déposé en moi des images et des êtres qui m'ont accompagné dans les jours de joie et les jours de chagrin, mais qui ont surtout nourri mon écriture. Chaque fois que le manque de mots me submerge, un fragment de paysage découpé sur la rive surgit, portant en son cœur un homme à l'expression douloureuse et un homme à la mine ironique. Le premier se mord les lèvres, il a du mal à émettre un son. Le second a toujours une profusion de mots à sa disposition, il les enchaîne les uns aux autres jusqu'à extraire des sabres de sa bouche, tel un prestidigitateur.

Voici le regard de Nikolaï, le propriétaire de l'isba qui nous accueille chaque année. C'est un paysan méfiant, d'âge mûr, qui répète inlassablement : « C'est bien que vous soyez revenus chez moi », comme si quelqu'un en chemin nous avait proposé une isba plus confortable et moins chère. Notre fidélité ne dissipe pas sa méfiance.

Un jour, il est venu avec sa superbe femme, bien plus jeune que lui, qu'il a grondée violemment. Il avait des soupçons sur elle, semble-t-il, ou une chose à lui reprocher qui m'échappait. C'est précisément elle, et pas lui, qui m'est apparue, vêtue d'une robe paysanne bariolée, un sourire malin aux lèvres, comme pour dire : « N'accorde pas d'attention à ses remontrances, je fais ce qui me chante. Si tu viens me voir, je te donnerai quelque chose qui te sera très doux. »

Nikolaï se méfie des Juifs autant que de sa femme. Il a l'impression qu'ils l'escroquent ou lui dissimulent quelque chose. Sa méfiance transperce ses yeux, parfois il ne peut retenir sa langue et lâche à mon père : « Vous, vous êtes honnête, mais les autres vacanciers nous escroquent toujours.

– Pourquoi ne les en empêchez-vous pas ?

– Grâce à Dieu, j'ai affaire à un honnête homme, alors que chaque vacancier ici est une créature nuisible dont il faut se méfier.

– Vous exagérez, Nikolaï, dit mon père, comme s'il s'adressait à une vieille connaissance.

– Pardonnez-moi, mais je vais vous citer mes ancêtres. Mon grand-père, que la paix soit avec lui, me répétait : "Ne fais jamais confiance aux Juifs ni aux Tziganes, ils te berneront toujours."

– Pas tous », répond mon père en lançant un regard insistant qui met fin à la discussion.

La majorité des rêves ne sont pas agréables et l'on n'y peut rien changer. Le rire de P., une femme qui se prélasse du matin au soir sur la rive, est plus sauvage dans les rêves et se mue parfois en une quinte de toux qui empourpre son visage. L'homme à la jambe coupée la contemple comme pour lui proposer son aide. J'ai le sentiment qu'elle connaît des secrets qui la font éclater de rire.

Car de nombreux secrets sont dissimulés ici : Untel a plongé dans une mélancolie noire après avoir fait faillite, tel autre exprime la joie maligne d'un jeune homme, bien qu'il n'en soit plus un depuis longtemps.

J'ai entendu un jour l'homme à la jambe coupée lancer à un vacancier : « Vous vivez dans un monde imaginaire. Bientôt vous apprendrez ce qu'est la réalité. »

L'homme a relevé la tête, ahuri par le coup qui venait de lui être porté.

L'homme à la jambe coupée parle d'un ton autoritaire, comme s'il savait ce que la plupart des autres ignorent ou refusent de savoir. C'est étrange : nul ne le contredit ni ne se dispute avec lui.

4

La proximité avec mes parents n'a jamais cessé d'être, mais leur influence sur moi s'opère distinctement. Quand j'écris une nouvelle ou un roman, la prosodie de ma mère m'accompagne aux portes de l'imaginaire. Ceux qui l'ont connue et se souviennent de sa voix m'ont dit que la mienne lui ressemble.

Le rythme est le moteur qui fait courir mes doigts sur la page blanche. S'il stagne, je perds mon élan, les ailes coupées. Il arrive qu'il revienne aussitôt, mais la plupart du temps il se dérobe pendant plusieurs jours, voire plusieurs semaines.

Je ne trouve pas le repos lorsque mon écriture piétine. Ma chambre se transforme en cage, je me précipite au café pour droguer mon anxiété avec deux tasses de café. Autrefois, je m'aidais de quelques verres de cognac. Mais dès l'instant où le rythme revient, les mots rentrent de leur exil, les phrases coulent, l'intrigue se tisse, les mots justes sortent de leur tanière et mettent du leur.

J'ai hérité de la musique de ma mère, qui chantonnait doucement. J'aimais écouter ce chant murmuré. C'est si merveilleux que je sois si proche d'elle, y compris à présent, où mon âge est un multiple du sien.

Un ami m'a confié un jour : « Je n'ai plus aucun lien avec mes parents qui ont quitté ce monde. » Stupéfait, je n'ai su que lui répondre. Il m'apparaissait comme un être diminué auquel il fallait tendre la main. Il a levé les yeux vers moi : « Ne vois-tu pas qu'ils m'ont blessé ? Cela fait des années que je m'attache à soigner les blessures qu'ils m'ont causées. Elles sont moins à vif, certaines ont cicatrisé, pourtant, mon ami, mes parents étaient mes ennemis, et lorsque je me souviens d'eux je suis de nouveau terrifié.

– Pourquoi ?

– Je me le demande aussi. »

Je recours à l'aide de mon père chaque fois que j'écris un essai qui nécessite une pensée claire, une classification précise des faits, de la concision.

Mon père n'a jamais écrit d'essai, mais je sens que c'est la forme qui lui aurait convenu et je regrette que ses connaissances et ses capacités de formulation ne se soient jamais révélées. Il me semble que s'il avait écrit, les flots d'ironie et de sarcasme en lui auraient diminué, il se serait dévoué à sa tâche, corps et âme.

Qu'est-ce qui l'a empêché d'avancer et de se distinguer ? Ma mère, qui le connaissait mieux que quiconque, disait qu'il avait placé la barre trop haut dans son adolescence et que cela l'avait entravé. Elle ajoutait aussitôt : « Qui connaît l'âme d'un être ? Nous supposons, devinons, mais savons-nous vraiment quels sont ses mobiles et ses obstacles ? Quoi qu'il en soit, il ne faut juger personne à la légère. »

Mon père relevait parfois la tête et déclarait en s'étirant : « J'avais quelques dons, mais je n'ai pas su les relier les uns aux autres. Je suis blâmable pour ce que j'ai raté, sans aucun doute. »

5

Nous sommes allés chaque année dans cette isba jusqu'à mes dix ans, soit jusqu'à ce que la guerre parvienne jusqu'à nous. Je dévorais Jules Verne durant ces vacances. Ses histoires qui me tenaient en haleine se sont effacées de mon esprit pendant la guerre, à l'inverse des visages de la rive.

Les femmes étaient particulièrement remarquables, brûlantes de passion, s'abandonnant sans honte ni pudeur dans les bras des hommes. Mes parents essayaient en vain de me soustraire à ces visions interdites. La bourgeoisie juive conservait en général une certaine tenue dans les lieux publics, mais les jeunes et les moins jeunes étaient submergés de désir au grand air ou en bord de mer.

Les gens parcouraient des kilomètres pour connaître la paix ici, pourtant la rive du Pruth, son soleil et son eau faisaient ressurgir des épreuves passées, des vexations refoulées, des gestes insolites, des mots et des expressions introuvables dans les dictionnaires. Je ne comprenais évidemment pas la complexité de cet enchevêtrement, mais je m'imprégnais de toutes les voix et visions que je percevais. Rien d'étonnant à ce que je m'éveillasse en sursaut la nuit, couvert de sueur.

Mon père observait ces scènes d'un air ironique, au contraire de ma mère qui regardait les êtres en écarquillant les yeux, comme si elle aspirait à s'en rapprocher. Ses semblables ne la laissaient jamais indifférente : ils la réjouissaient, l'étonnaient ou la bouleversaient. Mon père était incapable de masquer son expression moqueuse mêlée d'un soupçon de mépris. Il traquait le moindre détail. Telles femmes exposaient non seulement leur corps enduit d'huile et leur poitrine pigeonnante, mais aussi leurs multiples accessoires : couvertures bariolées, parasols, collection de sandwichs, limonade, crème pour les mains, les pieds. Elles étaient en perpétuelle rivalité avec leurs amies, au sujet des maillots de bain, des chapeaux de soleil, des crèmes, des parfums, et principalement des hommes. Comme je l'ai dit, rien de cela n'échappait à mon père, qui me semblait parfois plus amusé que moqueur.

Mes parents avaient chacun leur tempérament. Émerveillé, pour ma mère, qui contemplait les gens avec un léger sourire, y compris lorsqu'ils adoptaient des comportements grégaires. Mon père, lui, exécrait l'ostentation et le sans-gêne. L'un comme l'autre agissait suivant son tempérament, sans protestation ni agacement, mais parfois une dispute éclatait, comme un départ de feu dans un champ à la végétation trop sèche.

Sans doute sous l'influence de ma mère, je suis depuis l'enfance attiré par les femmes qui ont des faiblesses, et ce n'est pas la pitié qui m'anime mais un sentiment de proximité. Elles ont éveillé en moi la passion de la contemplation. Il m'est aisé de découvrir la fragilité d'un être, en d'autres termes, son humanité.

La femme que l'on appellera P. était tout entière tournée vers elle-même, s'attribuant des qualités dont elle était dépourvue, et s'attirait inconsciemment moqueries et railleries. Elle avait un rire sauvage et lorsqu'elle toussait, elle émettait une succession de grognements désagréables. Tôt ou tard, elle serait de nouveau blessée. Un prétendant lui porterait un coup fatal et elle se roulerait par terre. Son destin était scellé, mais elle continuait d'espérer qu'un dandy tombe amoureux d'elle. Maîtresse dans l'art de se duper, incapable d'apprendre de ses expériences, elle répétait inlassablement ses erreurs.

Ce genre de personne faisait sortir mon père de ses gonds. Il n'avait pour elles qu'un seul regard : impitoyable. « Un être peut changer, c'est une question de volonté » – c'était en substance sa vision du monde. Le grignotage, l'abus d'alcool, l'égocentrisme, l'indolence pendant des heures, allongé sur l'herbe, tout cela l'insupportait, et les tentatives conciliantes de ma mère n'y changeaient rien.

Elle, au contraire, était fascinée par le spectacle sur la rive. Elle observait P. en disant : « Aujourd'hui, P. est contente, son rire est léger, elle ne tousse pas. Elle a dû faire de beaux rêves », et elle s'approchait d'elle pour prendre de ses nouvelles. Bouleversée par cette sollicitude, P. bondissait pour enlacer ma mère en s'exclamant, les larmes aux yeux : « Bounia, je t'aime tant, depuis toujours, tu es quelqu'un sur qui on peut compter. »

Avec son tempérament apaisant, maman était aimée de tous. Les gens étaient joyeux en sa compagnie et lui faisaient confiance. Elle n'établissait pas de catégories de Bons ou de Méchants, et même les colériques s'efforçaient de lui être agréables.

Pendant ce temps, mon père pestait : « Les Juifs ne savent pas vivre normalement. Ils se prélassent au lieu de faire du sport. Pourquoi viennent-ils donc ici ? Pour engraisser ? »

Plus d'une fois je l'ai entendu dire : « Je ne reviendrai plus dans cet endroit, on ne m'y reprendra plus. »

Ma mère parvenait cependant à le convaincre chaque année. Au fond de lui, il savait bien que dans les autres lieux de villégiature, les pelouses grouillantes d'autochtones débordaient d'hostilité. Là-bas, on jasait dans votre dos et il y avait toujours une brute pour lancer : « Les Juifs n'ont rien à faire au bord de la rivière. »

La réponse de mon père était longue, comme toujours : « Je ne veux être ni avec les Juifs, ni avec les non-Juifs. Ma maison est ma forteresse. Là-bas, nul ne me dérange. »

C'était un homme sourcilleux. Une chose qui n'était pas à sa place le rendait fou. C'était aussi un esthète : une tenue négligée, une parure superflue, une voix trop forte, une politesse exagérée, des opinions irraisonnées, des épanchements étaient pour lui des faiblesses impardonnables.

6

Enfant, je voyais Dieu comme un vieil homme pensif portant le monde sur ses épaules.

Maman dit que Dieu réside en tout lieu, tout être, tout animal, toute plante. Dieu est un mystère, mais ses manifestations sont si limpides qu'elles suscitent l'émerveillement.

« Dieu est bon ? lui demandé-je.

– Seulement bon. »

Et ses yeux s'éclairent.

« Alors pourquoi il réside dans l'âme des Méchants ?

– Il essaie de les changer. »

Je ne pose pas de questions sur Dieu à mon père, toutefois quand ma mère l'évoque en sa présence, papa fait une moue comme pour dire : Ce ne sont que des suppositions, pourquoi en parles-tu avec autant d'assurance ? Je respecte ces hypothèses, mais elles ne doivent pas être considérées autrement que cela.

La rigueur de mon père ne connaît pas de limites. Dommage qu'il la dirige contre ma mère. Lorsqu'elle est de bonne humeur, elle sourit : « Chacun se conduit selon son tempérament. Tu as le tien, j'ai le mien. » Mais il y a des jours où, blessée par son intransigeance, elle s'éclipse, les larmes aux yeux.

Papa sait que les croyances de ma mère lui ont été transmises par ses parents, pour lesquels il a beaucoup d'affection, tout en demeurant à distance de leur foi.

Ma mère se métamorphose dès qu'elle pose le pied chez eux, au cœur des Carpates. Son visage se détend, son corps s'assouplit, elle s'assoit en enlaçant ses genoux. Quand elle prend place près de sa mère, leur ressemblance est frappante. Il me semble quelquefois que si elle était restée au sommet des montagnes, elle aurait conservé la foi de ses parents ; les critiques de mon père et son caractère pointilleux ne l'auraient pas atteinte.

Grand-père et grand-mère mènent une vie paisible dans les montagnes, ils saisissent chaque objet avec délicatesse, et lorsque grand-mère cueille des fleurs des champs, les bouquets éclairent son visage.

Ma mère s'en veut parfois de venir sur la rive au lieu d'aller chez ses parents. Chez eux elle se sent à l'aise, tandis que mon père, soucieux, part pour de longues promenades dont il revient les traits encore plus tirés.

Il a du mal avec la foi. Il sait exactement ce qu'elle exige de l'homme et se demande comment il existe encore des croyants en ce monde.

Ma mère change quand elle retourne dans ses montagnes, alors que sur le visage de mon père, on lit, au contraire : Hors de question que je change.

Je m'étonne qu'elle le laisse souffrir sans s'approcher de lui pour l'apaiser, ne serait-ce que d'une caresse.

J'ai souvent vu ma mère figée, se demandant comment il était possible que mon père possède des traits dont elle était dépourvue.

L'étonnement ne peut pas naître d'une contemplation organisée, mais d'une grâce suscitée par ce qui se dévoile à vos yeux dans l'instant. Les yeux de ma mère affirmaient : Il y a beaucoup de découvertes dans une vie, certaines nous sont compréhensibles, d'autres demeurent opaques. Je ne suis pas là pour classer les gens et leur attribuer des notes. Je les prends tels qu'ils sont. Chaque être possède quelque chose dont nous sommes privés.

Le soir, ma mère aime évoquer une image ou une impression de la journée dont elle s'est imprégnée. Mon père, à son habitude, analyse, trouve à contredire, se fâche contre quelqu'un ou quelque chose et assombrit l'humeur de ma mère. Lorsqu'il se comporte ainsi, maman est effarée par sa voix, et des larmes apparaissent dans ses yeux.

7

Toutes les femmes malades d'amour aperçues sur cette rive sont revenues vers moi au fil des années, certaines avec le même visage, la plupart avec les traits marqués par le temps. Il y avait celles chez qui l'amour naissait d'une douleur désespérée, et celles dont le regard brillait d'émerveillement, comme si le monde leur avait été révélé dans toute sa splendeur.

Il y avait aussi les femmes furibondes, en paix ni avec leur corps ni avec leur âme, qui accusaient leurs parents de les avoir négligées en omettant de les préparer à la vie ; les écervelées, elles, traînaient leur bêtise jusque dans l'eau où elles barbotaient. Mon père qualifiait cette population d'arche de Noé, toutes les espèces animales y étaient exposées.

Bien entendu, j'ignorais alors la complexité de ce que je voyais. Le monde était une ramification de visions inopinées et ce n'est que plus tard, lorsque j'ai entrepris d'écrire, que ces hommes et ces femmes sont sortis de leur tanière et que des pans de vie épars ont commencé à se relier.

Ma mère avait raison : ce que j'ai vu il y a longtemps avec mes yeux d'enfant a sombré dans une terre obscure pour y être conservé.

Je suis assis à mon bureau et des images défilent devant moi. Je sens qu'elles ont un intérêt, elles sont peut-être même importantes, mais elles n'ont pas de lien certain avec mon intériorité, ni avec l'histoire que je m'apprête à faire surgir. Il s'avère que ce sont des images que j'ai acquises la veille, l'avant-veille, ou un an plus tôt – le temps ne les a pas encore modelées.

Soudain une autre image pointe d'elle-même et je la reconnais aussitôt. Elle m'est apparue, des années auparavant, enveloppée de la brume d'un matin frais : papa, maman et moi sommes en route vers la rivière, quand jaillit des buissons un veau tacheté. Je m'approche pour le caresser, il ne recule pas. Nous nous regardons, et une grande affection se noue entre nous, partagée un instant par mon père et ma mère. La quiétude de cette scène me remue, je sais qu'elle a parcouru une longue route pour revenir à moi, aussi claire qu'au jour de sa création.

Grâce à maman, des prodiges se produisent chaque fois que je pars avec elle en promenade. Elle a le don de les dévoiler. Ici, un tas de champignons sous un chêne, que nous cueillons avec précaution et rangeons dans un panier tressé. Le regard attentif de maman identifie un champignon vénéneux qu'elle arrache et dépose plus loin.

Le moindre acte de ma mère m'émerveille. Elle accomplit des prodiges encore plus grands lorsque nous sommes seuls dans un champ ou près de la rivière. Dommage que papa ne voie pas ce qu'elle voit. Il ne sait pas dominer son sens critique. Les faiblesses des hommes lui sont insupportables. Fort heureusement, il existe encore quelques êtres en ce monde pour lesquels il éprouve de l'affection. Ils le sortent de son enfermement et le réjouissent à ses heures.

8

La crainte de me perdre sur des routes qui ne sont pas les miennes m'étreint chaque fois que je suis à mon bureau et m'apprête à entamer un voyage d'écriture. Il est vrai qu'il m'arrive aussi d'être totalement immergé dans le voyage, là où nul bruit extérieur ne peut me dérouter. Mais le danger me guette toujours. Ma joie est infinie lorsque j'aborde un territoire familier où je reconnais des visions d'enfance, comme les coléoptères des peupliers élancés couverts de feuilles argentés. J'approche alors ma chaise de mon bureau pour me sentir plus près encore du tableau qui s'est dévoilé.

Parfois ce n'est pas un tableau, mais un détail : le pied d'une jeune femme aux ongles peints en vert. Beau, parfaitement sculpté, il se replie soudain, comme s'il renonçait au désir d'être vu, ou bien à cause d'une douleur vive.

Ce pied m'est très cher. Plus je le contemple, plus il m'attire. Je n'éprouve pas de désir pour lui, pourtant il me remue jusqu'aux larmes, comme s'il ne s'agissait pas du pied d'une femme mais du détail révélateur d'un secret enfoui en moi.

Un élément vivant de l'enfance est parfois la clé de voûte d'un chapitre qui soutient toute la narration.

Ce qui extrait le récit du collectif et de l'Histoire, c'est bien sûr les individus dans lesquels s'incarne le Temps. Mais cela ne suffit pas. Une histoire dont seraient absentes les visions enfouies que le temps a conservées, fortifiées, façonnées de nouveau en les détachant de leur contexte originel – sans ces visions parfois anodines où un simple reflet rappelle une scène d'enfance, sans ces éclats, cette histoire serait dépourvue de vitalité.

En d'autres termes : sans l'enfant qui est en vous, qui a vu ce qu'il a vu, qui a gardé en lui de longues années ces visions innocentes, l'histoire glisse vers la chronologie, vers un passé brumeux et informe aux couleurs ternes.

L'enfant, son étonnement, ses peurs subites, le chagrin incompréhensible qui le submerge parfois, sa proximité avec les animaux, ses plongées dans des rêveries, son lien mystérieux à son père, à sa mère, tout cela, et plus que cela, l'accompagne lorsqu'il s'apprête à dévoiler son intériorité. Les autres visions, parfois importantes et complexes, sont secondaires par rapport au regard nu de l'enfant.

J'irai plus loin encore : il n'y a pas d'artiste sérieux sans l'enfant qui est en lui. C'est cet enfant qui le sauve des paroles inutiles, de la tendance à chicaner, de l'habilité ou de l'hypocrisie auxquelles un homme est amené à recourir selon les circonstances. L'écrivain n'est pas un être qui contient en lui la sagesse du monde, mais un être relié aux visions premières dans lesquelles il puise sa vitalité.

Des voix pourraient s'élever pour dire que cela constitue un monde restreint. C'est vrai. Une bonne histoire aspire à la réduction et à la concentration. Il suffit de deux ou trois personnes apparues dans l'enfance à un moment d'acuité vive, et si l'auteur parvient à s'y relier, comme à sa mère le soir avant le sommeil, comme à son père dans un rare instant de grâce, c'est tout un monde qui s'ouvre à lui, en lui, et d'où émane une bénédiction.

9

J'ai erré de longues années avant de revenir sur l'étroite bande de terre au pied des Carpates, sur la rive du Pruth où nous passions les vacances avec mon père et ma mère. Dès l'instant où mon pied s'est posé sur cette terre éloquente, mes tourments d'écriture ont changé du tout au tout. J'ai découvert une mine dont j'extrais des éclats lumineux, ainsi que l'enfant en moi, qui m'apprend à regarder.

L'aventure de l'écriture n'est pas une expérience des plus faciles. Elle contient le face-à-face avec vous-même tout au long d'une vie, et toutes les épreuves affrontées : les erreurs, les échecs, les rencontres glaciales, celles qui vous ont vidé, les amours violentes dont les blessures ne cicatrisent pas, et plus que tout, la mort, dans son expression la plus accablante, telle que nous l'avons éprouvée, mes parents et moi, enfant – c'est tout cela et plus encore que vous êtes amené à regarder en face.

Il me semble parfois que ce chemin n'est pas un mouvement curieux vers l'avant, mais une marche arrière, une quête farouche de ce qui a été perdu. Plus d'une fois, vous vous y égarez désespérément, mais il y a des jours où deux détails s'emboîtent, comme s'ils avaient attendu depuis des années le moment de ne plus faire qu'un.

Je précise, afin d'éviter tout malentendu : l'écriture ne se limite pas à puiser dans les profondeurs de la mémoire des visions d'enfance enfouies. Toutes les épreuves de notre vie doivent s'y adjoindre. Des visions d'enfance isolées ne peuvent bâtir une histoire solide, porteuse de sens. L'enfance est un ingrédient indispensable qu'on ne doit pas laisser exister uniquement par lui-même. Les visions d'enfance sont le moteur de l'histoire, elles lui offrent le feu des temps premiers. Sans elles, l'histoire risquerait de sombrer dans une mare de détails fades, pour autant il faut toujours ajouter à ces visions l'expérience et la maturité, qui sont le pain et le sel de l'existence.

Je demandai un jour à ma mère si elle partait aussi en vacances avec ses parents quand elle était petite.

« Non, ça ne leur venait pas à l'esprit.

– Pourquoi ?

– La vie était bien remplie à la maison, je me promenais dans les montagnes, j'aidais ma mère, je priais, un professeur venait deux fois par semaine m'enseigner les prières et la péricope.

– Tu n'avais pas envie d'aller voir la ville ?

– On y allait parfois pour un rendez-vous chez le médecin, acheter des médicaments, des vêtements d'hiver, puis on se dépêchait de rentrer chez nous.

– Pourquoi partons-nous en vacances alors ?

– Pour s'aérer un peu. N'est-ce pas agréable de quitter la maison, de laisser derrière nous les habitudes et tout ce qui nous est familier pour nager dans la rivière et rencontrer des gens ? »

Je sentis que ma mère prononçait des paroles auxquelles elle-même ne croyait guère et je songeai : ce soir, dans la conversation qui précède le sommeil, elle me parlera franchement et me révélera le secret.

10

Nikolaï, le propriétaire de notre isba, amène chaque semaine deux chevaux et un poulain et nous partons dans les montagnes. Monter à cheval est un plaisir absolu si l'on parvient à surmonter sa peur. Papa et maman montent parfaitement. Nous chevauchons vers les bois où l'ombre est plus étendue que la lumière.

Après deux heures de petit trot, nous nous arrêtons et attachons les chevaux à des arbres. Maman étend une nappe sur le sol, et nous nous installons pour manger la collation de dix heures. J'aime ce repas pris entre les grands arbres projetant leurs ombres entrelacées sur nous. Ce jour-là, nous trouvâmes des fraises que nous cueillîmes par poignées. Cette découverte nous enchanta, et mon père rit pour une fois.

Nous prolongeâmes notre halte. Mes parents aiment les eaux du Pruth, mais ils sont plus détendus en montagne. Mon père raconte des anecdotes de son service dans l'armée autrichienne. Il rapporte des paroles de l'adjudant-chef chargé de la discipline, écartant ses obscénités ou se permettant seulement d'y faire allusion. L'officier converti qui commandait son peloton harcelait les Juifs, les traitait de voyous et les obligeait à courir sur le terrain de parade. Mon père se souvient des faits et des détails. Maman aime l'écouter.

Après ce moment de quiétude, nous continuons à grimper. Mon poulain m'obéit docilement. Il sait que j'ai de l'affection pour lui.

Droits sur leur selle, mon père et ma mère regardent autour d'eux. Ils avancent au pas, et ce n'est qu'à l'approche du lac noir que les chevaux s'élancent au galop. Mon père et ma mère tirent sur leurs rênes, je les imite.

Quand nous atteignons la rive du lac, mon père et ma mère mettent pied à terre avant de m'aider à descendre du poulain. Nous contemplons les animaux robustes buvant avec avidité l'eau du lac.

Il n'est pas immense, mais ses eaux noires ont une apparence désagréable. J'ai l'impression qu'elles dissimulent des créatures effrayantes.

Mon père et ma mère n'y nagent pas, ce qui me conforte dans mon idée.

Lors de cette étape, nous mangeons des prunes violettes et des cerises. Papa sort la pipe de la poche de son manteau, répandant autour de nous de doux effluves de tabac.

Je me dis : Je conserverai cette vision et cette intimité avec mes parents, y compris lorsque je serai loin d'eux. Cette pensée soudaine m'attriste. Maman demande : « Que se passe-t-il ? » Je réponds en riant : « Parfois, j'ai envie d'être triste. »

Satisfaite de ma réponse, elle ne cherche pas à en savoir plus.

11

Tandis que nous regardions autour de nous, découvrant un prodige à chaque pas, nous vîmes un homme portant des vêtements de ville élimés avancer à la hâte entre les arbres. Il accéléra lorsqu'il nous aperçut, tentant de se dérober, mais mon père, qui l'avait reconnu, ne put se retenir de l'interpeller en criant : « Alfred ! »

L'homme tressaillit, comme s'il venait d'être surpris dans sa cachette.

« Alfred », répéta papa avec une voix amicale qu'il utilisait rarement.

L'homme ne leva pas la tête et ne bougea pas, figé comme un animal face au danger.

« Pardon », dit papa.

À ce mot, l'homme releva la tête, et un étrange sourire se peignit sur son visage.

« Nous logeons sur la rive, nous faisons une promenade. »

Mon père essayait manifestement de s'excuser de s'être immiscé sur son territoire.

« Moi non plus, je ne vais pas rester longtemps ici », dit l'autre en réaction.

La joie d'avoir rencontré un camarade de jeunesse s'effaça du visage de mon père, qui s'assombrit.

« Pardonne-moi, fit l'homme, je me serais volontiers joint à vous, mais je ne suis pas maître de moi pour l'heure. Nous nous reverrons à l'occasion et nous parlerons. »

Et il repartit de son côté sans plus de détails.

Je m'interrogeais. Que signifiait « je ne suis pas maître de moi pour l'heure » ? Il était sans doute prisonnier d'une sorcière ou d'un être équivalent.

Mon père et ma mère étaient sonnés. Notre projet de chevaucher jusqu'à la source, de nous y abreuver, de grimper jusqu'au point de vue pour contempler le vol des aigles et les cerfs bondissants ne semblait plus avoir aucun sens.

« Il lui est arrivé quelque chose, déclara papa. Pourquoi l'ai-je laissé partir ?

– Il a envie d'être seul, répondit maman d'une voix conciliante.

– Il a clairement dit : “je ne suis pas maître de moi pour l'heure”, cela signifie qu'il est oppressé. »

On aurait presque pu croire que mon père allait enfourcher son cheval pour le rattraper, mais à ma grande surprise, il sortit sa pipe de sa poche et la bourra de tabac.

Alfred s'était distingué au lycée, même s'il n'était pas parmi les meilleurs. Ses efforts pour exceller avaient affecté sa santé, et il avait été hospitalisé à plusieurs reprises. Dès son retour en classe, il redoublait d'efforts en serrant les dents, dans un élan audacieux et parfois couronné de succès, mais il pouvait aussi s'effondrer. Ses chutes le minaient et l'éloignaient de ses camarades. Mon père, qui lui était demeuré fidèle, le voyait en dehors des cours et tentait de le persuader de ne pas trop tirer sur la corde. Alfred restait sourd à ses conseils. L'envie de progression et d'excellence qui bouillonnait en lui depuis l'enfance ne faisait que croître.

Il parvint à obtenir un 9 dans plusieurs matières, mais n'atteignit pas la perfection. Au fond de lui, il savait que tous ceux qui excellaient en mathématiques y arrivaient sans grands efforts, ils utilisaient leur savoir à leur guise. Alfred planchait de longues heures sur chaque exercice, parfois des nuits entières. Et c'était cet effort soutenu qui l'épuisait.

Tandis que mon père racontait tout cela à ma mère, je sentis qu'il parlait du plus profond de son cœur. Lui aussi avait été reconnu comme un élément prometteur, mais n'était jamais parvenu à l'excellence totale.

Maman l'écoutait attentivement sans réagir. J'étais étonné qu'elle ne remarque pas à quel point mon père s'identifiait à Alfred comme un frère jumeau.

Nous continuâmes d'avancer en silence. Le soleil baissait, les ombres épaisses s'allongeaient. Les visions du matin se mélangèrent à celles qui leur avaient succédé dans la journée. Je me souvins du moment où nous avions rejoint les chevaux, de la façon dont mon père s'était approché d'eux avec un regard amical et leur avait dit, sans avoir recours aux mots : « Nous allons bientôt prendre la route et voir les grands arbres qui exhalent le parfum des bois. »

Le contact avec les chevaux adoucit son regard critique et il en vient à s'extasier devant les grandes créatures. Il mentionne parfois, pour lui-même autant que pour nous, que si l'on se comporte correctement avec les chevaux, si l'on respecte leur robustesse sans les affubler d'œillères, ils nous sont dévoués corps et âme. J'ai déjà remarqué que mon père se sent proche des animaux et s'adresse à eux librement. Il faut croire qu'ils comprennent sa langue.

Chaque année avant l'été, un dilemme pénible refait surface ; partir dans montagnes ou au bord de la rivière ? Mon père accorde la préférence aux montagnes où les chalets sont isolés, les vacanciers rares, où l'on peut être face à soi-même dans l'étreinte de la forêt.

Lorsque la balance penche vers les montagnes, maman rappelle qu'on y trouve des ruisseaux, certes, mais aucune rivière accueillante chaque fois que l'on souhaite nager.

« Mais les vacanciers ! grimace mon père. La simple pensée de leur existence me donne envie de prendre mes jambes à mon cou ! »

Un compromis finit par se dessiner : la rivière et les montagnes, où, étrangement, nous nous contentons d'aller une seule fois par semaine. L'éloignement de la rivière et l'escalade des sommets nous remuent tant que nous rentrons épuisés par nos impressions. Enivrés par l'air odorant, nous nous réveillons difficilement le lendemain.

« Cet élixir nous suffit une fois par semaine », dit un jour maman, sans plus s'expliquer.

Nous avions encore quelques heures devant nous et avancions lentement. La rencontre avec Alfred avait altéré l'ambiance.

Maman proposa de faire une halte : « Il y a encore du café dans le thermos, ainsi que des sandwichs et des fruits. Ce serait bon de s'asseoir un peu et de respirer l'air des bois avant de retourner sur la rive. » Papa acquiesça et nous nous assîmes au pied d'un chêne.

Mes parents burent du café et je croquai une poire. Maman me pressa de manger un sandwich en disant : « Je n'aurai pas un tel sandwich à te proposer tous les jours. » Cette phrase me sidéra mais je ne fis aucune remarque et ne posai aucune question. Nous restâmes assis en silence. Quand papa termina son café, maman lui demanda : « Cela faisait combien d'années que tu n'avais pas vu Alfred ?

– Beaucoup, répondit mon père sans la regarder. Il n'a pas eu la vie facile, son mariage a été un échec. Si l'on en croit la rumeur, il travaille occasionnellement, alors que c'est un garçon doué, de l'avis de tous.

– Ses parents ne l'ont pas aidé ?

– Ce sont des gens bien. Ils l'ont aidé autant que possible, jusqu'à ce qu'ils soient ruinés. »

Maman cessa de poser des questions.

12

Nikolaï nous guettait pour récupérer les chevaux. Papa le remercia : « Ce sont d'excellentes montures, nous les avons ménagées. Elles ont compris que cette fois nous voulions nous promener et contempler le paysage – pas parcourir de longues distances.

– Dommage.

– Pourquoi ?

– Ces chevaux galopent à merveille. On pourrait dire qu'ils volent. Ils n'ont pas leur pareil.

– Il n'y a rien à regretter, la prochaine fois nous les ferons galoper.

– Qu'est-ce que vous avez vu ?

– Oh, que n'avons-nous pas vu ! Et ce n'est qu'un début. »

Nikolaï fixa mon père.

« Vous n'êtes pas comme vos frères juifs, vous n'êtes jamais pressé. La hâte est une mauvaise maladie, il faut se conduire comme la nature nous l'impose.

– Je ne suis pas irréprochable non plus.

– Mais monsieur est sportif, il a une allure et une façon de nager agréables à regarder.

– Merci.

– Nous observons les vacanciers sur la rive et nous essayons d'en apprendre autant que possible grâce à eux.

– C'est bien », dit mon père, ce qui signifiait qu'il était au contraire réservé.

J'étais triste que Nikolaï reprenne les chevaux qui nous avaient transmis leur quiétude et quelque chose de leur attitude. Lorsque mon père se tient près d'eux ou les monte, il est en paix avec lui-même. Son ironie se change en humour, ses yeux s'agrandissent, il ne voit plus seulement le méprisable ou le ridicule des êtres humains mais aussi les chênes immenses et le sol de la forêt où poussent des fraises et des champignons. Quelque chose de l'émerveillement de maman se communique à lui.

La pluie commença à tomber après le départ de Nikolaï. C'était une pluie fine et silencieuse qui arrosait les pâturages sans excès. J'étais si fatigué que je m'endormis sans boire mon chocolat ni me brosser les dents.

Mes rêves furent agités. Mes parents avaient disparu et je ne savais que faire. Je voulais crier « maman », mais ma voix restait coincée dans ma gorge. Je ne descendais pas de mon poulain de peur que lui aussi ne disparaisse et ne me laisse seul dans la forêt.

C'est alors que je vis Alfred s'approcher de moi. Je lui confiai aussitôt que mes parents avaient disparu et que j'étais perdu.

« Retourne à la maison, me dit-il nonchalamment.

– La maison que nous avons louée est loin d'ici, sur la rive. Comment vais-je faire pour y aller ?

– Je ne peux pas t'aider, tu dois t'habituer à une vie où il n'y a pas d'aide. »

Effrayé par ses paroles, je protestai : « Je n'ai que dix ans et sept mois.

– Mieux vaut commencer sa vie le plus tôt possible.

– Seul ?

– Exactement. C'est une excellente formation. La vie est dure et cruelle, il faut une sérieuse préparation. Je l'ai compris trop tard.

– Je serai seul à partir de maintenant ?

– Exactement. »

Et il s'éloigna.

J'eus si peur que mes tremblements me réveillèrent.

Je retourne sur la rive. À la fin des années 1930, l'air charriait pêle-mêle des faits, des rumeurs et des craintes, et malgré tout, la vie poursuivait son cours avec obstination. Certes, tout ne tournait pas rond dans la fabrique de mon père, à l'école on m'appelait « le Juif » en m'insultant, mais mon père et ma mère espéraient que tout ce qui bruissait autour de nous, si menaçant et contraire à la loi, disparaîtrait pour laisser de nouveau place à la stabilité.

Les vacances au bord de la rivière constituaient en fin de compte un abri illusoire. Nous étions exposés non seulement au soleil et à l'eau, mais également à l'anxiété qui s'agitait à l'ombre des parasols et des arbres.

Les paysans qui passaient devant nous en allant aux champs ou en en revenant nous détaillaient de la tête aux pieds, le regard arrogant, rongeant leur frein. Même Nikolaï, qui nous apportait chaque matin les provisions du jour, n'était pas avare de critiques sur les vacanciers, qu'il qualifiait d'un air un peu moqueur de « nouveaux Juifs ».

« Quelle est la différence avec les anciens ? demanda mon père pour le tester.

– Oh, mieux vaut ne pas comparer, répondit Nikolaï avec une fourberie paysanne.

– J'ai l'impression que vous préférez le Juif ancien, je me trompe ?

– Il y aurait beaucoup à dire », conclut Nikolaï en redoublant de sournoiserie.

J'ignorais bien sûr que tout, autour de nous et en nous, était effectué comme sous la contrainte : les repas pris à la va-vite, les longueurs de natation qu'on se forçait à exécuter, les cigarettes fumées à la chaîne, la boisson qui enivrait. Tout le monde ne participait pas à ce bal démoniaque mais la crainte de ce qui était à venir s'étendait sur tous, et même à l'heure du café devant l'isba, il arrivait que maman se levât brusquement de sa chaise, comme si on l'avait appelée à l'aide.

Ces visions et cette inquiétude s'infiltraient en moi. Les yeux fermés, j'écoutais les conversations de mes parents, une nuit. Ils chuchotaient mais je percevais le son de chaque mot et les silences entre eux.

Mon père était persuadé qu'il fallait se préparer à émigrer.

« Où ? demanda maman, perplexe.

– À l'Ouest. Nous sommes cernés par une population pieuse et hostile, il est préférable de s'éloigner avant que la guerre se rapproche. Durant la précédente, mon père a tardé à émigrer, nous l'avons payé cher.

– On laisserait tous nos biens ici ?

– On vendra ce qu'il est possible de vendre. Mieux vaut vivre chichement dans un lieu cultivé, dit mon père en élevant la voix.

– Il me semble que nul ne parle encore de partir.

– Ils ne regardent pas la réalité en face.

– On verra au retour des vacances. C'est difficile de considérer la réalité d'ici, argua maman, désireuse de repousser la prise de décision.

– Le bon sens voudrait qu'on déguerpisse sans plus attendre. »

Ce fut la dernière phrase que j'entendis et je m'endormis.

13

La majeure partie des journées s'écoule cependant sans bouleversements. Assis sur la rive, j'observe les enfants des paysans, certains de mon âge, d'autres plus jeunes que moi, qui plongent dans la rivière et nagent avec souplesse, comme s'ils n'étaient pas des enfants mais des créatures aquatiques tannées par le soleil.

Maman tente de m'apprendre à flotter, mais le courant ne me porte pas. J'essaie de nager de toutes mes forces. Je finis par me tenir debout dans l'eau claire pour suivre du regard les mouvements des petits poissons.

« Pourquoi ai-je du mal à nager ? demandé-je à mon père.

– On apprend à nager à la piscine, pas dans le flot d'une rivière.

– Les enfants des paysans ont aussi appris à nager à la piscine ?

– Ce sont des enfants de la nature. Nous, nous sommes des créatures domestiques. »

Entendant pour la première fois cette expression, je ne parviens pas à savoir si elle est positive ou négative.

Je ne me lasse pas de contempler les gens et l'eau. La contemplation n'a rien d'utile, elle consiste à capter des impressions pour s'en imprégner et les conserver précieusement. Je me dis parfois distraitement : Je me souviendrai de cet acacia en fleur même lorsque je serai loin d'ici.

Le plus souvent, la rive est paisible. Ici on discute, là on se prélasse. Une femme ôte soudain tous ses vêtements et plonge dans l'eau, nue, comme dégagée de ses entraves. Mais à part une telle irruption, rare, les mouvements sont calmes et indolents. Allongés sur le dos, les gens prennent le soleil.

En silence, presque négligemment, une femme tend le bras vers la taille d'un homme jeune, et cette main ne semble plus humaine, on croirait un reptile.

L'après-midi est plus animée. La femme de trente ans qu'on appelle P., une des plus anciennes habituées de la rive, rit à gorge déployée. La veille ou l'avant-veille, elle était amoureuse et se comportait avec aplomb. Aujourd'hui, elle est délaissée. Elle rit de manière ostentatoire tout en énumérant les défauts de son amant : certes, il est beau et robuste, mais il est infidèle. Il disparaît parfois sans prévenir. Il faut croire qu'une paysanne l'attend dans les montagnes.

Elle relate le tout d'un ton léger, comme si ce n'était pas elle qui était en mauvaise posture, mais une autre femme. « C'est les hommes, conclut-elle. Ils ressemblent plus à des créatures aguicheuses qu'honnêtes. Ils ignorent ce qu'est la fidélité. »

Émergeant de leur sommeil, quelques hommes se lèvent. Ils ont l'air curieusement arrogants, surplombant ceux qui sont encore allongés, on dirait qu'ils vont proférer une critique ou une menace. Mais je me trompe : il n'y a aucune intention dans la position qu'ils ont prise et au bout de quelques minutes, ils s'agenouillent et se rallongent pour se prélasser.

Lorsque P. m'aperçoit, elle m'appelle par mon prénom en me demandant d'approcher. Mes parents me l'interdisent. P. ne leur en tient pas rigueur, elle continue de leur parler comme à de vieilles connaissances.

De temps à autre, son visage change. Assise près d'une vieille femme, elle l'écoute parler tout en poussant des petits rires discrets, cette fois. Elle fait un effort pour comprendre les paroles de la vieille femme et la couvre de questions. La vieille donne une abondance de détails manifestement peu réjouissants, mais P. lui dit, pour la réconforter : « Tout n'est pas noir, nous assombrissons parfois notre journée plus que nécessaire. »

Chaque jour, P. s'installe tôt sur la rive, à sa place habituelle. Tout le monde ne la fuit pas. Certains sont aimables avec elle, prennent de ses nouvelles et s'attardent un peu. À part son rire sauvage qui, il faut le reconnaître, distille une certaine nervosité, P. a des manières agréables. J'ai très envie de braver l'interdiction de m'approcher d'elle pour la voir de près.

L'amant de P., qui ne la quittait pas d'une semelle à peine quelques jours auparavant, a purement et simplement disparu de la rive. Dès qu'elle l'évoque, c'est-à-dire souvent, son rire sauvage revient.

À l'inverse de mes parents, certains s'approchent d'elle avec une attention prudente, comme si son rire contenait une révélation sur nos vies. Mon père tranche la question sans appel : « Le témoignage des personnes dérangées n'a aucune valeur. »

Il arrive à P. de se renfermer, accablée par la tristesse qu'elle combat de son mieux. Elle continue de téter sa bouteille, mais la bière ne lui est d'aucun secours. Son visage s'assombrit.

C'est alors que l'homme à la jambe coupée se tourne vers elle pour lui offrir un conseil contre la mélancolie. Elle écoute, réclame des précisions, il répond d'un ton mesuré et paternel. Je ne perds pas un mot de ce qu'il dit, mais le conseil demeure obscur.

Je comprends en revanche ce que P. lui dit lorsqu'elle promet de ne plus prendre les choses à cœur et de ne pas s'abandonner à la tristesse.

Satisfait, son interlocuteur conclut : « Les amants vont et viennent, et la vie continue. »

14

P. a ici des frères et des sœurs d'humeur, qui ne rient pas comme elle, mais tètent aussi leurs bouteilles pour y noyer leur mélancolie.

Je les reconnais facilement : la bouteille ne quitte pas leur main et ce sont de grands taiseux. Ils se tiennent assis la plupart du temps, les yeux dans le vague. Un sourire se crispe parfois sur leurs lèvres, comme s'ils venaient de comprendre quelque chose qui était resté obscur jusque-là, mais le plus souvent leur visage demeure inexpressif. Ils boivent au goulot, statiques.

Quelqu'un demande : « Pourquoi viennent-ils ici ? »

Quelqu'un répond : « Ici, ils peuvent boire sans être dérangés. »

La majorité de ces ivrognes sont des gens inhibés que seule une démarche titubante trahit dès le matin. L'embarras s'intensifie dans leurs yeux au fur et à mesure de la journée, et le soir ils se traînent difficilement jusqu'à leur isba.

Ils s'installent à distance des autres et s'adonnent à la bouteille avec passion. Certains, agités, explosent régulièrement avec un cri menaçant. Ces brusques éclats m'effraient et viennent perturber mon sommeil.

Maman dit qu'il faut considérer ces explosions comme des appels à l'aide, mais personne n'ose les approcher, à part le docteur Zeiger qui les connaît tous. Leur fureur diminue à son contact, ils le regardent comme des enfants grondés.

L'homme à la jambe coupée est, la plus grande partie du temps, plongé en lui-même, et hormis P. avec laquelle il a un lien particulier, il ne s'intéresse pas aux confessions, ni aux disputes concernant les places à l'ombre sur la rive, ni à ceux qui ne lâchent jamais leur bouteille.

Chaque fois que P. s'approche de lui, il penche son buste vers elle, écoute et parle.

Je l'ai entendu dire : « Oublie-le, sors-le de ton cœur.

– C'est ce que je fais, mais j'ai besoin d'un peu de temps. C'était une belle histoire, de corps à corps et de cœur à cœur, et puis quelque chose s'est abîmé. Il est possible que j'y aie ma part. Un amour ne s'éteint pas tout seul.

– Arrête de chercher la petite bête. Chaque être a une caisse où grouillent ses démons. Laisse les tiens se languir dans la leur. Ne les excite pas avec ta culpabilité. »

Il est étrange de constater combien je me souviens précisément de ces dialogues. Mon père et ma mère ne participaient pas à ces conversations, et mon père méprisait même les gens à l'humeur égale.

« Pourquoi venons-nous ici ? lui demanda une connaissance proche.

– Je n'en sais rien, admit mon père. Il faudrait poser la question à notre maître Freud. Il pourrait certainement l'analyser. »

Je me souviens que la réponse de mon père fit rire son interlocuteur.

Mon père et ma mère nagent, je suis assis sur la rive et regarde autour de moi. Les visions ne sont pas toujours réjouissantes : j'ai été témoin d'explosions de fureur, de disputes pénibles et même de bagarres. Mais la rive est paisible la majeure partie de la journée, on mange des sandwichs, on boit de la limonade, du café, et on joue aux cartes.

Le poker est un jeu stratégique. Chacun dissimule ses intentions. Certains gagnent leur vie à ce jeu et rentrent chez eux avec des liasses de billets, au détriment de ceux qui perdent toujours, depuis des années, mais continuent malgré tout à tenter leur chance. Mon père affirme que leur libre arbitre est nié, c'est la dépendance qui dicte leurs actes.

Maman soutient qu'il faut leur tendre la main et les arracher à la soumission dans laquelle ils se sont noyés.

Mon père doute qu'on puisse les aider.

« Eux aussi sont des êtres humains, plaide maman.

– Oui, mais ils en ont perdu leur visage. »

Elle ne cède pas : « Même les êtres durement blessés désirent se rétablir. »

À ces mots, mon père plisse les yeux en signe de désapprobation totale.

En dehors des gens qui se pressent sur la rive, il y a le Pruth qui coule à nos pieds.

Son courant est puissant, y compris en été, il charrie nonchalamment des arbres, des débris de barques et des clôtures. J'ai vu une fois un chien se débattre dans ses flots. Témoin de sa détresse, un vacancier, peu impressionnant par ailleurs, a plongé pour le sauver. Le sauvetage nous a tous réjouis et le sauveteur a eu son heure de gloire.

Une fois par jour, une péniche surgit de nulle part, chargée de troncs, nous prouvant la force de la rivière. Elle glisse sur les flots et se dérobe rapidement à notre vue.

Après la disparition de la péniche, j'ai entendu un jour un vacancier dire : « On les conduit à l'abattoir. »

15

Mon père et ma mère se battaient imperceptiblement pour m'accaparer. Pour ma part, on peut dire, bien sûr, que je me battais contre moi-même pour savoir ce que je voulais recevoir de l'un et de l'autre. J'aimais mon père, son expression ironique, les effluves de tabac qui l'enveloppaient. J'ai reconnu plus d'une fois en moi les intonations de sa voix.

Il savait dévoiler les faiblesses des hommes : Untel faisait preuve de bassesse, tel autre voulait toujours avoir raison, celui-ci était gonflé d'importance, celui-là dépendant de l'argent, et cet autre de la bière ou du cognac ; l'un se faisait remarquer par un rire tonitruant, et un autre par des vêtements excentriques ; l'un combattait sa graisse, un autre sa maigreur. Au quotidien, les faiblesses ont tendance à se dissimuler sous un masque, mais dans les lieux ouverts, lorsque les hommes et les femmes ôtent leurs vêtements respectables pour porter un maillot de bain, elles sont visibles à l'œil nu. Cet éventail humain constitue pour l'homme ironique un vaste champ qui lui permet d'affûter son regard et son langage. Et, en effet, mon père découvrait nombre de traits ridicules, cruels ou obtus dans les attitudes des vacanciers au bord de l'eau.

Mon père perfectionnait là ses outils critiques. Même les personnes les plus innocentes, qui souffraient ou étaient tourmentées, ne trouvaient pas grâce à ses yeux.

Son postulat était simple : l'être humain est incapable d'affronter la vérité, cette dernière le fait sortir de ses gonds. À quoi s'ajoutaient deux autres présupposés : les hommes sont illogiques, il n'y a aucune cohérence dans leur conduite. Caprices et sautes d'humeur les mènent à la confusion, jusqu'à les conduire à commettre des actes insensés.

Mon père partageait la plupart du temps ses impressions avec ma mère, qui l'écoutait, perplexe, comme si elle pensait : C'est curieux, je ne possède pas une once de cette vision du monde. Je ne prends aucun plaisir à la moquerie. Chaque créature éprouve des douleurs et une inquiétude qui lui sont propres, alors pourquoi ne pas aller vers elle, y compris lorsque son comportement n'est guère enthousiasmant ?

Plus d'une fois, au fil des années, j'ai été prêt à suivre le chemin de mon père. Mais je n'ai pas pu : il contredisait ce qui me constitue. Je ne suis pas enclin naturellement à exiger que les autres soient conformes à mes désirs.

Je me suis fréquemment demandé pourquoi mon père refusait d'admettre les faiblesses des membres de sa tribu, pourquoi il se moquait d'eux et les affublait de sobriquets. La vérité est qu'il était tout aussi impitoyable avec lui-même. Il évoquait souvent ses piteux résultats, n'ayant pas achevé ses études supérieures ; moins ambitieux que son père, qui s'était donné corps et âme à sa fabrique, ses résultats financiers étaient médiocres.

Ses cousins, investis avec succès dans la vie économique, s'étaient éloignés de lui à cause de son ironie moqueuse. De son côté, il avait repoussé leurs conseils, répétant que leur présence lui était pénible. Il préférait perdre de l'argent plutôt que d'avoir recours à ces gens mus par l'appât du gain. Ma mère lui disait : « Laisse donc tes cousins tranquilles avec leurs défauts. Tu ne les changeras pas. » Mais mon père s'entêtait. « Leur malhonnêteté jaillit de toutes leurs fissures. Je ne peux plus entendre leurs voix, ne serait-ce qu'une minute. »

Mon père abhorre les membres de sa tribu, mais il aime follement les plus singuliers d'entre eux, des êtres d'exception, sensibles et pudiques. Comme lui, ils font montre d'ironie, d'inquiétude et d'un brin de cynisme toxique. C'est cette affection sans bornes qu'il éprouve pour eux qui l'a conduit sur la rive.

La plupart des amies de ma mère datent de l'école primaire ou du lycée. Elle en a peu, mais elles sont toutes d'une fidélité sans faille les unes envers les autres. J'aime m'asseoir pour écouter le son de leurs voix quand elles viennent discuter à la maison avec maman, qui me dit : « Dans chaque être il y a quelque chose de palpitant.

– Quoi, par exemple ?

– Des yeux qui désirent un rapprochement.

– Quoi d'autre ?

– Un sourire qui te va droit au cœur.

– Pourquoi l'homme à la jambe coupée me dégoûte-t-il ? ne puis-je m'empêcher de lui demander.

– C'est un homme souffrant. Les êtres qui souffrent ont une expression dure. Il faut prendre le temps de s'y habituer. »

J'ai mis du temps à comprendre que ma mère a un rapport à la vie empreint de religiosité. Elle ne va pas à la synagogue, ne prie pas, mais accorde une grande attention aux êtres humains, aux animaux et aux objets. Sa contemplation des fleurs, d'un fruit, de vieux ustensiles de maison est un émerveillement silencieux. Une douleur, des explosions soudaines, des pleurs ou un rire exagéré la font sursauter mais ne la choquent pas. Elle connaît les gens de la rive. Tout le monde ne lui est pas proche, mais elle s'adresse à bon nombre de gens comme s'ils étaient de vieilles connaissances.

Papa, lui, persiste dans ses critiques. « Les Juifs sont têtus, insupportables, ils ont une attitude trop pragmatique et dénuée de charme, mais il y a parmi eux quelques élus, qui sont comme des roses parmi les ronces, que j'aime et qui m'attirent. »

Des détails, comme des mouvements du corps, une inquiétude manifestée dans la façon de se tenir debout ou assis, une peur subite, une stupéfaction douloureuse, un émerveillement et tout ce qui surgit à sa suite, de tels détails et de nombreux autres qui ne sont pas moins fascinants n'intéressent pas mon père, dont les sujets de prédilection sont la société et la politique. Rien d'étonnant à ce qu'il soit entouré de journaux et de magazines écrits dans toutes les langues qu'il connaît. En vacances, il emporte des livres d'histoire et des revues. Maman, des livres de Flaubert et Proust.

Je suppose que mes parents resteraient dans l'isba s'ils n'étaient pas tant attirés par le Pruth. Mon père aime la rivière, mais pas les vacanciers qui se prélassent sur sa rive, ni les objets qu'ils y apportent.

16

Pas un jour ne s'écoule sur la rive sans un parfum de scandale, et cette fois c'en est un bien réel : une femme s'est enfuie avec son amant, apparemment à minuit. Son mari est parti à sa recherche au petit matin après s'être réveillé dans un lit vide. Nul n'ignorait de quoi il en retournait, mais le mari, obtus, affirmait que sa Mitsi s'était levée tôt et reviendrait au crépuscule, comme d'habitude ; elle n'avait aucun intérêt pour les autres hommes. Son aveuglement naïf suscitait la pitié, mais aussi les sarcasmes.

Vers midi, lorsque l'homme à la jambe coupée eut vent de la nouvelle, il s'approcha de l'homme trompé pour dire : « Ça n'a pas de sens de la chercher, elle est partie, tous les signes l'indiquent.

– Je n'y crois pas.

– Il faut vous habituer à cette idée.

– Je refuse. Nous sommes mariés depuis plus de vingt ans. Je l'ai gâtée, j'ai tout fait pour elle. Elle a tout obtenu de moi. Tout.

– Je suis sûre que vous avez été honnête avec elle et pris soin d'elle. Mais elle, manifestement, a pris soin d'autre chose. Les femmes ont toujours des idées curieuses, leur attitude est imprévisible. »

L'homme releva soudain la tête.

« Avec qui est elle partie ?

– Moritz. »

Le mari trompé commençait à prendre conscience de ce qui lui était rapporté. Il s'assit, alluma une cigarette et se mit à parler tout seul : « Mitsi est partie. Quel mal lui ai-je fait ? Elle ne m'a jamais rien dit, ne s'est jamais plainte. »

L'homme à la jambe coupée le fixait de son regard sarcastique. Il changea de ton pour donner un conseil : « Cela ne sert à rien d'avoir des regrets, il y a des choses plus graves dans la vie que la trahison d'une femme. Sortez-la de votre tête.

– Comment ? s'effraya le mari.

– C'est très simple : attrapez-la et jetez-la. Exactement comme elle l'a fait avec vous.

– Je ne sais pas comment m'y prendre.

– Comme je vous le dis, c'est tout. Vous vous sentirez aussitôt mieux. »

Les conseils de l'homme à la jambe coupée ont une grande force de persuasion. Je l'ai entendu dire un jour à une femme : « Rentre chez toi. Cet endroit n'est pas pour toi. Tu n'y trouveras pas la paix. »

La femme avait relevé la tête pour le regarder avec stupéfaction : « Mais pourquoi suis-je venue ici, alors ?

– Qu'importe. Tout le monde commet des erreurs.

– J'ai rêvé toute l'année de venir ici. Je suis une femme seule et je pensais que la compagnie des vacanciers me conviendrait parfaitement. Et puis j'ai loué ma maison pour un mois, je n'ai donc nulle part où aller, ni ici ni chez moi.

– Il faut boire le vin quand il est tiré. Loue-toi une chambre dans une pension. Celles de l'allée des Marronniers sont correctes et abordables, mieux vaut être avec toi-même qu'avec des gens qui te font sortir de tes gonds. »

La femme était demeurée figée avant d'émerger de sa léthargie. « Qui m'a dit de venir ici ? Le Pruth est dangereux et je n'ose pas entrer dans l'eau. Les gens se moquent de moi. Pourquoi ?

– C'est ce qu'il te semble.

– Tu me conseilles donc de rentrer ? avait-elle demandé sur un autre ton.

– En effet.

– Qui va me raccompagner ?

– Nikolaï.

– Je ne le connais pas.

– Tout le monde le connaît. Sa maison est là, au coin, à cent mètres. Il te reconduira volontiers, tu n'as rien à craindre. C'est un paysan honnête, on peut lui faire confiance.

– Merci », avait-elle dit d'une voix détendue, avant de partir.

L'homme à la jambe coupée est ainsi. Mais j'en ai peur. J'ai parfois l'impression qu'il va m'enlever à mes parents, me gronder et m'enfermer. Je ne comprends pas ce qu'il fait là. Il reste assis quasiment toute la journée sous l'acacia en fumant. Il a l'air quelquefois de s'absorber en lui-même et d'être indifférent aux autres. C'est une erreur d'appréciation. Il est impliqué dans tout ce qui se passe ici. Mon père, qui n'a pas une grande sympathie pour lui, l'ignore et dissuade les autres de prêter oreille à ses conseils. Un jour, je l'ai entendu dire : « C'est un démon, pas un homme. » Ahurie, ma mère n'a pas dit mot.

17

Rosa Klein lit dans les lignes de la main, les femmes viennent la voir sous son arbre afin de savoir ce que leur réserve l'avenir. Elle se penche sur la paume qui lui est tendue en s'exclamant gaiement : « Je n'en ai jamais vu une pareille. Laissez-moi la contempler, elle déborde de signes. »

P. est déjà allée la consulter. Rosa Klein l'a morigénée : « Tu ne prends pas soin de toi. Tu ne manges pas à heures régulières, la bouteille ne quitte pas ta main. Rien d'étonnant à ce que ta ligne de santé soit mince et affaissée, ne la laisse pas s'affiner encore. »

P. lui a promis de changer ses habitudes, mais comme il n'en a rien été, elle craint de retourner la voir. Elle la mentionne parfois en précisant : « J'ai peur d'y aller. Qui sait ce qu'elle me dira ? »

Les autres femmes n'ont pas ces craintes. La grande femme s'est rendue sous l'arbre, accompagnée de son mari chétif, et a aussitôt encaissé : « Vous ne pouvez pas vous permettre d'être un hippopotame. » La grande femme, que la présence de son mari rendait plus sûre d'elle, a répondu : « Ma mère était plus grosse que moi. Elle a eu une longue vie, elle est morte à quatre-vingt-dix ans. Tous les gros n'ont pas leur sort scellé.

– Faites ce que vous voulez, mais ne venez pas me voir. Ce n'est pas avec vos quelques sous que je vais m'enrichir. »

Mon père l'ignore. « C'est de l'escroquerie, affirme-t-il. Les Tziganes sont bien meilleures qu'elle. Chez elles, la lecture des lignes de la main se transmet de génération en génération. Elles prononcent parfois des paroles sages qu'elles ont entendues de leurs ancêtres. Rosa Klein se contente d'imiter leurs sortilèges, elle fait illusion. »

Je l'ai entendu ajouter encore : « La bourgeoisie juive, qui est en général effroyablement concrète, se laisse avoir facilement par la superstition. Rosa Klein s'appuie sur les appréhensions des femmes qui vont la voir et leur dit ce qu'elles veulent entendre.

– Mais elle ne fait aucun compliment à P., ni à la grande femme, remarque maman.

– Ça aussi, c'est une ruse », soutient mon père.

Maman ne me permet pas de m'approcher de l'endroit où trône Rosa Klein. Je l'observe donc de loin : elle commence par examiner la paume de la main sans la toucher, avant de pointer la ligne de vie, alors son visage s'illumine. « Pas d'inquiétude, dit-elle. Vous allez vivre longtemps, vous verrez naître vos petits-enfants, et peut-être même vos arrière-petits-enfants.

– Je ne crois pas, répond la femme.

– Ce qui est gravé dans votre main est plus important qu'un sentiment ou une croyance. Les lignes sur votre paume sont la vérité absolue – le reste n'est que suppositions. À travers ces lignes, le corps annonce ce qui est caché en vous, mais ce n'est pas un verdict immuable, on peut toujours le modifier en employant les bons moyens. Pas beaucoup à vrai dire, mais un peu tout de même.

Mais la jeunesse de mes deux filles s'est déjà envolée et elles ne sont toujours pas mariées. Comment aurais-je des petits-enfants ?

– Je vous dis ce que je vois dans la paume de votre main, je ne peux pas changer votre destin. Je ne suis qu'une informatrice.

– Que me prédisez-vous alors ?

– Que vous allez vivre longtemps, aurez des petits-enfants et peut-être aussi des arrière-petits-enfants.

– Ça contredit la biologie.

– Je ne m'occupe pas de biologie, je m'occupe des lignes épaisses, minces ou fines qui sont gravées sur la paume de votre main. Je n'ai aucune compréhension au-delà de ça, en vérité, je suis ignorante dans la plupart des domaines de la science. J'ai échoué en mathématiques au baccalauréat et j'ai repassé l'épreuve deux fois. Pour finir, j'ai obtenu un diplôme très médiocre. »

Mon père prétend que ses confidences sont aussi des duperies. Rosa Klein est tout entière tromperie. Elle est cabossée, mais curieusement, elle m'attire. Quand je l'écoute de loin, il me semble qu'elle mobilise toutes ses forces pour descendre dans les profondeurs de l'indéchiffrable.

Je l'ai entendue dire à l'une de ses clientes : « Faites ce que vous voulez. » À ces mots, la femme éclata en sanglots. Rosa changea alors de ton : « Je vous conseille de ne pas sombrer dans la bile noire. Pensez à ce que je vous ai dit et revenez me voir dans un ou deux jours. Je ne bouge pas d'ici.

– Mais mon fils tient à mon accord.

– Si vous êtes prête à ce qu'il se convertisse et se marie avec cette non-Juive à l'église, si vous êtes en paix avec ça, donnez-lui votre approbation. »

– Je ne suis pas sereine.

– Je vois dans la paume de votre main qu'un membre de la famille souhaite se séparer de vous. Ce n'est pas nouveau. C'est gravé dans votre chair depuis plusieurs années. Tout se remettra en ordre si vous acceptez cette séparation.

– Qu'y a-t-il de si mauvais dans la conversion ? Je me pose parfois la question.

– C'est un acte délicat. Mais il arrive qu'il apporte la paix à un être. Ce qui est bon pour l'un n'est pas forcément bon pour un autre, dit Rosa d'une voix compréhensive.

– Il ne veut pas être juif. Toutes ses petites amies étaient non juives.

– Je ne veux pas trop me mêler de ce qui ne me regarde pas, mais je vais vous dire ceci : de nos jours, ce n'est pas un statut enviable d'être juif.

– Je ne sais que faire.

– Revenez me voir dans deux jours, on en discutera », dit Rosa, sans clore le dossier.

Rosa Klein est un élément inséparable des hôtes de la rive. Les femmes, et beaucoup d'hommes aussi, placent leurs mains dans la sienne afin qu'elle leur révèle ce que le sort a décidé et ce qu'il est encore possible de changer. Ces entrevues discrètes ne sont pas dénuées de scepticisme, mais la curiosité l'emporte sur l'hésitation, et il y a très souvent une file d'attente à l'endroit où elle est assise.

Une de ses mises en garde s'est réalisée, plusieurs personnes sont prêtes à en témoigner. Il y a trois ans, une femme lui avait montré la paume de sa main. Rosa Klein l'avait contemplée avant de s'écrier : « Vous êtes en danger de mort, allez tout de suite voir le docteur Zeiger. » La cliente, sceptique, ne l'avait pas crue et était rentrée dans son isba.

La nuit même, elle fut terrassée par un infarctus.

Depuis ce malheur, Rosa Klein a acquis un nombre non négligeable d'admiratrices.

18

J'avais dix ans et sept mois lors de mon dernier séjour sur la rive du Pruth, mais loin de s'estomper avec les années, les images qui se sont alors révélées à moi se sont éclairées et ont pris de l'épaisseur.

Je suis stupéfié par l'abondance de ce qui s'est conservé en moi. Les visions, les sons et les parfums sont si puissants que j'ai du mal à en sacrifier la plus infime parcelle. J'oublie parfois qu'une description détaillée est très souvent une surcharge inutile.

Nous tendons à nous amouracher d'un mot, d'une phrase ou d'une idée que nous avons fait émerger dans l'écriture, et nous restons sourds à l'injonction intérieure qui martèle : Tiens-en-toi à l'indispensable, même s'il ne brille pas de mille feux et se traduit par un mot simple ou une phrase modeste.

J'ai apparemment hérité de ma mère le goût de l'écriture, l'ouverture aux autres, l'émerveillement, la capacité à accepter la réalité sans se plaindre, à donner sans demander pourquoi. Je veille farouchement sur ce don, ou plutôt sur ces dons.

La présence de mon père en moi ne me permet pas de m'abandonner complètement. Il scrute, soupèse, dissèque. J'ai pensé autrefois que mon père était mon grand obstacle, qu'il m'empêchait de déployer mes ailes. À présent, je sais que sans lui je me serais dispersé, je n'aurais pas été concis ni n'aurais cherché la précision. L'écriture exige une sensibilité violente, un imaginaire enflammé, un don de soi, mais sans une part de rationalité et de précision, les résultats de cet effort s'apparentent à une bouillie informe.

Je m'assois chaque jour à mon bureau et fais surgir des images. L'écriture ne consiste pas à suivre la mémoire à la trace. Une mémoire infaillible qui se traduit par des noms de personnes et de lieux, en d'autres termes, par des éléments que le temps n'a pas façonnés, n'est pas un bon matériau pour la création.

Contrairement au souvenir précis, la réminiscence puise dans le réservoir de visions qui se sont déposées en vous. Vous puisez lentement, comme lorsqu'on remonte un seau du fond d'un puits sombre.

La réminiscence est un effort assorti d'une grande émotion. Vous distinguez dans les débris des visions la partie nord de la rive. De là, vous pouvez voir non seulement P. et l'homme à la jambe coupée, mais aussi la rivière dans son lit bouillonnant et les longues péniches rasant l'eau comme de fines lames.

Sur cette rive du Pruth, il y avait des médecins, des avocats, des érudits sachant articuler leur pensée, mais les yeux de l'enfant ne lâchaient pas ceux dont l'oralité était pauvre, accidentée, balbutiante ou, au contraire, dont la volubilité était due au malheur ou au désarroi, telle P., plus préoccupée par son corps que par ses pensées.

Quand j'éclaire ces visions dans les abîmes de l'oubli, je découvre en elles une grande densité humaine. J'ai appris au fil du temps que les blessures du corps et les faiblesses de caractère sont nécessaires à l'art. Les limites dévoilent ce qui est humain en l'homme.

P. est obsédée par ses jambes, qu'elle étend à toute heure pour les enduire de crèmes répandant leurs effluves autour d'elle. Tout le monde connaît les crèmes de P., qu'elle affuble de petits noms et surnoms hilarants. Certaines sont de marques très connues, d'autres bon marché.

Mais elle ne se contente pas d'étaler des crèmes, elle parle de ses jambes comme si c'étaient des êtres autonomes. Un filet geignard se tisse toujours dans sa voix pour signifier l'incompréhension dont elle est victime depuis l'enfance.

« Je ne me résume pas à mes jambes, se plaint-elle. C'est une part infime de mon existence.

– Alors pourquoi t'en occupes-tu toute la journée, t'adresses-tu à elles et parles-tu d'elles ? Elles sont devenues un sujet permanent, la gronde l'homme à la jambe coupée.

– Eh quoi ? Il faudrait que je les délaisse ?

– Tu leur accordes trop d'importance. Tu les préfères aux autres membres de ton corps, c'est tout. Pas étonnant que les hommes te tournent autour comme des mouches. »

L'homme à la jambe coupée est implacable, mais P. ne bat pas en retraite facilement.

« Que faire ? Les cacher ? Porter une robe longue ? Je suis jeune, mais pas toute jeune non plus, dans un mois j'aurai trente ans. Qui me remarquera si je ne me soigne pas ? Une femme ne peut pas vivre sans attention.

– Tu es incorrigible », tranche l'homme à la jambe coupée.

Il faut croire que c'est ainsi qu'il est allé se faire amputer, en serrant les dents et sans s'apitoyer sur lui-même. Depuis, il est intraitable avec les marques de faiblesse, les caprices et les gens au cœur tendre. « Prends ton destin en main, ne reste pas figé comme un golem », l'ai-je entendu dire un jour à un vacancier. Ne craignant personne, il exprime tout ce qu'il a sur le cœur. Il lui arrive de brandir une béquille d'un air menaçant.

Les notables s'éloignent de lui. Cependant, il traite P. d'une autre manière, il l'écoute et découvre chaque jour une nouvelle fragilité en elle. Il n'y va pas par quatre chemins : « Tu es gorgée de faiblesses, comme une grenade de grains. Bientôt tu ne pourras plus mettre un pied devant l'autre.

– Que faire ? » demande-t-elle en inclinant la tête.

La réponse fuse :

« Ne pas geindre.

– J'ai mal.

– Moi aussi. Tout le monde a mal.

– Pardon », dit P. en ravalant ses mots.

Mais il y a des jours, ou plus exactement des situations, où l'âme intraitable de l'homme à la jambe coupée s'adoucit, et il tend un billet, ou plusieurs même, à une femme en détresse. Son visage se métamorphose alors : de juge sévère, il devient un père compatissant.

19

« J'ai peur, dit P. en relevant la tête, comme si elle émergeait d'un cauchemar.

– De quoi ? demande l'homme à la jambe coupée, sans la regarder.

– Je ne sais pas. Les gens ici ne sont pas sereins.

– Partout où il y a des gens, il y a de l'inquiétude. Il faut chercher la tranquillité en soi.

– L'isba m'oppresse, j'y deviens folle.

– Il n'y a pas le choix : c'est l'isba ou la rive. »

La voix froide et teintée d'ironie de l'homme à la jambe coupée dévoile, l'air de rien, les faiblesses de P. Se sentant manifestement mise à nu, elle éclate en sanglots.

L'homme à la jambe coupée attend que ses pleurs s'atténuent pour énoncer : « Notre vie est faite d'ascensions et de chutes. Hier, tu aimais et tu étais au septième ciel, aujourd'hui, le monde te semble étroit et sombre. Laisse cette vague passer. Les chutes sont temporaires, des ascensions leur succèdent.

– Merci, dit P. en s'essuyant le visage.

– Pourquoi me remercier ? Je n'ai rien fait.

– Tu m'as consolée. »

À ces mots, il a un sourire en coin, comme s'il était parvenu à la duper.

P. continue de s'ouvrir à lui : « J'ai rêvé la nuit dernière que des paysans étaient entrés dans l'isba, je voulais crier mais j'étais attachée et muette. Je ne pouvais même pas bouger une main. J'ai voulu allumer la lampe, mais j'avais peur de sortir de mon lit. Je suis restée allongée en tremblant. Quand quelqu'un habite seul dans une isba, il est assailli par de mauvais rêves. Quand j'étais avec Franz, il rendait mes rêves meilleurs. Depuis qu'il est parti, le sommeil est devenu menaçant. Toi aussi, tu fais ce genre de rêves ?

– Non.

– Mais alors il n'y a que sur moi que de tels rêves se précipitent ?

– C'est toi qui les convoques. Tu es insatisfaite, tu penses à des gens épouvantables. Quand donc apprendras-tu à accepter la vie comme elle est, et pas seulement à être frustrée ?

– Les cauchemars disparaîtront ?

– Je suppose. Les cauchemars n'approchent pas un être qui se contente de ce qu'il a, qui n'attend pas à tout moment qu'on le gave de chocolat.

– Je ne sais que faire.

– Je te l'ai déjà dit, je n'aime pas me répéter. Je vois que Franz est encore bloqué dans ta tête. On ne peut pas haïr et aimer en même temps. Choisis l'un ou l'autre.

– Il fait désormais partie de moi. Je ne peux pas l'arracher de mon cœur.

– Alors ça n'a aucun sens d'en parler. Quitte la rive et retourne vers lui. Inutile de te torturer.

– J'ai peur d'aller le retrouver. Il va me crier dessus.

– Je n'ai rien de plus à te dire. »

Et l'homme à la jambe coupée lui tourne le dos.

Ce sont là des broutilles, diront certains, pourquoi se pencher sur elles ? Mais que faire si ces détails, et dans ce cas les bavardages, la détresse réelle et imaginaire de P., ajoutés à une sottise infantile, font surgir la vie dans toutes ses dimensions ?

P. était une proie facile à cause de sa vulnérabilité si manifeste. Il y aurait toujours un Franz pour exploiter ses fragilités, qui l'aimerait pendant un mois avant de la quitter. Malheureuse un jour, malheureuse toujours.

De nombreuses personnes la méprisaient et foulaient son malheur d'un pied grossier, ne perdant pas une occasion de lancer : « Ah, voilà que P. gémit encore. »

20

Parmi les personnes assises sur la rive se trouve un homme de taille moyenne, vêtu d'un costume d'été blanc et d'un chapeau de paille, et dont le nom est Karl Koenig. Je l'ai remarqué grâce à sa démarche rapide, tête baissée.

« Il est écrivain, m'a révélé maman.

– Sur quoi écrit-il ?

– Je l'ignore. »

Mon père, qui discute parfois avec lui, lui a proposé de traverser le Pruth à la nage.

Karl Koenig a souri. « Merci pour cette généreuse proposition. Certes, je sais nager, mais je ne prétends pas être bon nageur, alors je me contente de rester au bord de l'eau. »

À l'heure où la plupart des vacanciers se prélassent et bronzent, barbotent ou nagent, Karl Koenig écrit, enfermé dans son isba. Lorsqu'il en sort, son visage est marqué par l'isolement.

De temps à autre, l'homme à la jambe coupée s'adresse à lui pour lui proposer une cigarette et lui faire part d'une opinion. Koenig l'écoute avec attention, répond aimablement et poursuit son chemin.

« Sur quoi monsieur écrit-il ? lui demande soudain une vacancière d'une voix charmeuse.

– Sur les Juifs. N'est-ce pas un sujet qui en vaut la peine ? »

À cette réponse, le visage de la femme se couvre d'une curiosité factice.

« Qu'y a-t-il donc à écrire sur eux ?

– Ils sont des êtres humains, si je ne me trompe.

– Il n'y a pas de héros parmi eux, ni d'hommes de religion impressionnants, ni d'hommes d'État.

– Mais il y a parmi eux, chère madame, des gens contemplatifs, émerveillés, et aussi des gens qui savent tendre une main secourable dans le malheur. N'est-ce point suffisant ?

– Permettez-moi de vous contredire, monsieur. Les Juifs forment un peuple paresseux. Les paysans ukrainiens, eux, ont de la consistance. Ils sont reliés à la terre, labourent, sèment, plantent. Ils sont profondément ancrés. Les Juifs sont ici aujourd'hui et ailleurs demain : c'est une espèce de plante sans racines, des parasites qui se nourrissent d'ombre. Exposez-les au grand jour, vous les verrez se faner. »

Koenig était sidéré par ce flot de mots, apparemment inattendu pour lui dans la bouche d'une femme menue que rien ne distinguait des habitués de la rive qu'elle fréquentait. Quand Karl Koenig est stupéfait, il relève la tête pour scruter son interlocuteur.

Il n'est pas friand de joute orale, même si l'on essaie souvent de l'entraîner dans des débats. « Non, sans moi », répond-il. Et ce refus est pris pour de l'arrogance.

Cette fois il a fait une réponse directe : « Je m'intéresse aux Juifs car ils m'intriguent depuis mon enfance. Il est vrai qu'ils sont agaçants parfois, mais le plus souvent, ils sont étonnants. »

La femme lui coupe la parole.

« En quoi ?

– Entre autres par leur capacité à résister à l'épuisement de la vie qui les malmène. Ils doivent se baisser, s'aplatir sans faire de vagues. La méchanceté des hommes est parfois plus violente que les blessures de la nature. Pourtant, ils se redressent miraculeusement, rassemblent ce qui leur reste, reprennent la route, et leurs descendants réalisent ce qu'ils n'ont pas accompli.

– Vous trouvez de la beauté dans cette passivité ?

– Quelquefois ils se rebellent devant tant d'acharnement.

– Vraiment ? Je n'ai jamais vu un Juif se révolter.

– Il suffit parfois d'un regard empreint de mépris ou d'un haussement d'épaules, qui est une forme d'indifférence. Que peut faire un homme contre les maladies, les inondations d'automne, une économie en crise, pour ne pas dire contre la méchanceté humaine ? Tout est au-delà de ses forces, au-delà de sa compréhension. Quand il n'en peut plus, il recourt au mépris. Bien sûr, ce mépris ne change rien, mais il permet de se maintenir debout avec dignité, n'est-ce pas ?

– C'est ainsi pour tous les hommes, il me semble, pas plus pour les Juifs que pour les autres.

– Vous avez raison, les Juifs sont comme les autres humains. Mais ils souffrent de déracinement et d'un surcroît d'hostilité. Leur vie est différente de celle des autres créatures pour cette raison. Ils sont craintifs, inquiets, ils s'alarment facilement, même sans motif visible à l'œil nu.

– N'est-ce pas cela qui les enlaidit ?

– Cela arrive. Mais comme leur souffrance est plus grande que celle des autres créatures, ils ont des expressions particulières, des réactions singulières, parfois des aspirations plus grandes que la préoccupation de soi. Ils peuvent être généreux. Ils m'intéressent. Ils m'ont toujours intéressé.

– C'est donc votre laboratoire ici ? demande la femme, narquoise.

– Pas précisément, je ne fais pas d'expériences. J'observe, j'apprends sur moi et sur ceux qui m'entourent. J'apprends aussi à m'identifier à mes prochains.

– Vous apprenez à vous identifier aux vacanciers de la rive ? À P. ? À l'homme à la jambe coupée ? À celui dont la femme s'est enfuie ? À la grande femme que son mari gave et abreuve ? Qu'y a-t-il de beau là-dedans ? Pourquoi s'identifier à eux ?

– Ce sont de bons exemples. Chacun mérite d'être contemplé, en tant qu'être humain et en tant que Juif. Les hommes sont imparfaits. Les Juifs tout autant. Je dirais juste ceci : la souffrance de l'homme à la jambe coupée n'est pas celle de P. C'est une souffrance limpide et absolue. Celle de P. n'est pas centrée, sa vie est dispersée, elle ne sait que faire d'elle-même. Tantôt elle veut impressionner son monde en exposant ses jambes, tantôt elle pleure. En d'autres termes : elle cherche l'amour depuis des années. Et je vais vous dire quelque chose qui va vous surprendre : nous lui ressemblons beaucoup.

– Sûrement pas, en ce qui me concerne.

– Cela n'a rien d'une obligation, mais P. est en quelque sorte le portrait conforme de l'être humain. Permettez-moi de vous dire que je la respecte. C'est une femme qui est restée une enfant, exigeant sans cesse qu'on lui prête attention. Elle ne sait pas se défendre, c'est pourquoi toutes sortes de parasites se jettent sur elle, lui promettent monts et merveilles et finissent par l'abandonner.

– Et où sont les idéaux au nom desquels la vie vaut la peine d'être vécue, dans tout ça ?

– Moi, chère madame, je ne m'occupe pas d'idéaux. Je m'occupe des êtres humains. La jambe douloureuse d'un être ne m'est pas moins importante qu'un idéal. Ne vous méprenez pas, je ne suis pas un Juste. Je ne suis pas meilleur que Franz qui a abandonné P. Mais une chose au moins plaidera en ma faveur : je ne fais pas la morale. J'essaie, avec mes maigres forces, de me rapprocher des autres humains. Ils méritent totalement compréhension et compassion. Et les Juifs, compte tenu de leur destin et de leur caractère, sont plus vulnérables : ils ne sont pas toujours plaisants, mais on n'y peut rien, ils font partie de notre chair.

– Alors c'est pour cela que vous êtes venu ici ?

– Exact. Je viens ici car je suis juif. Mes parents et mes grands-parents l'étaient également. Je me sens ici mieux qu'ailleurs. L'homme aime ce qui lui est familier, dit-on. Je comprends mieux les Juifs. Il m'est facile d'écrire sur eux. Leurs folies sont les miennes. Je ne suis pas arrivé aisément à cette conclusion, mais depuis que j'y suis parvenu, je suis en paix avec moi-même. »

Non loin d'eux, ma mère et moi les observions. C'était la première fois que je voyais Karl Koenig de près. Son nom de famille signifie « roi ». Mais rien dans son apparence n'exprime la royauté ou la splendeur. De taille moyenne, une cigarette toujours allumée à la bouche, il s'exprime clairement. C'est pour cela que j'avais compris quelque chose à ce qu'il avait dit, et ma mère m'aida à comprendre le reste.

Il me sembla un instant que la femme intarissable allait le lâcher. Je me trompais. Elle poursuivit, d'une voix moins désagréable. « Je dois reconnaître que je ne suis pas en paix avec ma judéité. J'ignore la nature de ce supplément qui est en moi. Je m'en séparerais volontiers. Chaque fois que je viens ici, je suis contrariée.

– Je vous comprends parfaitement, madame, de telles pensées passent dans la tête de tout Juif de nos jours. Ce sont des pensées très juives. Mais que faire ? C'est difficile de changer un caractère ou un destin.

– Je m'en veux de ne pas réussir à rompre une fois pour toutes avec ce destin étrange. De ne pas réussir à me dire : je n'ai aucune proximité affective avec les Juifs. Je suis un être autarcique qui existe par lui-même.

– Je respecte vos impressions, madame, déclara Koenig en inclinant la tête. Mais je n'y peux rien si ces êtres déracinés suscitent mon intérêt. Comme je l'ai déjà dit, ils ont conquis mon cœur dans ma jeunesse. On ne peut pas considérer qu'ils sont exempts de défauts, ceux-ci sautent même aux yeux, mais selon moi, ils ont quelque chose que les autres n'ont pas.

– Vous avez bien dit "quelque chose que les autres n'ont pas" ? Quelle est donc la nature de cette chose ? Une noblesse ?

– Une humanité, plutôt.

– Je ne sais que vous répondre. Je vous souhaite une bonne journée et des pensées fécondes. Je vais poursuivre mon chemin de mon côté », dit-elle en s'éloignant.

Mon père lut quelques nouvelles de Koenig dans le mensuel littéraire local et ne fut pas impressionné. Dans l'une d'elles, il décrivait une jeune Juive anxieuse qui ne trouvait le repos ni chez elle, ni au travail. Elle finissait par abandonner son mari pour épouser un jeune villageois ukrainien. Mon père ajouta : « Les femmes anxieuses ne m'ont jamais intéressé. Mais je suis satisfait si l'Ukrainien parvient à apaiser les tourments de cette femme. »

21

Nombreux étaient ceux qui, dès 1938, devinaient qu'une grande guerre allait éclater et qu'elle serait dirigée contre les Juifs. Bien sûr, nul n'imaginait dans quelle mesure elle le serait.

Les gens assis sur la rive laissaient échapper des arguments qui se voulaient apaisants : la grande culture allemande ne va pas supporter d'être dominée par un dictateur. La barbarie appartient à l'Est. La culture occidentale connaît la retenue. Ces propos modérés, et tant d'autres proférés avec assurance, se fondaient sur la presse et les livres.

Si quelqu'un émettait un doute sur ces certitudes, on le contredisait aussitôt en attribuant sa méprise à son tempérament juif. La Raison affirme que la culture d'un peuple coule en chacun de ses enfants, martelait-on. La culture allemande, si distinguée, repose sur des valeurs morales.

Ma mère est troublée lorsque ces phrases sont prononcées près d'elle. Les assertions lui sont étrangères. Elle est attentive aux nuances, au son des mots, et si quelqu'un fait une erreur de prononciation ou de calcul, elle dit : « On se trompe tous, l'erreur est humaine. » Cette phrase fait bondir mon père, qui assène : « Répéter ses erreurs, c'est si stupide. »

Et à côté de tous ces notables, il y a P., la femme perdue qui rit, la femme dont le rire et la toux secouent le corps, et qui gémit : « J'ai peur. Nous sommes entourés de gens mauvais. Où vais-je trouver refuge ? De toute façon on m'attrapera. »

Elle ressemble à une feuille dans le vent.

Elle craint notamment les paysans ukrainiens qui longent la rive, matin et soir, quand ils partent travailler ou rentrent chez eux. Leurs regards n'expriment pas une hostilité ouverte, mais P. redoute que ces hommes de labeur ne brandissent soudain des couteaux dissimulés sous leur manteau et ne se jettent sur les vacanciers avec rage.

P. et ses amis ne savent pas surmonter leurs craintes. Il arrive à P. d'éclater en sanglots amers, dans un sentiment mêlé d'appréhension et d'apitoiement sur elle-même. « Pourquoi ai-je peur, pourquoi est-ce que je ne parviens pas à dormir ? Pourquoi le monde me semble-t-il être un piège ? »

Ce n'est pas pour rien que les notables qui la détestent en ont fait un repoussoir. Ils abhorrent son air perdu autant que l'amertume de l'homme à la jambe coupée. Elle comme lui sont à l'opposé de ceux qui aimeraient voir le futur dans les habits du passé et qui assurent : « Tout continuera comme avant, ne laissons pas la peur nous gagner. » Pourtant, parfois, ceux qui sont perdus mettent non seulement le doigt sur des douleurs intenses, mais pressentent aussi ce qui va advenir. Ce n'est pas leur intelligence qui s'exprime, mais leurs membres blessés.

« Sans P. et l'homme à la jambe coupée, les vacances ici seraient différentes. Pourquoi diable viennent-ils répandre leur bile noire sur nous ? Chacun devrait savoir quelle est sa place et s'y tenir », a déclaré un notable d'un ton grinçant.

22

L'homme à la jambe coupée décida de faire une entorse à ses habitudes en demandant de l'aide à Rosa Klein, qu'il alla voir à sa place habituelle. En général, c'est plutôt lui qui prodigue des conseils et il se passe de ceux des autres mais cette fois, après quelques nuits d'insomnie, de fatigue et de pensées brumeuses, il s'était résolu à se tourner vers elle.

Rosa Klein n'ignore pas l'opinion qu'il porte sur elle, mais elle ne repousse aucun client. Elle l'accueillit avec amabilité.

« Pardon, dit-il.

– Pourquoi donc ?

– Mon avis sur vous est de notoriété publique, je suis venu vous demander de l'aide presque malgré moi, lui confia-t-il.

– L'opinion des uns ou des autres sur moi ne m'intéresse pas. Je lis les lignes de la main de celui qui se présente et lui révèle ce qu'elles racontent. Les lignes sont objectives en fin de compte, elles ne dépendent pas de mon humeur.

– Laissons de côté l'objectivité pour l'instant. Voilà ma question : que faire des biens que j'ai amassés tout au long de ma vie, non sans difficulté d'ailleurs. Je n'ai pas agi en propriétaire sagace : au lieu de répartir mes investissements, j'ai mis tous mes œufs dans le même panier. Mes parents étaient persuadés qu'il fallait investir dans l'immobilier. Ma situation serait différente si j'avais procédé autrement, mais nous sommes à la veille d'une guerre, et qui sait ce qu'elle va déchaîner ? »

Regardant ailleurs, Rosa dit : « Donnez-moi votre main. »

Après l'avoir scrutée, elle releva la tête : « Vos lignes n'implorent pas le ciel. Je ne vois pas de grandes pertes. Votre santé est fragile, mais stable.

– On ne m'amputera pas de ma deuxième jambe ?

– Pas dans un proche avenir, et peut-être jamais.

– Je vous remercie. C'était tout ce que je voulais savoir. Pardon pour ma défiance.

– Vous n'êtes pas le seul. Tous ceux qui viennent me consulter ont des doutes sur ma capacité à prédire leur futur. Je n'en prends pas ombrage. Mon métier, si on peut qualifier les choses ainsi, m'a appris à accepter les êtres tels qu'ils sont.

– C'est beau de votre part, dit l'homme à la jambe coupée en se redressant sur ses béquilles.

– Je ne suis pas une sainte, je ne possède pas de forces surnaturelles. J'observe une main en essayant de découvrir ses secrets.

– Au fait, où avez-vous étudié ce métier ?

– Auprès des Tziganes, des femmes tziganes plus précisément. J'étais attirée par elles depuis toute petite. Mes parents s'efforçaient de m'en tenir éloignée, mais je ne les écoutais pas. Je leur courais après en leur tendant ma main.

– Et elles voyaient juste ?

– Ce sont de grandes savantes. »

Après un moment de réflexion, il se tourna de nouveau vers elle.

« Vous lisez parfois les lignes de votre propre main ?

– Non, sourit Rosa. On dit souvent que les cordonniers sont les plus mal chaussés.

– C'est une belle expression. » Et il lui tendit un billet.

23

Durant ces vacances, Gusta, une amie de maman, âgée comme elle de trente-deux ans, venait souvent lui rendre visite. C'était une belle femme dont le front lumineux éclairait l'ensemble du visage. Elle arrivait dans l'après-midi et toutes deux prenaient place sur des tabourets pour discuter, comme si elles ne s'étaient pas vues depuis longtemps. Gusta, contrairement à maman, avait terminé ses études supérieures et on lui avait proposé un poste à l'université.

Elle parlait peu, d'une voix douce, préférant manifestement écouter. Mon père se retirait à l'intérieur de l'isba avec sa pipe et son livre en cours.

J'aimais la mélodie de leur conversation, comme si elles s'échangeaient des fragments de leur intériorité. Parfois fusait un souvenir de leurs années de lycée qui provoquaient un rire commun.

Elles se taisaient soudain, partageant le même silence.

« J'ai si peur, entendis-je Gusta confier à ma mère. J'ai parfois l'impression que la terre tremble sous nos pieds et que nos vies ne redeviendront jamais ce qu'elles étaient. » Après un instant elle ajouta : « Je me trompe sans doute.

– J'éprouve aussi une inquiétude, mais je me dis que les rumeurs vont et viennent. Il y en aura peut-être de meilleures.

– J'ai vu ma mère en rêve, il y a quelques jours. Elle m'a demandé d'être prudente, de ne pas rester dans la rue le soir et de ne pas rentrer tard. Elle ne m'avait jamais parlé ainsi, même quand j'étais petite », dit Gusta en souriant.

Respectant leur proximité affective, mon père ne se mêla pas à la conversation.

Lorsqu'elles se quittèrent, Gusta murmura : « C'est bon de se voir. »

À quoi maman répondit : « Nous sommes si peu à ne pas être parties. Tout le monde s'est dispersé aux quatre vents. »

Je fus effrayé par sa voix, on aurait cru qu'elle ne parlait pas des élèves de sa classe qui avaient fait leur chemin, mais de personnes disparues sans laisser d'adresse.

Après le départ de Gusta, un silence d'une autre qualité s'étendit dans l'isba, comme si Gusta avait laissé une part d'elle-même chez nous, puis maman demanda : « Que vais-je préparer pour le souper ? » La question demeura suspendue dans les airs quelques instants avant que papa réponde, de là où il était assis : « Une pastèque.

– Bonne idée ! »

Maman découpa consciencieusement la pastèque avec un grand couteau, l'air concentré, y compris en disposant les tranches sur l'assiette.

Plus tard, assis dans la cour de l'isba, nous savourâmes la douceur rouge des tranches épaisses et ce ne fut pas une dégustation habituelle, comme si maman nous avait servi un plat divin que nous étions autorisés à manger à notre tour.

24

Il y a plusieurs années, le prince von Taden avait fait la cour à Gusta, soupirant pour elle fiévreusement, avec une obstination douloureuse. Il lui faisait porter des cadeaux coûteux et des fleurs et se tenait parfois à l'entrée de la maison de ses parents pour l'apercevoir. Ce bel aristocrate riche, connu pour être un brillant interlocuteur, n'avait pas réussi à conquérir le cœur de la jeune roturière. Certains prétendaient que la blessure profonde de cet échec expliquait sa fréquentation effrénée du casino.

Lorsque j'appris la chose, la silhouette du prince m'apparut : élancé, un sourire affable sur les lèvres. Je supposais que dans sa jeunesse il avait été officier de régiment, mais quand il se postait devant la maison de Gusta, guettant ses sorties, il ressemblait à un soldat de deuxième classe assurant son tour de garde.

Le prince avait mis fin à ses jours. D'aucuns dirent que c'était à cause de ses pertes de jeu, mais d'autres étaient persuadés que son amour déçu avait perturbé son âme et entraîné son geste.

Je demandai à maman s'il était vrai que le prince s'était tué lui-même.

« Qui t'a raconté ça ? s'effraya-t-elle.

– Je l'ai entendu dire.

– Grands dieux, l'enfant entend des choses qu'il ne devrait pas ! »

C'est ainsi, je dessine un tableau à partir de bribes, quelquefois d'un mot où deux. Lorsque papa martèle : « Il faut se garder de paniquer », je sens que maman est accusée injustement. Le mot « panique » signifie pour mon père la foule et une pensée désordonnée. Il me semble parfois que la rive est à ses yeux une parabole inspirante.

L'après-midi, je guette la visite de Gusta. J'entends son pas de loin et pousse un soupir de soulagement quand elle apparaît. Maman n'est pas moins joyeuse que moi. Elle annonce aussitôt : « J'ai préparé un gâteau au fromage et aux fruits rouges en suivant une recette de ma mère. En cuisine et en pâtisserie, je fais exactement comme elle, sans me poser de questions.

– Moi, je n'ai pas hérité du don de ma mère, reconnaît Gusta.

– Sans ce que la mienne m'a transmis, je n'aurais jamais su préparer un repas.

– Ce n'est pas uniquement grâce à ce que tu as reçu d'elle. Tu as un don qui t'est propre », certifie Gusta en souriant.

Maman rapproche la table basse, puis toutes deux boivent un café et goûtent au gâteau.

Mon père ne participe pas au petit festin. Allongé, il lit un livre ou une revue et sort parfois se balader. Je joue aux osselets par terre. Gusta glisse soudain de son tabouret et s'assoit en tailleur près de moi : « Je savais y jouer autrefois, voyons voir si j'ai oublié. »

Il n'en est rien. Ses doigts fins attrapent les osselets avec agilité. Maman se joint au jeu, et nous faisons un tournoi pour déterminer qui est le plus rapide. Submergé de bonheur, je saisis la main de ma mère pour l'embrasser.

25

Ces jours-là, il m'arrivait d'être brutalement triste. Il me semblait que grand-père Méïr Yossef craignait pour nos vies que la foi avait désertées. Il n'évoquait pas ce sujet douloureux avec mon père, mais s'adressait à moi avec douceur en me montrant les lettres dans son livre de prières, m'enjoignant de répéter avec lui : Abraham, Isaac, Jacob, ce qui résonnait à mes oreilles comme une litanie désespérée.

Grand-père essayait de m'armer de foi autant que possible durant nos brèves visites. J'aurais aimé en parler avec maman mais ne parvenais pas à trouver les mots justes et le sujet m'échappait.

Ma mère me sauva d'une autre frayeur. Tandis que je contemplais les personnes assises sur la rive, l'homme à la jambe coupé me fixa et dit : « Erwin, ce n'est pas bien de dévisager les gens ainsi. Ça fait mal, tu n'es pas au courant ? »

Maman se précipita à ma rescousse : « Pourquoi effrayer cet enfant ? Il n'a blessé personne.

– Mais son regard fait mal. Il ne faut pas pénétrer l'intimité des gens comme ça.

– C'est un enfant, s'obstina maman.

– Le regard d'un enfant n'est pas moins perçant que celui d'un adulte. »

Dans l'isba, je contemple moins, mais je tends l'oreille. Je m'assois par terre pour écouter la conversation entre maman et Gusta, et bien que je ne relève pas la tête, je les vois clairement.

Lors d'une visite, Gusta était vêtue d'une robe noire qui lui donnait l'apparence d'une jeune veuve.

Un jour, je l'entendis confier : « J'étais très jeune. Je venais tout juste de terminer le lycée, les avances du prince me faisaient peur. Je ne comprends pas ce qu'il me trouvait. Il avait des empressements que je ne saisissais pas et cela aussi m'effarouchait.

– En as-tu parlé avec lui ? chuchota maman.

– Nous nous sommes croisés deux ou trois fois, par hasard, mais j'écourtais ces rencontres. Je ne savais que dire, que répondre. Il me couvrait de compliments, m'invitait à lui rendre visite dans son château. Et moi, j'étais si gênée que je lui répondais que j'étais occupée et prenais mes jambes à mon cou. »

Maman était persuadée que je ne comprenais rien à cet imbroglio. On peut supposer que je ne décryptais qu'une partie de l'histoire, mais cela me suffisait pour en dessiner un tableau complet.

Chaque fois que Gusta vient rendre visite à maman, le prince surgit et grandit devant mes yeux. Il a des gestes mesurés et sa silhouette élancée semble dire : Sans amour, nous sommes des infirmes. J'ignore qui m'a susurré cette phrase. Il est probable que je l'ai entendue dans la bouche d'un vacancier sur la rive et que je l'ai curieusement attribuée au prince. Je mélange toujours le passé et le présent, j'oublie toujours qui a dit quoi.

Un soir, alors que Gusta se séparait de maman, elle m'apparut comme une femme renonçant à ses biens terrestres et s'apprêtant à se retirer dans un monastère. Rien d'étonnant à ce que plus tard, dans un rêve, je me sois retrouvé en train de courir dans les longs couloirs d'un monastère, essayant désespérément d'ouvrir le portail en métal.

Je me réveillai en sursaut sans pouvoir sortir un son de ma bouche. Je me souviens de ma mère tenant la lampe de poche d'une main tremblante, en affirmant : « Ce n'est pas réel, c'est rien. » Puis, voyant que je ne me calmais pas, s'allongeant près de moi et me serrant contre elle.

Une fois, j'entendis Gusta dire à maman : « Je ne suis pas sûre de m'être bien comportée avec le prince. Dieu seul sait que je ne pouvais pas être disponible pour lui en ce temps-là. Je m'occupais de ma mère qui était très malade, il n'y avait pas dans mon âme suffisamment de place pour un dévouement supplémentaire. J'avais peur d'adresser la parole au prince pour lui expliquer cela, j'étais si troublée et si timide en sa présence. La façon qu'il avait de se poster obstinément devant chez moi, les nombreux cadeaux dont il me couvrait, tout cela aussi me troublait. J'avais le sentiment qu'il voulait nous séparer, ma mère et moi. Aujourd'hui, je suis sûre que je lui ai attribué ces pensées à tort, pourtant je continue de me demander ce qu'il me trouvait. Je n'ai jamais eu l'ambition de vivre dans un château !

« À cette époque, j'étais très attachée à ma mère et je refusais de voir que sa mort approchait. Elle me racontait en détail son enfance dans les Carpates. Son père, mon grand-père donc, que je n'ai pas eu la chance de connaître, était propriétaire d'une ferme. Ma mère a grandi au milieu des chênes, des champs et des cultures. Elle ne me racontait rien quand j'étais petite, mais sur son lit de mort, les visions de son enfance lui sont revenues dans une vive clarté et un ordre remarquable. Chaque jour elle me parlait des bâtiments de la ferme, de ce à quoi chacun était destiné, l'étable tout autant que les écuries. Elle me parlait beaucoup de la synagogue familiale qui, au fil du temps, était devenue une synagogue ouverte à tous ceux qui passaient par là, elle parlait des gens en particulier, Juifs et non-Juifs. J'aimais sa voix alors, comme si elle s'était dégagée de sa maladie pour être tout entière ancrée dans son enfance.

« Une fois elle m'a dit : “Je suis sûre que le prince va respecter ta judéité. Il est connu pour être sensible.

« – D'où le tiens-tu, maman ?

« – Mon cœur me le dit.” »

26

Chaque jour, Karl Koenig sort de son isba avant le crépuscule. J'aime observer sa démarche. Il est à la fois pareil aux habitués de la rive et différent. Il me semble qu'il boite légèrement. Cette claudication lui donne une impulsion qui ajoute du charme à sa démarche.

« On ne vous a pas vu nager aujourd'hui, lui dit une femme en s'adressant à lui d'égale à égal.

– Je voulais terminer un paragraphe. Finalement, je ne l'ai pas terminé et je n'ai pas nagé non plus !

– Comment avance votre livre ? demande la femme, sans prendre en compte qu'une telle question peut mettre mal à l'aise.

– Il y a des hauts et des bas, répond Karl en restant vague.

– Bonne chance. Pendant que nous nous amusons sur la rive, vous restez assis à écrire, sans doute dans la douleur. Ce n'est pas une juste répartition des tâches.

– Chacun fait ce qu'il peut », dit Karl en s'éloignant.

Mon père n'autorise personne à lui poser des questions intimes, il les repousse hors de son périmètre. Un jour, une femme lui demanda si l'entreprise de carton P. Rosenfeld Ltd était à lui.

Il répondit sans relever la tête : « Je ne vois pas de quoi vous parlez.

– De l'entreprise de carton P. Rosenfeld Ltd, qui se situe pas loin de chez moi.

– Vous faites erreur.

– Pardon. »

Mon père ajouta : « Le travail d'un homme ou ses occupations ne sont pas un sujet de discussion publique.

– Pardon », répéta la femme en s'éclipsant pour échapper à son regard.

En revanche, tout le monde se permet d'importuner Karl Koenig. On veut savoir comment son livre avance. Quelques personnes sont curieusement convaincues qu'il écrit sur les vacanciers de la rive et s'attendent à se reconnaître bientôt dans son texte.

« Je ne copie pas la réalité », élude Karl.

Une femme dit : « Tous les écrivains écrivent sur ce qu'ils voient.

– Si vous entendez par là ceux qui écrivent sur leur réalité intérieure, je suis d'accord avec vous. Il est vrai qu'autrefois les écrivains reproduisaient la réalité et nous submergeaient d'une foule de détails, et les peintres de même. Grâce à Dieu, nous nous sommes libérés de cet esclavage.

– Alors on ne se retrouvera pas dans votre livre, insiste la femme.

– Vous y trouverez Karl Koenig. Pas celui qui se tient près de vous, mais son intériorité, en d'autres termes, ses aspirations, ses rêves, et aussi quelques-unes de ses peurs.

– J'aimerais demander comment vous procédez, mais je ne le ferai pas.

– Merci de m'épargner cette question pesante. »

Karl Koenig s'étonne parfois de constater combien les habitués de la rive semblent versés dans ce qui touche aux écrivains et à la littérature. Après tout, ils lisent des journaux, des revues et des livres. Leur curiosité à l'égard de Karl Koenig ne connaît pas de limites. Ils l'observent avec beaucoup d'angoisse, n'hésitant pas à l'aborder à la moindre occasion.

Karl Koenig répond à toutes les questions. Certains s'étonnent qu'il ne conserve pas plus de dignité.

« Combien de livres avez-vous écrits ? s'enquiert un vieil homme.

– Beaucoup, pas tous bons.

– Vous avez des critères pour les juger ?

– Je crois, mais il m'est difficile d'en parler.

– Lequel de vos livres me conseilleriez-vous ?

– Je ne conseille pas mes livres. Il y en a de meilleurs », répond Karl en essayant de se soustraire au vieillard.

Mais son interlocuteur ne le lâche pas. Karl est fort heureusement sauvé par l'intervention d'une inconnue : « L'écrivain va faire une promenade. Il a besoin de cette heure de pause manifestement, il ne faut pas dévier sa pensée de ce qui le préoccupe.

– Je l'aime, dit le vieil homme d'une voix poignante.

– On peut aimer sans déranger.

– Karl Koenig n'est pas un écrivain étranger, il est des nôtres. Il nous comprend. À qui pouvons-nous nous adresser si ce n'est à lui ?

– Il est préoccupé par son écriture. Vous ne voyez pas que ce moment lui est nécessaire ?

– Je demande peu. Une minute de son temps, même moins. Sa présence me vivifie.

– Une minute pour vous représente, chez un écrivain de la stature de Karl Koenig, une coupure dans le cours de sa pensée, c'est l'effondrement de son écriture.

– Mais il est des nôtres, insiste le vieillard.

– Laissez-le tranquille, mon cher, ne l'empêchez pas de partir en promenade, c'est le prolongement de sa pensée, de son écriture. Si on le dérange plus que de raison, il partira d'ici et c'en sera fini de sa présence parmi nous.

– Si c'est ce que vous conseillez, j'éviterai de l'accabler avec mes questions.

– Je vous remercie, monsieur. Karl Koenig est un homme qui porte une lourde charge, nous devons le protéger farouchement. Sa présence parmi nous est un grand cadeau. »

27

Cet été-là sur la rive, je vis dans les flasques de cognac vides disséminées entre les pierres ce qu'était l'énergie du désespoir chez ceux pour qui le monde s'écroulait. Et je vis aussi les jeunes filles élancées, belles et fières qui arpentaient la rive, livrées à elles-mêmes. Elles s'arrêtèrent soudain comme pour faire la révérence et plongèrent dans les eaux du fleuve.

Ce bond inattendu m'effraya, je ne les quittai pas des yeux tant qu'elles nagèrent.

Elles émergèrent de l'eau, un sourire triste tremblant sur leurs lèvres, comme pour dire : Pourquoi devons-nous quitter ces eaux extraordinaires ? Où peut-on se baigner ailleurs, comme ici ?

Mon père dit que la place de ces belles jeunes filles n'est pas ici, au milieu de cette débauche. Les femmes sont désœuvrées, les hommes nerveux, ils s'agitent dans tous les sens au lieu de préserver la quiétude des lieux, de s'entraîner, de nager. Ils sont disgracieux, ils ont les muscles flasques, le débit informe et désordonné. Mieux vaudrait que ces belles jeunes filles s'éloignent de cette agitation et retournent en ville.

« Elles sont juives, dit maman, comme si papa voulait les envoyer dans un lieu étranger.

– Quel rapport entre le judaïsme et barboter dans l'eau, engloutir des sandwichs, boire de la limonade, se raconter sans fin, grossir ? Si c'est ça, le judaïsme, alors ces belles jeunes filles feraient mieux de s'inscrire dans un club sportif.

La tribu, comme toute tribu qui a dépéri, n'a plus ni beauté ni splendeur. »

Mon père était particulièrement sévère ce jour-là. Je redécouvre chaque fois les nuances de ses piques, en particulier lorsqu'il parle de « la tribu ». J'ai du mal à voir les vacanciers sous les traits d'une tribu. Ils ne dansent pas, ne portent pas de vêtements bariolés. Il faut croire qu'il existe des secrets qui m'ont échappé ou que l'on m'a dissimulés. Mon père répète le mot « tribu » d'un ton sarcastique. Je crois que maman n'est pas d'accord avec lui. Mais elle n'exprime son avis que rarement.

Il me semble parfois que c'est seulement dans l'eau, lorsqu'ils nagent ensemble, avec de magnifiques mouvements réguliers, que l'harmonie et la paix règnent entre mes parents. Je me désole d'être à la traîne. Les enfants des paysans progressent chaque jour dans leurs plongeons. Ils nagent au fil du courant avec aisance, assurance, sans gestes inutiles. Je suis le seul à apprendre péniblement.

28

De nombreuses choses m'ont été dévoilées pendant les vacances sur la rive, qui m'apparaissent à présent comme une seule et même longue séquence. Je souffrais des différends qui éclataient entre mon père et ma mère durant la dernière période. Je savais aussi qu'ils ne portaient pas sur des sujets critiques, mais insignifiants.

Certaines visions prodigieuses ont sombré en moi à cause de mes accès de mélancolie et de mes cauchemars nocturnes ; j'étais persuadé de ne plus les revoir. Je me trompais. Elles sont revenues vers moi, face aux pages blanches, étonnées du temps qu'il m'avait fallu pour les faire remonter de la vase.

Il m'est arrivé de regretter que les efforts de remémoration ne fassent surgir que des bribes. En cela aussi je me trompais. Les visions semées en moi durant les grandes vacances ont fleuri dans leur intégrité, parfois plus riches qu'au premier regard. Les années d'enfouissement ont ôté tout le superflu pour ne laisser subsister que l'essence immuable.

P. prétend que, sans le Pruth, sa vie s'interromprait prématurément. « Il me fait revivre.

– Tu ne nages pas et tu ne fais pas de sport, comment pourrait-il te vivifier ? Ça me dépasse, rétorque l'homme à la jambe coupée.

– J'aime le Pruth de toute mon âme, déclare-t-elle.

– Cette affirmation me dépasse aussi. Comment peut-on aimer une rivière sans s'y baigner, sans même savoir nager correctement ?

– Le Pruth est comme une musique, dit P. en prenant de court l'homme à la jambe coupée. On peut rester assis au bord de l'eau et l'écouter tout simplement. Au bout d'un moment, tu es rempli de mélodies.

– Je ne t'ai jamais vue rester tranquillement assise pendant une heure.

– Exact. Je ne suis pas très concentrée, mais j'écoute toujours le murmure de cette rivière puissante. Il me nourrit en secret. Puis la bouteille prend le relais, elle complète les mélodies manquantes. Ensemble, ils jouent une symphonie.

– Une symphonie ? répète l'homme à la jambe coupée en faisant une moue.

– Il est vrai que Franz a bouleversé ma vie et m'a éloignée de ce que j'aimais. Mais il ne m'a pas pris mon amour pour le Pruth, qui est ma grande consolation. Je viendrai ici tant que je serai vivante.

– Il me semble parfois que tu aimes plus la bouteille que le Pruth.

– C'est faux. Ils sont complémentaires.

– J'ai du mal à sonder ta pensée, il faut croire que l'esprit des femmes est différent. »

P. ne se démonte pas.

« Qu'y a-t-il là d'incompréhensible ? Le Pruth est à mes pieds et la bouteille dans ma main. Je contemple le flot que j'aime tant, tout en buvant au goulot. Je n'ai rien trouvé de meilleur, il est si dommage que tout cela soit sur le point de s'achever. »

L'homme à la jambe coupée la fixa un instant avant de détourner son regard vers les longues barques qui voguaient fièrement à contre-courant. Je compris à son sourire qu'il en était heureux.

29

La modeste isba, la rive et les personnes qui nous entouraient se sont tenues avec clarté devant moi lorsque j'ai entrepris d'écrire *Badenheim*, *Le Temps des prodiges*, *Les Eaux tumultueuses* et d'autres livres. J'y ai puisé visions et sensations. Ni la réminiscence ni l'écriture ne furent faciles. Le contact avec des scènes d'enfance est toujours douloureux, et plus encore ici, car les êtres qui déambulaient dans ces scènes, mes parents et leurs proches, ignoraient tout de ce que l'avenir leur réservait.

Ils étaient juifs, mais n'y accordaient pas plus d'importance. Mon père disait : « Je ne vais pas nier que je suis juif, mais je ne m'en glorifierais pas non plus. Tant pis si on m'en tient rigueur. Je m'efforce d'être honnête et digne du qualificatif d'être humain. »

Mais les regards des paysans locaux, jeunes et vieux, exprimaient la colère et l'hostilité. Certes, ils nous louaient leurs isbas et nous fournissaient notre nourriture, mais de mauvaise grâce. Ils avaient une voix particulière lorsqu'ils s'adressaient à nous, une voix arrogante et méprisante ; sur le chemin de l'église, le dimanche, ils ne pouvaient s'empêcher de crier : « Le Messie ne supporte pas les Juifs. Bientôt, il leur donnera ce qu'ils méritent. »

« Qu'est-ce que les Juifs ont fait de mal ? demandai-je à ma mère.

– Les Juifs ne sont pas différents des autres hommes. »

Pourquoi les hait-on ?

– Certaines personnes méchantes font des distinctions entre les êtres, entre les peuples. Elles attribuent à un autre peuple que le leur des traits mauvais et des pensées condamnables. Elles ne voient pas le bien en eux, seulement ce qui est mauvais ou sort de l'ordinaire. Nous devons soutenir qu'il n'y a pas de différence entre les êtres. Tous ont été créés à l'image de Dieu », dit maman avec émotion.

C'est la voix de ma mère à la lumière du jour, mais le soir au coucher, le monde semble plus doux. La nuit, elle n'use pas de mots durs. Elle me raconte son enfance dans les Carpates et le mode de vie tranquille de grand-père. J'ai l'impression qu'elle veut inscrire en moi les champs et les cultures qui entourent la maison en bois de grand-père, et aussi la petite synagogue et la prière.

Une nuit, elle me surprit en prononçant les mots *Shéma Israël*, et elle ajouta aussitôt : « C'est une prière qui clôt la journée. Chaque prière a une mélodie qui correspond à son moment. Lorsqu'on lit le *Shéma*, on voit les douces lueurs nocturnes.

– Pourquoi as-tu quitté les Carpates et es-tu allée vivre en ville ?

– J'ai suivi ton père, il aime la ville, les rues, les cafés, le théâtre et le cinéma.

– Pourquoi a-t-il du mal à prier ?

– Il s'est détaché de la foi de ses ancêtres. »

30

Je ne lâche plus Karl Koenig depuis que j'ai découvert son existence. Il me semble que mon père l'aime bien aussi. Invisible toute la journée, il part en promenade à l'approche du soir. Il m'a désarçonné récemment en venant me demander mon nom. Je le lui ai donné. Il m'a regardé et demandé en quelle classe j'étais et ce que je lisais.

« Jules Verne.

– Moi aussi, je le lisais à ton âge. Voudrais-tu être écrivain ? »

J'ai confirmé.

Il m'a fixé d'un regard pénétrant :

« Tu es sûr ?

– Je crois, ai-je répondu en hochant la tête.

– Alors qu'il en soit ainsi », et il s'en est allé.

Il s'avéra qu'il partait voir Rosa Klein, dont le visage s'éclaira à son approche. « Qu'est-ce qui vous amène à moi aujourd'hui ?

– Je viens prendre de vos nouvelles.

– Je n'en peux plus, soupira Rosa. Dix-huit femmes, chaque jour, et chacune avec son destin, chacune avec sa détresse. Je suis prise dans un étau : que dire ? Que taire ? J'ai fait le serment de ne pas mentir, mais il ne faut pas non plus dévoiler totalement la vérité. Une once de vérité, une once d'espoir – c'est sur cette ligne de crête que je dois marcher. Ce n'est pas simple. Ça demande beaucoup d'efforts. Pour l'heure, je suis épuisée. Je voudrais poser ma tête sur l'herbe et dormir.

– Et voilà que je suis précisément venu vous déranger, dit Karl, contrit.

– Vous êtes un collègue de travail. Un havre de paix.

– Il faut que vous sachiez que les femmes vous aiment beaucoup. J'entends très souvent dire : "Tu es déjà allée chez Rosa ? Pourquoi ne vas-tu pas chez Rosa ?"

– Oh, pas tout le monde. On me reproche parfois de ne pas avoir été assez précise dans mon diagnostic, de ne pas avoir donné les bons conseils, de ne pas avoir tiré la sonnette d'alarme quand il l'aurait fallu. Et si j'exige un petit changement dans leur vie, elles prennent leurs jambes à leur cou. Elles n'aiment entendre que ce qui flatte leurs oreilles : un avenir radieux, ou que sais-je encore. Elles craignent autant la vérité que l'hôpital. Je me tue à répéter : je ne suis pas une poudre de maquillage, je ne viens pas embellir la vie. Je regarde la paume de la main et rapporte ce que les lignes me racontent. Je ne peux modifier le destin de personne. Je peux demander à quelqu'un d'être prudent, mais le destin décide, c'est entre lui et lui. Toutefois, avec un effort, il est possible de le faire dévier un tout petit peu de ses rails.

– Je suis sûre que certaines femmes le comprennent.

– Mais pas toutes, loin de là. La plupart réclament une consolation bon marché et quand je leur suggère un léger effort, elles exigent une réduction. Si je dis par exemple à l'une d'elles, "Modifiez un peu le cours trop vif de votre destin, mangez moins, allez nager, c'est pour cela que vous êtes venue ici, non ?", elle commence à pleurer ou implore que je lui permette de manger un morceau de chocolat avant le coucher. Elle ne comprend pas qu'elle est au bord d'un gouffre. Maintenant, vous saisissez pourquoi je suis fatiguée en fin de journée.

C'est un travail qui demande de grands efforts et apporte de maigres résultats. Mais j'ai trop parlé. Comment allez-vous ? Vous aussi, il me semble, vous travaillez matin, midi et soir. Vous aussi êtes esclave d'efforts sans fin.

– J'écris et j'efface. Certains jours, l'écriture l'emporte. D'autres jours ne sont consacrés qu'à l'effacement. Je ne me plains pas, il y a des destins plus pénibles que le mien. À la fin de la journée j'ai devant moi une page ou une demi-page plus ou moins lisible.

– Et comment avance votre livre ?

– Je me concentre sur un chapitre pour l'heure. Un chapitre dans lequel il y a un équilibre entre la pensée et le sentiment, un choix de mots acceptable, de la clarté, un rythme juste, est déjà une petite victoire.

– Vous aussi vous travaillez dur, mais si je peux me permettre, vous menez des combats contre vous-même. Et même si vous êtes également soumis à la critique, moi, c'est tous les jours, sans relâche.

– L'autocritique n'est pas non plus une chose facile. Parfois un paragraphe qui n'est pas valable contrarie mon repos et écourte mon sommeil. Je suis pointilleux à tort et à raison, bien malgré moi. J'ai hérité cette rigueur de mon regretté père. C'est mon destin, il n'y a rien à faire, je ne me plains pas. Si la guerre ne se déchaîne pas sur nous, j'aurai terminé mon livre cet hiver, c'est déjà quelque chose.

– Je suis contente, dit Rosa d'une voix maternelle.

Mais ce ne sera que la moitié du chemin. La deuxième moitié n'est pas moins pénible : les éditeurs. Ils lisent les manuscrits dans les moindres détails et se demandent combien d'exemplaires ils vont vendre.

– Si je puis exprimer mon opinion, vous méritez une grande considération. Vous êtes dévoué à votre écriture, corps et âme. Une telle fidélité est peu commune de nos jours. Mais plus encore : vous aimez les êtres qui évoluent dans vos livres. Tout le monde hait les Juifs. Ceux-là parce qu'ils ont tué leur Dieu et ceux-là par jalousie. Les Juifs eux-mêmes prêtent le flanc à cela. Vous avez le mérite de ne pas juger les Juifs avec sévérité.

– Je m'éclipse, j'ai reçu trop de compliments pour aujourd'hui. Ça risque de gonfler mon cœur de fierté. Un peu d'humilité ne fait de mal à personne, et à moi non plus.

– N'oubliez pas de revenir me rendre visite.

– Je reviendrai », promit Karl en agitant la main et il poursuivit son chemin.

31

Notre dernier séjour sur la rive du Pruth se déroula dans une expectative tendue. P., si rieuse d'ordinaire, gémissait, pleine de craintes, et l'homme qui longeait chaque jour la rive dans un sens puis dans l'autre se plaignait de contractions dans la poitrine. Tout le monde était persuadé que ses douleurs étaient imaginaires. L'homme à la jambe coupée répétait inlassablement qu'il s'était trompé dans ses investissements. Au lieu de placer sa fortune dans l'or, il s'était tourné vers l'immobilier, achetant des immeubles et des entrepôts. « Ma conscience me disait de vendre pour acheter de l'or, mais au lieu de suivre mon intuition, j'ai écouté les conseils venant de l'extérieur. Que valent des immeubles en temps de guerre ? Rien. On peut dissimuler des pièces d'or dans une doublure, mais on ne peut pas emporter des bâtiments sur son dos. Tout le monde se trompe. Moi, j'ai parié toute ma fortune et j'ai tout perdu. »

Brûlante d'admiration, P. le scrutait, désireuse de sonder son inquiétude. Elle aurait voulu prononcer quelques mots consolateurs, mais sa bouche ne réussissait pas à en formuler un seul.

Les gens devinaient manifestement ce qui les attendrait de retour chez eux : certains redoublaient leur consommation d'alcool, d'autres jouaient au poker jusqu'à une heure avancée de la nuit. Mon père et ma mère aussi pressentaient le bouleversement à venir, mais ils contenaient leurs émotions, continuant de regarder autour d'eux, chacun à sa manière.

Ils occupaient la majeure partie des heures matinales à la natation, s'efforçant de m'apprendre aussi à nager. Alors qu'au début des vacances j'avais un peu progressé et parvenais à flotter, une vive inquiétude finit par m'étreindre. Ne s'avouant pas vaincue, maman m'encourageait, me montrait les mouvements, me répétait de me détendre. Ses douces paroles ne faisaient que contracter mon corps.

Mais surtout, vers la fin de l'été, j'étais secrètement attiré par les grandes jeunes filles, étudiantes ou apprenties dans des ateliers de mode renommés. Une distinction tranquille imprégnait leur allure. Non sans raison, mon père répétait : « Elles n'appartiennent pas à ce lieu. Dommage qu'elles passent leurs vacances dans cet endroit désolé. Elles appartiennent aux jardins, aux lacs, aux montagnes couvertes de forêts et au silence, pas à toutes ces paroles creuses que l'on entend ici. »

Je remarquai que lorsqu'il évoquait les jeunes filles, le ton ironique de sa voix disparaissait pour laisser place à une intonation triste.

Cela ne m'empêchait pas de contempler les jeunes filles qui s'égayaient le long de la rive et nageaient pendant des heures à un rythme régulier, avec élégance, et lorsqu'elles émergeaient de l'eau, le visage ourlé de gouttelettes, leur beauté était encore plus éclatante.

L'une d'elles vint me demander mon prénom.

Je le lui dis.

« Tu es en quelle classe ?

– En sixième », mentis-je.

J'avais dix ans et sept mois et j'étais amoureux de toutes ces jeunes filles jusqu'au plus profond de mon âme. Ne sachant exprimer cet amour, je restais planté là comme un golem.

Dans un de mes rêves, j'étais debout au bord de la rive et aspirais si ardemment à les rejoindre que je sautais à l'eau. J'avais l'impression que j'allais bientôt les atteindre, quand une grosse vague me frappa et les eaux commencèrent à m'attirer vers le fond. Je réussissais à remonter puis à flotter au prix d'un grand effort. Je me croyais sauvé – je me trompais. Les eaux m'attiraient avec plus de vigueur vers le fond. J'espérais qu'une jeune fille s'apercevrait de ma détresse, ou mon père, ou ma mère qui étaient sur la rive. Mais nul ne me remarquait et je coulais. Grands dieux, eus-je encore le temps de m'écrier. Le cri était si intensément désespéré que je me réveillai.

32

Les jours s'écoulent, clairs, frais et secs. Les nuits sont désagréables. Les visions du jour s'infiltrent dans mon sommeil et me perturbent. Durant les vacances précédentes, me suis-je souvenu, il pleuvait la nuit et cela agrémentait mon sommeil. Maman me répète que nous rentrerons bientôt à la maison, mes nuits seront de nouveau paisibles.

Tandis que je me demandais quand nous rentrerions précisément, j'aperçus sur les hauteurs une procession de paysans portant des drapeaux chatoyants et chantant avec des voix épaisses et fortes. Leur chant s'intensifiait au fur et à mesure qu'ils se rapprochaient.

Il s'avéra que c'était un cantique contre la sécheresse. Maman me prit par la main pour m'entraîner derrière les buissons.

Chantant toujours, ils bondirent sur les vacanciers pour les frapper avec des bâtons en proférant des insultes. Terrorisés, des gens se jetèrent à l'eau. P. et la grande femme encaissèrent les coups les plus durs. Les autres s'en sortirent avec des égratignures et des ecchymoses.

La sidération s'abattit sur nous. Notre médecin, le docteur Zeiger, s'occupa des deux femmes blessées, alors que Slovo, le secouriste – un Juif de haute taille qui avait servi dans l'armée autrichienne durant la Première Guerre mondiale –, prenait soin des autres blessés en grommelant : « N'en faites pas toute une histoire. J'ai vu dans ma vie des blessures bien plus sévères. Dans un jour ou deux vous aurez tout oublié. »

Touchée au visage et aux jambes, P. se lamentait, le souffle coupé : « Qui me regardera à présent ? Je ne suis plus une femme, je suis un monstre. Pourquoi suis-je venue ici ? Qu'est-ce que je suis venue chercher ? S'il n'y avait eu Franz, je n'aurais pas mis les pieds sur cette maudite rive. Tout est de sa faute. » La grande femme aussi gémissait de douleur, mais sans récriminer. Se recroquevillant dans son grand corps, elle réclama au docteur Zeiger des piqûres légères. Sa voix ressemblait à celle d'une enfant. Le docteur Zeiger lui promit que les douleurs passeraient vite. Médusé, son petit mari la regardait avec étonnement car elle gardait son calme malgré ses blessures et acceptait la douleur. « Ma femme est une héroïne », ne put-il s'empêcher de s'exclamer en guettant l'approbation du médecin.

Grâce à maman, qui aimait la compagnie des humains, je fus témoin de nombreuses scènes. J'ai vu les deux femmes blessées et le docteur Zeiger penché sur elles, attentif à leur douleur, prodiguant de douces paroles de réconfort.

C'est aussi du fait de maman si j'ai vu une grande partie de la procession, l'assaut de la foule de paysans, les bâtons dressés qui s'étaient abattus, les vacanciers qui n'avaient pas eu le temps de fuir, étendus au sol, suppliant qu'on vienne à leur secours, et ceux qui avaient sauté à l'eau. Le gigantesque secouriste Slovo, armé de sa trousse pleine de bandages, de crèmes et d'attelles, est également inoubliable.

On dit Slovo, et aussitôt surgissent sa silhouette et sa trousse. Notre bon docteur Zeiger si dévoué est très aimé. Il examine les malades, pose quelques questions, dit un mot apaisant et prescrit une pilule. Slovo examine les blessures et les bande sans poser de questions. Il y a dans sa façon de faire quelque chose d'effrayant.

Il me demanda un jour mon prénom.

Je le lui dis.

Il poursuivit : « Que veux-tu faire quand tu seras grand ?

– Secouriste », dis-je curieusement.

Il éclata d'un rire aussi grand que lui : « On apprend ça à l'armée. Tu veux être soldat ?

– Commandant », dis-je en voyant devant moi le prince de Gusta.

C'est ainsi que se mélangent parfois en moi le réel et l'imaginaire. Maman ne perturbe pas ces divagations, elle s'y joint même parfois. J'ai remarqué que cela la rendait plus belle.

Grâce à ma mère, j'ai vu des choses que j'ai plus tard recherchées chez les êtres. Elle observait particulièrement les gestes furtifs. Mon père n'appréciait pas à sa juste valeur cette finesse. Il réclamait des idées, des idéaux, qui ne manquaient jamais de le décevoir.

En fin de compte, ma mère était plus heureuse que lui. Elle trouvait toujours une fleur ou un objet dont elle pouvait s'émerveiller. Quand mon père montrait l'admiration qu'il lui portait, j'étais comblé.

Je croisai Nikolaï qui me reconnut aussitôt et me demanda comment j'allais. Il voulut savoir si j'avais déjà appris à plonger du pont.

« Pas encore, répondis-je, effrayé.

– Tu es un garçon robuste, il ne faut pas avoir peur, ton père est un excellent nageur et ta mère aussi n'est pas piquée des hannetons.

– L'année prochaine je plongerai du pont, promis-je pour qu'il en finisse.

– Tu dois te répéter : Je n'ai pas peur, c'est une honte d'avoir peur.

– Oui, je me le dirai, monsieur. »

Apparemment satisfait de ses niaiseries, il me laissa tranquille.

Cette rencontre me rendit anxieux. J'avais l'impression que la prochaine fois, Nikolaï m'attraperait pour me traîner jusqu'au pont. Je rentrai à l'isba où je retrouvai maman et lui racontai la discussion. Après m'avoir écouté attentivement, elle dit : « Ne fais pas attention à lui. Les paysans aiment se vanter, provoquer et faire peur, comme ils l'ont fait hier. »

33

La tourmente retomba, laissant planer le sentiment que les gens allaient faire leurs valises et quitter le lieu qui les avait humiliés et meurtris.

« L'homme est une créature qui s'adapte », déclara quelqu'un. Dans ce cas précis, il avait raison. Certes, les gens étaient contusionnés, avaient été griffés ou blessés, mais pas de façon mortelle. Une heure après le passage de la procession de la terreur, le docteur Zeiger était désœuvré. On entendait encore ici et là des soupirs mais plus de gémissements. Slovo regardait autour de lui d'un air satisfait : tous ceux qui avaient eu besoin de son aide l'avaient reçue.

Assis près de sa vieille amie P., l'homme à la jambe coupée murmurait : « J'ai vécu des pogroms bien plus durs que ce qui s'est passé aujourd'hui. C'était un pogrom de petite envergure. »

Il était manifestement très heureux d'avoir trouvé ce terme.

« Mes jambes me font encore mal, mon visage aussi. Le docteur Zeiger a promis que je n'aurai pas de cicatrices. J'espère qu'il ne se trompe pas.

– Tu n'as pas d'inquiétude à avoir à ce sujet. Le docteur Zeiger est un bon médecin.

– De quoi dois-je m'inquiéter, alors ?

– De la guerre, ma chère, la guerre approche, même si l'on n'entend pas encore le galop des chevaux.

– Une femme sans un joli visage et sans jambes dignes de ce nom ne vaut rien. Qui la regardera ?

– Tu es très bien. Tu peux être contente de toi.

– C'est sûr que je n'aurai pas de cicatrices ?

– Pas même une », prédit l'homme à la jambe coupée en riant.

Le mari de la grande femme s'affairait autour d'elle avec du chocolat et des paroles consolatrices. Son dévouement n'avait plus rien de ridicule. Il contemplait sa femme avec admiration, comme si elle avait traversé une rude épreuve.

Elle ne se plaignait pas. Elle réclama du chocolat et il lui tendit le quart d'une tablette. Son visage gonflé d'ecchymoses lui conférait l'apparence de quelqu'un qui a docilement subi une opération et surmonté ses peurs. Elle souriait, comme pour dire : Aujourd'hui j'ai le droit de manger autant de chocolat que j'en ai envie. J'ai gagné ce droit au prix de fortes douleurs. Qu'on n'essaie pas de m'interdire cette nourriture que j'aime tant. Elle adoucit mes souffrances et me remonte le moral.

« Tu as mal ? demanda son mari avec inquiétude.

– Oui, mais c'est supportable.

– Grâce soit rendue à Dieu », dit-il sans la quitter des yeux.

La plupart des vacanciers ne retournèrent pas dans leur isba, discutant à voix basse comme s'il était entendu de tous qu'une tourmente soudaine avait touché quelques personnes, mais qu'en fin de compte elle était supportable.

« Ce sont des paysans fanatiques », dit la voix claire d'une femme que j'avais remarquée dès notre arrivée et qui s'asseyait toujours à l'écart. Elle avait été opérée d'une tumeur maligne juste avant sa venue ici. L'opération avait réussi, la tumeur avait été enlevée, aucune métastase n'avait été trouvée. Le chirurgien lui avait conseillé de partir en vacances et de se réjouir d'avoir échappé à un funeste destin.

« Grâce à Dieu, dit une femme du même âge assise près d'elle.

– Aujourd'hui on ne remercie plus Dieu, mais la science.

– Soit.

– La science progresse. Sans elle et le professeur qui s'est occupé de moi, je serais déjà six pieds sous terre.

– Moi, j'ai envie de dire grâce à Dieu, mais je respecte votre volonté de ne pas le dire.

– Merci, fit l'autre, qui poursuivit sur sa lancée : L'opération fut un succès, tous les chirurgiens qui m'avaient examinée pensaient qu'il n'y avait aucun espoir, mieux valait m'éviter une opération et des souffrances inutiles. Jusqu'à l'arrivée du professeur Grunwald. Il m'a examinée puis a dit : "Opérons." Je lui ai fait confiance. C'est un médecin qui inspire confiance. Il m'a promis que la tumeur ne reviendrait pas. Il est célèbre au-delà de notre région. Je sais que certaines personnes ont des doutes sur les promesses des médecins, mais tous les chirurgiens ne sont pas le professeur Grunwald. Il est unique dans sa génération.

– Et vous n'avez aucun désir de remercier Dieu ? s'étonna sa voisine.

– Non », répondit la femme en détournant la tête.

Le pogrom de petite envergure, ainsi qu'il fut qualifié, s'évanouit sans laisser de traces d'effroi. Les gens en parlaient comme d'un phénomène naturel qu'il était impossible d'endiguer. Les paysans appartiennent à la Nature, on ne peut pas attendre de cette dernière qu'elle agisse avec sagacité. Il y avait aussi d'autres explications que je n'arrivais pas à saisir ni à comprendre.

Après ce déchaînement sauvage, maman garda les yeux écarquillés, comme si elle aspirait à capter non seulement ce qu'on lui montrait, mais aussi les mouvements infimes dissimulés par le tumulte. Elle n'avait jamais utilisé un langage sophistiqué et elle n'en usa pas plus à ce moment-là, semblant répéter : Laisse les visions s'infiltrer en toi et y prendre place. Un jour, tu les retrouveras.

Le soir, avant de m'endormir, je lui dis : « Je crois que je veux être écrivain.

– Depuis quand y songes-tu ?

– Il y a quelques jours j'ai rêvé qu'un petit homme s'approchait de moi pour me dire : Prépare-toi, jeune homme, tu seras écrivain.

– C'était où ? s'étonna maman.

– Sur la rive, là où il n'y a personne.

– Que lui as-tu dit ?

– Je n'ai su que répondre.

– Et que t'a-t-il dit encore ?

– Il a continué de me parler, mais je ne comprenais quasiment rien. Il avait ma taille, il était peut-être plus petit même, mais il me faisait peur.

– Tu ne lui as rien répondu alors ?

– Je ne savais que dire.

– Il n'y a pas d'inquiétude à avoir. Tu dois d'abord aller au lycée, à l'université, tu verras ensuite.

– Pourquoi cet homme me faisait-il peur ?

– Nous ne sommes pas habitués à voir des gens si petits », dit maman, et nous rîmes ensemble.

34

La vision des assaillants ne me quittait pas, ni le chant qu'ils avaient continué de clamer en abattant leurs bâtons, y compris lorsque les vacanciers s'étaient mis à hurler. J'avais l'étrange impression que ce chant avait été la cause du déchaînement de violence : il avait porté les assaillants sur ses vagues et les avait enivrés.

Je devais mon salut uniquement à maman. En fin de compte, elle est plus concrète que mon père qui a perdu beaucoup d'argent dans sa vie à cause de sa maniaquerie et de ses principes. Maman ne se mêle pas de ses affaires, mais elle se désole de voir qu'il est fâché avec lui-même et toujours frustré.

« Maman, pourquoi papa est fâché ?

– Les comportements égoïstes l'agacent. Il attend des autres une attitude humaine. »

Je suis triste pour mon père que les gens puissent le contrarier pour un oui ou pour un non. Son visage se détend seulement lorsqu'il nettoie sa pipe, la bourre de tabac et l'allume. Il est enfin serein.

Il me demande parfois : « Erwin, je vois que tu rêves. Où étais-tu si ce n'est pas indiscret ? »

Je ne dissimule pas la vérité : « Sur la rive.

– Qu'est-ce qui palpite là-bas ?

– Je pensais à la femme qui parle toute seule.

– Pardonne-moi, mais elle est simplement un peu dérangée.

– Laisse-le rêver, intervient maman. Qui sait combien de temps il pourra encore le faire ? »

Papa baisse la tête, interdit.

Le docteur Zeiger, qui est ami avec mon père et a soigné entre autres les blessures de P., vint nous voir en fin de journée. Amusé par le comportement de P., il la qualifia de créature infantile, amoureuse d'elle-même. « Elle m'a supplié de lui promettre que son visage et ses jambes ne conserveraient aucune cicatrice. Elle a éclaté en sanglots amers lorsque je lui ai répondu qu'un médecin n'est pas un dieu, tout ne repose pas entre ses mains. Ses angoisses se sont apaisées lorsque je lui ai assuré que les blessures étant externes, elles cicatriseraient probablement en une semaine sans laisser de traces. “C'est certain, je n'en aurai aucune ?” a-t-elle insisté.

« – Elles existeront pour ceux qui ne vous aiment pas, lui ai-je répondu pour plaisanter.

« – Qui donc ?

« – Franz, ai-je dit pour l'engager à garder la tête froide.

« – Non, non, a-t-elle commencé à gémir. Il m'aimait et m'aime toujours. C'est simplement une pause. Il me reviendra bientôt.”

« Allez donc changer une créature pareille. Je connais Franz, c'est un séducteur inconséquent qui court après les femmes. Elles sont folles de lui, même si elles ne sont pas dupes. Il aliène leur esprit, à toutes. Je ne les comprends pas. »

Mon père a trouvé un allié fidèle en la personne du docteur Zeiger qui qualifie aussi certaines personnes d'insensées ou de dérangées, mais contrairement à papa, lui s'en occupe et n'hésite pas à se lever en pleine nuit si on le sollicite. Un médecin ne peut ignorer l'appel d'un patient. Sur ce sujet, il est en désaccord avec mon père qui prétend que la sollicitation d'une personne en pleine nuit n'oblige pas à se lever. Il faut avoir de la compassion pour un médecin, il n'est pas un soldat. Le docteur Zeiger l'écoute tout en souriant : « Je ne changerai plus. »

Alors qu'il semblait que le déchaînement des paysans était oublié et que tout redevenait comme avant, un paysan manifestement saoul brandit un long couteau en s'écriant : « Jésus hait les Juifs, ils lui ont empoisonné la vie avant de le clouer sur la croix. Les souffrances de Jésus sont les miennes chaque jour. Il faut se venger des Juifs. Le Vengeur connaîtra le salut. »

Slovo bondit, lui arracha le couteau des mains, le saisit comme une hache et le flanqua par terre. Le paysan resta interdit, puis s'écria : « Hé, tu n'as pas honte ? C'est comme ça qu'on se comporte avec un être humain ?

– Tu oses parler encore ?

– Je n'ai pas peur des Juifs. »

À quoi Slovo répondit par un coup de pied. L'autre se recroquevilla en criant : « C'est interdit de frapper un homme ! Celui qui agit ainsi sera châtié. »

Slovo le regarda comme s'il n'était pas un homme mais une créature repoussante.

Comprenant que les mots ne lui seraient d'aucun secours, l'autre essaya de se redresser, sans succès.

Les habitués de la rive, témoins de cette scène, étaient sidérés. Slovo releva sa grosse tête : « On ne doit pas laisser passer une telle conduite. Un homme qui brandit un couteau se retranche de la compagnie des humains. Il faut réagir immédiatement à une telle menace, et avec la plus grande sévérité. La faiblesse convoque toujours la cruauté.

– Laisse-moi tranquille, rétorqua le paysan, agité.

– Pas tant que tu n'auras pas juré de ne plus brandir de couteau.

– Je suis chrétien, je ne m'attaque pas aux gens.

– Tu ne bougeras pas d'ici avant d'avoir juré. »

Quelques paysans s'étaient attroupés. Ils paraissaient tout petits à côté de la stature imposante de Slovo.

« Il m'a jeté par terre, il m'a roué de coups de pied, geignit le paysan.

– Tu te plains encore ? Tu viens attaquer des gens avec un couteau et tu oses te plaindre ?

– Dites-lui de me laisser partir, implora l'autre en s'adressant à la petite foule.

– Qu'il jure d'abord. Menacer autrui avec un couteau est un crime.

– Je jure, dit l'autre en ricanant.

– Ce n'est pas valable. Répète à voix haute : Je jure devant Dieu que je ne frapperai ni ne blesserai de Juifs.

– Je jure devant Dieu que je ne frapperai ni ne blesserai de Juifs », répéta le paysan en se levant. Puis il tendit la main à Slovo : « C'est bien parce que tu as été soldat.

– Là n'est pas la question, répliqua Slovo d'une voix sévère. Tu as prêté serment devant Dieu, pas devant moi.

– Tu as raison. Rends-moi le couteau.

– Pas maintenant. Tu es mis à l'épreuve. Reviens me voir à la fin de la saison, dans dix jours, on avisera alors. »

35

Mon père est passionné d'échecs depuis son adolescence, il y a même eu un temps où c'était une passion exclusive. Il a participé à plusieurs tournois, s'est hissé aux plus hauts sommets du jeu, mais quelque chose en lui que je ne suis jamais parvenu à éclaircir a stoppé l'élan de cette ascension, comme dans d'autres domaines. Il m'est arrivé de l'entendre dire : « Tous les dons ne sont pas totalement innés. Il faut y ajouter un entraînement régulier. » Je croyais qu'il exprimait là une généralité, avant de comprendre qu'il parlait de lui-même.

Ma mère estime beaucoup la pensée logique de mon père et regrette qu'il n'ait pas étudié les sciences exactes, persuadée qu'il y aurait excellé.

Le docteur Zeiger est un médecin encensé, son nom rayonnerait dans la capitale s'il n'habitait en province. La plupart de ses patients sont juifs, et beaucoup sont des indigents auxquels il ne réclame pas un sou.

C'est un célibataire à l'allure solitaire et modeste. Ses nombreux malades constituent sa famille. Il leur rend visite avant, pendant et après une hospitalisation. Il passe la moitié de ses journées à l'hôpital, et la nuit, les malades en détresse font appel à lui.

Le docteur Zeiger ne se plaint jamais de son sort : son humour légèrement sarcastique le protège contre la fatigue et la mauvaise humeur. Les femmes l'amusent : il rivalise avec mon père pour imiter la voix des plus coquettes. Il faut reconnaître qu'il le fait avec plus de talent.

Les pièces sont posées sur le plateau et le duel commence. Bon joueur, le docteur Zeiger raconte des anecdotes tout en manipulant les pièces, déstabilisant imperceptiblement son adversaire.

Mais mon père a quelques tactiques en réserve, le docteur Zeiger est obligé d'admettre qu'il a affaire à un partenaire surdoué. Quels que soient ses efforts, il ne voit pas la même chose que mon père, qui a toujours quatre ou cinq coups d'avance.

« Dommage que vous n'habitiez pas la capitale, on y trouve de plus sérieux adversaires. C'est en aiguisant sa pensée qu'un homme se hisse au sommet.

– J'ai raté le coche, répond mon père.

– Trente-deux ans, c'est encore jeune.

– Il faut commencer à s'entraîner dès le plus jeune âge, aux échecs comme en tout art, et être assidu. L'assiduité est la clé de tout résultat. »

Le mot « assiduité » n'était pas utilisé à la maison. Je comprends à présent qu'il était douloureux. Mon père avait commencé à étudier le droit, pour abandonner en troisième année malgré les protestations de ses parents. Ses résultats lui paraissaient médiocres, il était persuadé de ne jamais atteindre l'excellence. J'entendis ma mère dire un jour : « Freddy déteste la médiocrité, elle le met hors de lui. Au lycée, il était parmi les plus brillants, c'était bien connu de tous, mais il se décourage facilement. »

Le docteur Zeiger revient à sa préoccupation : ses frères juifs sont toujours anxieux, nerveux, prennent une ombre pour un ennemi armé. Ils partent tous les ans en vacances mais ne savent pas vraiment se reposer, emportant avec eux leurs angoisses, qui se sédimentent, et lorsqu'ils rentrent chez eux, ils courent les médecins, paniqués, réclamant l'impossible. Leurs angoisses inguérissables sont la source de tous leurs maux, réels et imaginaires.

« En fut-il toujours ainsi, docteur Zeiger ? s'enquiert mon père, désireux d'en entendre plus.

– Chez les Juifs, l'anxiété a toujours été accompagnée de la certitude que Dieu les aimait. Les deux allaient de pair, mais cette certitude a disparu chez les dernières générations. N'est restée que l'anxiété.

– Alors la tribu va disparaître ? demande mon père avec un sourire voilé.

– Difficile de savoir, c'est une question de temps. »

Ma mère écoutait sans intervenir, mais il était manifeste que cette conversation lui faisait du mal.

36

Ici non plus le docteur Zeiger ne chôme pas. On le convoque en pleine nuit. J'ai entendu mon père dire : « À votre place, j'irais ailleurs. Les médecins aussi ont besoin de repos et de vacances.

– Je me réveille systématiquement une demi-heure avant qu'on frappe à ma porte. Un réveil nocturne, c'est de la routine pour moi. Un réveil avant l'aube, c'est une autre affaire. J'ai la chance qu'on me sollicite en général vers minuit. Les cas plus graves sont rares.

– Moi, j'interdirais qu'on me réveille en pleine nuit. C'est cruel. Quand ça m'arrivait à l'armée, j'étais titubant et nauséeux tout le lendemain.

– Je m'y suis habitué. Le plus souvent, on m'appelle pour rien. Mais plus d'une fois aussi, j'ai sauvé quelqu'un d'une mort certaine. Depuis, je me dis que tout cela n'est pas vain.

– Moi, en tout cas, je ne remettrai plus les pieds ici, déclare mon père, à la grande surprise du docteur Zeiger.

– Pourquoi ? lui demande ce dernier avec un sourire affectueux.

– J'ai du mal avec le groupe.

– Je suis au service de la médecine depuis près de vingt ans. Il y a toutes sortes de patients. Certains timides et délicats, qui ne dérangeront jamais un médecin en pleine nuit, attendront le matin pour venir le voir et ne le feront pas moins avec contrition, mais il y a des patients implacables, qu'il vente ou qu'il neige. On ne peut jamais savoir quelle est la gravité de leur état, alors on est tenu de se rendre auprès d'eux.

– Vous avez fait le choix d'une vie difficile, docteur Zeiger.

– Je n'ai pas choisi. La vie l'a fait à ma place.

– Vous ne voudriez pas vous installer dans un quartier plus huppé ? Il me semble qu'on traite les médecins avec plus d'égards.

– Vous vous trompez, mon ami. Celui qui paie plus exige plus aussi. Un patient pauvre ne réclame rien.

– Ils vous embêtent pourtant.

– Je ne peux pas changer le monde, mais je peux apporter un peu de guérison à quelques créatures.

– Je ne vous comprends pas. Vous vous êtes fourré dans de beaux draps, comme on dit.

– Je ne suis pas si mal loti. Je ne voudrais pas d'un autre destin. Je fais ce que je peux, parfois moins. La plupart du temps, je suis auprès de mes patients. Je les aime et ils m'ont en sympathie, que demander de plus ?

– Et votre intimité, dans tout ça ? le surprit mon père.

– À partir du moment où vous avez choisi la médecine, vous renoncez à ce luxe.

– Même ici, vous ne connaissez pas le repos !

– Celui que je trouve me suffit. On ne m'appelle pas toutes les nuits. Il m'arrive de dormir six heures d'affilée.

– Les vacanciers de la rive vous plaisent ?

– Eux aussi sont faits de chair et de sang. Ils ne sont pas différents de nous. Chacun a sa part de destin.

– Ils me paraissent un peu ridicules.

– C'est exact, nous le sommes tous. Les soucis, les maladies, les peurs, l'inquiétude nous rendent ridicules, l'air de rien. »

Mon père ne renonce pas : « Ils n'ont aucune tenue. Ils se mêlent de tout, tout le temps. Ils ont toujours quelque chose à confier, ils empiètent sur la vie privée d'autrui.

– L'homme, dans toute sa splendeur. On n'y peut rien.

– Vous les excusez ?

– J'essaie de les soulager.

– Cela me dépasse, docteur Zeiger. Il faut croire que j'ai encore beaucoup à apprendre. »

37

La vie avait repris son cours sur la rive, pourtant la procession sauvage n'avait pas disparu des esprits. Les gens se montraient leurs ecchymoses. Quelques personnes se plaignaient de ne plus dormir la nuit, mais la frayeur était passée.

Assise près de l'homme à la jambe coupée, P. racontait pour la énième fois que le docteur Zeiger lui avait assuré que ses blessures cicatriseraient totalement.

« Tu peux lui faire confiance.

– Oui, c'est un médecin honnête, j'ai une confiance absolue en lui. Mais pourquoi répète-t-il sans cesse : je suis un simple médecin, pas un dieu ?

– Crois-moi, à part lui, les médecins sont tous motivés par l'appât du gain.

– Il a pansé mes blessures sans réclamer un sou.

– Il est l'exception qui confirme la règle. »

P. soupira, puis lâcha : « Aujourd'hui je suis plus optimiste que toi ! » et elle éclata de rire.

Les jeunes filles élancées surgirent au bord de la rivière et s'alignèrent pour plonger en formant un arc de cercle d'une beauté époustouflante. Je m'imprégnai de chaque gouttelette et me dis : Quand je serai grand, je pourrai les aimer sans me cacher. Je sais qu'il est impossible de toutes les aimer, mais qu'y puis-je si les cinq me plaisent et qu'il m'est difficile d'imaginer renoncer à une seule d'entre elles ?

Mes progrès en natation sont maigres malgré les efforts de maman, et j'en suis peiné. Si je savais correctement nager, je braverais mes hésitations et me joindrais aux filles.

L'homme à la jambe coupée étira sa tête hors de son col militaire pour demander : « Que font ces nymphes ici ? Elles détonnent dans cette étrange assemblée. Il serait temps qu'elles s'inscrivent au club Spartacus, elles y seront plus à leur place. »

Une voix surgissant de nulle part lança : « N'oubliez pas qu'elles sont juives. »

« On ne dirait pas », dit l'homme à la jambe coupée en se tassant de nouveau.

Parfois, mon père me rappelle que je n'ai pas touché à mes cahiers, ni pour effectuer mes exercices de calculs ni pour écrire mes impressions de lecture. Le temps des vacances raccourcit, dans vingt jours nous rentrerons à la maison.

Ce rappel m'attriste. Je suis un élève sérieux, je fais mes devoirs, mais j'ai du mal à aller vers mes livres d'école et mes cahiers en été. Je lis Jules Verne passionnément, et Karl May aussi, avec intérêt. La lecture me fait oublier l'école, les apparitions effrayantes du directeur adjoint et de la surveillante qui se tient à l'entrée pour noter chaque retard.

« Dans vingt jours je rentrerai chez moi, ce n'est pas sûr qu'on se reverra », entendis-je quelqu'un dire d'une voix rauque. Ces phrases anonymes attrapées au vol se fichent dans ma tête et ressurgissent de temps en temps.

Un soir, j'entendis Rosa Klein gémir : « Pourquoi le docteur Zeiger ne passe jamais me voir, alors que tout le monde vient me consulter, ici ou chez moi ? Même des médecins ! C'est le seul à m'ignorer, comme si je n'existais pas.

– Il est occupé avec ses nombreux patients, lui répondit quelqu'un.

– Ça n'a rien à voir. Il doit penser que mes interprétations n'ont aucune valeur. Qu'est-ce que j'y peux ? C'est tout ce que je sais faire.

– Pourquoi avez-vous donc besoin qu'il vienne vous voir ?

– Nous sommes une grande famille. Il y a ici des gens qui sont mes frères et mes sœurs d'âme. Je les aime et ils me le rendent bien. Bon, c'est vrai, il y a des personnes qui ont des réserves sur mon activité, mais tout le monde a au moins de la considération pour moi. L'indifférence, c'est beaucoup plus dur. Plus douloureux que des réserves. Pour ma part, je considère le docteur Zeiger comme un membre de ma famille qui me renie. J'aimerais me réconcilier avec lui mais je ne sais pas comment faire.

– Ne vous inquiétez pas, il vous rendra visite un jour, assure une des inconditionnelles de Rosa.

– Et si je meurs d'ici là ?

– Ne parlez pas de malheur ! Je vous le répète : il viendra.

– Les années filent. Chaque fois je me dis : Cette année, il viendra. Mais l'été passe et il m'a de nouveau ignoré.

– Dites-vous ce que vous nous dites parfois : ce n'est pas grave.

– Ce n'est pas évident. Ça me fait du mal. N'oubliez pas que je le connais depuis le lycée. Il était une classe au-dessus de la mienne et c'était déjà une idole. Les filles étaient folles de lui, mais il doit être difficile, il a raté son heure. Un jour, j'étais sur le point d'aller le voir, et puis je n'ai pas osé. Lorsqu'il est question de moi, je deviens hésitante. C'est plus facile de donner des conseils aux autres, voilà tout.

– Vous l'aimez encore ?

– Il faut croire que oui. J'ai le sentiment que nous avons des choses en commun, mais il doit penser autrement. De nombreuses années se sont écoulées depuis le lycée. Il a fait son chemin, étudié la médecine. Moi, j'ai passé mon temps à déchiffrer les lignes de la main. J'ai un peu aidé les gens, c'est vrai, mais pas comme lui. Je me suis dit à maintes reprises : Il faut que j'aille le voir, que je le regarde dans les yeux et lui demande : "Pourquoi tu m'ignores et fais comme si on n'avait pas étudié dans le même lycée ? Certes, je n'étais pas bonne en sciences, mais j'excellais en histoire."

– Allez le voir, lui conseille son admiratrice.

– C'est contre ma nature.

– Parfois il faut la surmonter.

– Oh, c'est pas maintenant que je vais changer », répond Rosa, désireuse de mettre fin à la conversation.

38

Nikolaï nous amena les chevaux brossés et lustrés, à l'heure dite cette fois. Maman avait préparé des thermos, des sandwichs, des crudités et des fruits. Je me réjouis de retrouver mon poulain et sa selle élégante. Il baissa la tête lorsque je le caressai. Nous nous empressâmes de prendre la route avant que la rive commence à s'agiter.

« Enfin ! dit papa.

– Chaque chose en son temps », répondit maman.

Mon père et ma mère s'expriment parfois d'un mot ou d'un segment de phrase qui leur sont manifestement intelligibles, mais me donnent l'impression qu'ils me dissimulent des choses.

« Nul n'est obligé de se forcer là où il ne se sent pas chez lui », dit mon père.

Je ne compris pas plus le sens de cette phrase.

Ma mère ne réagit pas, sans que l'on puisse savoir si son silence valait approbation ou non.

Les désaccords entre mon père et ma mère sont multiples, et il en surgit toujours de nouveaux. Seul le Pruth dans lequel ils nagent avec les mêmes gestes et au même rythme les réunit. Lorsqu'ils sortent de l'eau, ils ressemblent à deux sportifs s'entraînant pour une compétition.

Un jour, j'ai entendu P. dire à ma mère : « Vous avez l'air sains et heureux.

– Rien n'est jamais à cent pour cent dans la vie. Contentons-nous de quatre-vingts pour cent.

– Et moi de vingt ! fit P. en éclatant de rire.

– Vous vous sous-estimez, ma chère. »

L'emploi de ce dernier mot me laissa perplexe.

Le matin était clair, des gouttes de pluie scintillaient sur l'herbe. Nous avancions au trot et commençâmes notre ascension.

Mon père est las de la rive et de ses habitués. La veille de notre expédition, il a chanté les louanges de la montagne où les hommes ne sont pas les uns sur les autres, où l'on peut être face à soi-même. Le groupe contracte la respiration, on ne distingue plus rien à force d'agitation.

Ces deux derniers jours, nous nous sommes écartés des habitués de la rive en nous installant à distance. Mon père et ma mère nageaient pendant que j'essayais d'améliorer mes mouvements. J'ai progressé, à leur grande satisfaction.

Nous montions lentement. Le silence s'épaississait et les prodiges ne tardèrent pas à se révéler : ici, un pommier couvert de pommes rouges au beau milieu des bois ombragés. Tandis que nous le contemplions, un faon apparut entre les arbres, gracile, aux aguets. Il nous regarda, prit peur et s'enfuit.

Nous allions toujours au trot. Je sentais les murmures de la rive s'éloigner de nous. Bientôt, nous serions prêts à accueillir le silence.

Un flot de mots s'échappa de mon père :

« Il faut absolument qu'on vienne ici au moins deux fois par semaine, une seule ne suffit pas. Le brouhaha sur la rive bouche les oreilles, les visages enlaidissent le paysage. Tout nous tire vers le bas.

– Nous n'avons qu'à rassembler nos amis ici, proposa maman, sans que l'on puisse savoir si elle parlait sérieusement.

– Le docteur Zeiger est totalement asservi à ses malades. Ils seraient capables de venir jusque dans les montagnes pour se plaindre de maux imaginaires. Le droit à l'intimité n'existe pas pour eux.

– Il faut reconnaître que le docteur Zeiger accepte cette servitude de bon cœur, et même avec une pointe d'humour.

– C'est ce que j'ai dit, ils l'ont complètement asservi.

– On l'invitera à la maison, je te le promets. Et Karl Koenig aussi. On créera notre cercle qui s'appellera "Les Juifs de la montagne" », répondit maman pour tenter de le distraire.

39

Aujourd'hui, nous allons grimper jusqu'au monastère de Sergueï. Mon père, qui aime autant l'homme que le lieu, est déjà monté le voir plusieurs fois seul, ses yeux brillent lorsqu'il parle de lui. Cela reste pour moi un mystère. Chaque fois que ma mère parle de la foi de ses ancêtres, les épaules de mon père se crispent et il a souvent lancé le mot « anachronisme » dans la petite isba. L'incongruité de ce mot l'a fixé dans ma tête.

En revanche, mon père parle de la foi du moine Sergueï avec respect et un sourire lumineux aux lèvres. Je l'ai entendu dire un jour : « La foi du moine Sergueï est esthétique. Elle est dépouillée de paroles superflues, de complexes et de divagations.

– Mes parents sont des serviteurs silencieux de Dieu, ils ne font la morale à personne, a protesté maman.

– Ils sont l'exception qui confirme la règle.

– Il existe d'autres Juifs comme eux.

– Je ne les vois pas. »

Les désaccords entre mon père et ma mère me stupéfient chaque fois. J'ai du mal à décider qui je préfère. J'ai tendance à être d'accord avec maman, mais certains jours, les paroles de mon père me subjuguent totalement.

Nous avons arrêté nos montures sur les hauteurs après deux heures au petit trot, saisis par le splendide paysage qui se dévoilait face à nous : l'ondulation des collines vert et jaune, mouchetées de vaches ou de veaux, de potagers ayant résisté à la tempête, de petites bâtisses semblables à des cubes gris.

Lorsque maman s'émerveille, elle déborde de mots pour décrire non seulement ce qu'elle a sous les yeux, mais évoquer des souvenirs. Mon père se tait alors. J'ai déjà remarqué que les flots de mots le rendent taciturne. Bientôt, maman est gagnée à son tour par ce mutisme.

Je lui demande si dans ces montagnes aussi vivent des Juifs.

« Très peu. C'est difficile de vivre isolé. La plupart du temps, les Juifs vivent dans des villes ou des villages.

– Ils n'y sont pas à l'étroit ?

– On peut toujours choisir de rester à l'écart, mais le mieux est d'être avec des gens qu'on aime. C'est la nature de l'homme de vouloir aimer et être aimé. »

Elle étale une nappe, sort le thermos, les sandwichs, les fruits et les crudités du sac à dos. Ces petits festins sous les arbres immenses de la forêt diffusent de la quiétude et aiguisent l'appétit. Les sandwichs enveloppés dans du papier paraffiné sont déjà un régal pour les yeux. Je les engloutis l'un après l'autre, et s'il n'y avait le mot « glouton » que mon père utilise à la vue des habitués de la rive, j'en prendrais bien encore un ou deux.

Mon père sort sa pipe de son étui et répand des effluves de tabac tout en évoquant ses années de lycée, ceux qui ont réussi ensuite dans les affaires ou la science. Il mentionne également ceux dont les études se sont arrêtées en plein milieu, comme Alfred.

« Chacun a son destin », conclut-il.

Ma mère n'emploie pas ce mot.

Les désaccords entre mon père et ma mère s'adoucissent à l'ombre des grands arbres, et il me semble alors que la vie commune a poli leurs oppositions. Ils se réjouissent d'être ensemble.

Mon père raconte aussi ses expéditions en montagne l'été, des périples épuisants truffés d'expériences diverses, de moments d'extase. La nuit, chacun dressait sa tente et s'emmitouflait dans une couverture pour dormir.

« Cinq ou six lycéens participaient à ces randonnées, guère plus. Nous partions à la découverte de la région, de ses vieilles forteresses et de ses monastères. Les Carpates me fascinent depuis mon enfance, mais ce n'est que lors de ces excursions estivales que j'ai appris à les connaître.

« Je rêvais à cette époque de m'installer dans un monastère, d'étudier ses archives, le jour, et d'écrire des articles, la nuit, mais mes parents soutenaient que je devais opter pour le droit. Je n'ai pas eu la force de m'opposer à eux. »

40

La vie de mes parents s'ancre en moi. Lorsque je serai grand, j'irai moi aussi au lycée, puis à l'université, mais je n'abandonnerai pas mes études en plein milieu, comme mon père. L'interruption des études demeure pour lui une vive blessure que ma mère essaie de bander, en vain.

Je vois devant mes yeux Alfred, l'ami de mon père que nous avions rencontré par hasard et qui nous avait fuis. Lui aussi fait partie de ceux qui ont arrêté leurs études. Depuis, le sol s'est dérobé sous ses pieds.

J'ai souvent entendu ma mère marteler à mon père : « Beaucoup de gens t'aiment et t'estiment, tes connaissances ne sont pas moindres que celles de tes amis qui ont achevé leurs études. Tu n'es pas moins sensible qu'eux. »

Mon père l'écoute sans réagir. J'ai parfois l'impression que les paroles de ma mère versent du sel sur sa plaie. Un jour, il lui a répondu : « N'essaie pas de me soulager. »

Ma mère s'est inscrite à l'université mais n'a jamais entamé ses études. Elle aimait la vie chez ses parents, dans les montagnes. À l'idée d'être loin d'eux pendant plusieurs années, elle a reculé. Je l'ai entendue dire un jour : « Je n'ai pas une tête universitaire. »

Nous pensions arriver avant midi au monastère de Sergueï, mais nous fûmes retardés cette fois par maman qui avait aperçu une ruine couverte de plantes grimpantes. Elle proposa qu'on mette pied à terre pour s'en approcher. Mon père lâcha que c'était une curiosité inopportune.

Il s'avéra que c'était une synagogue abandonnée. Des lettres hébraïques à moitié effacées se distinguaient sur les murs, mais à part ça, tout était dévasté et sur le point de s'écrouler.

La pensée qu'autrefois des Juifs avaient prié dans ce lieu désormais à l'abandon épouvanta maman, qui resta frappée de stupeur avant de pouvoir murmurer : « Pourquoi des gens ont-ils quitté ce lieu sacré ?

– C'était il y a longtemps », dit mon père pour adoucir sa peine.

D'humeur plus paisible durant la suite de notre ascension, il nous confia avec émotion qu'il était attiré depuis l'adolescence par les monastères et leurs vieilles dépendances, la plupart du temps situés au sommet d'une montagne. Dans chaque monastère, il existait un puits équipé d'un mécanisme permettant d'y puiser une eau pure délicieuse. Calmes et affables, les moines étaient prêts à discuter de la nature, de la foi et de leur vie cloîtrée, avec tous les jeunes gens qui se présentaient. « Il y a des années de cela, j'ai demandé à un moine s'il était satisfait de son sort. Il m'a scruté avant de répondre : "Nous vouons ici un culte à Dieu, nous le servons. Y a-t-il quelque chose de plus grand que cela ? On est en présence du Roi des Rois, jour après jour, des laudes jusqu'aux complies. Les serviteurs de Dieu sont heureux de la grâce qui leur est donnée de vivre dans Son sanctuaire."

« J'ai compris que ma question était stupide et j'ai eu honte de l'avoir posée. Percevant sans doute ma gêne, le vieux moine a ajouté : "Pense à ce que je t'ai dit, mais ne sois pas triste. La tristesse est une compagne maladive."

« À chaque rencontre avec les moines dans ces lieux isolés, je sentais qu'ils luttaient contre la tristesse et la bile noire à côté du culte divin qu'ils rendaient. Ils évoquaient rarement ce combat, mais un moine m'a confié un jour que la tristesse était l'un de ses plus violents ennemis. Certains moines ont du mal à rester debout tout le temps de la prière, pour d'autres, le baptême en immersion totale au cœur de l'hiver est une épreuve. Et il y a ceux qui, travaillés par leurs pulsions, perdent la raison. »

Maman écoutait, bouche bée. Elle n'ignorait pas que mon père était attiré par cette vie recluse, mais elle venait de comprendre à quel point il l'était, et elle regretta de l'avoir traîné chaque année sur la rive sans prendre en compte ses réticences. Elle promit d'un ton contrit : « L'année prochaine, nous louerons un chalet dans la montagne. »

Mon père sourit, comme pour dire : Dommage que cette idée te soit venue seulement maintenant.

41

Ce faisant, nous arrivâmes au monastère dont le portail était ouvert. Un parvis ceint de bâtisses d'un étage aux portes closes nous accueillit dans un silence immobile. Le monastère vers lequel nous nous dirigions à petits pas était entouré de chênes immenses. Plus nous avancions, plus le silence s'intensifiait. Mon père ouvrait la marche, ma mère et moi le suivions, comme prêts à rejoindre une procession.

La pénombre régnait dans l'enceinte de l'édifice, de fines ombres grillageaient les dalles. Je remarquai : tout ici est en pierre, y compris les statues le long du couloir au bout duquel mon père toqua à une porte. Une voix nous invita à entrer.

Nous découvrîmes une cellule sombre meublée d'une table étroite, d'un lit, d'une étagère couverte de livres. Sergueï appela mon père par son prénom et se leva pour l'embrasser. Je comprenais son allemand. Il fit asseoir ma mère sur un tabouret.

« Nous aurions voulu arriver plus tôt, mais nous avons été retardés en chemin, dit mon père.

– Il se trouve toujours quelque chose pour nous retenir sur notre route », répondit Sergueï, et ils rirent ensemble.

Nous savions que ce serait une courte visite car à une heure, Sergueï devait aller à l'office de Sexte. Mon père lui demanda en quoi il était différent des autres.

« Les différences entre les prières sont infimes. L'essentiel est de prier à la bonne heure », expliqua Sergueï.

Mon père aurait manifestement aimé en savoir plus sur ce qu'était une bonne heure, mais il ne posa pas la question.

Ma mère demanda s'il y avait également des religieuses ici.

« Il y avait autrefois un couvent non loin du monastère, mais il a été déplacé pour une raison qui m'est inconnue. À présent, il sert d'auberge aux moines venus de loin pour séjourner ici. Les moines aussi ont parfois besoin de changement », dit Sergueï en souriant.

Mon père lui raconta que nous passions des vacances en bas, sur la rive du Pruth.

« Que signifie "passer des vacances" ? l'interrogea Sergueï en plissant les yeux.

– On nage beaucoup, et l'après-midi on lit.

– Et il n'y a plus de Juifs qui prient ? dit Sergueï, avec surprise.

– Oui, mais pas sur la rive, répondit mon père avec empressement.

– C'est étrange.

– Qu'y a-t-il là d'étrange ?

– Le peuple de Dieu ne prie pas.

– C'est ainsi que vous nommez les Juifs ?

– Je n'ai pas de meilleure appellation.

– Soit. »

Sergueï se tourna vers moi pour me demander mon prénom. Je le lui donnai.

« Et quel âge as-tu ?

– Dix ans et sept mois », dis-je pour être précis.

Mon père me regarda, comme satisfait de ma réponse.

Sergueï saisit sur l'étagère un livre qu'il lui montra.

« Vous lisez l'hébreu ? s'étonna mon père.

– Je l'étudie. C'est une langue stupéfiante. J'ai commencé par la Genèse, j'en suis à l'Exode. J'étudie chaque jour.

– Vous allez finir par devenir un moine juif.

– Il me semble que chez les Juifs on n'entre pas dans les ordres. »

Sergueï parla avec enthousiasme de l'hébreu et de ses qualités : « Celui qui veut approcher les Saintes Écritures est obligé d'étudier cette langue.

– Je l'ai apprise quand j'étais petit, mais j'ai tout oublié », confia mon père en rougissant.

Assise sur son tabouret, maman ne perdait pas une miette de la conversation.

« On ne peut approcher Dieu sans connaître la langue hébraïque. C'est la clé du sanctuaire divin. Je l'ai compris récemment.

– Vous m'étonnez, Sergueï, dit mon père.

– Nous lisons d'habitude l'Ancien Testament, mais pas dans sa langue originelle.

– Qu'est-ce qui se perd dans la traduction ? interrogea mon père.

– Le ton, la concision, le factuel, la manière directe. En apparence, tout se trouve dans la traduction, mais ce n'est qu'une apparence. L'essentiel est manquant. Prenez, par exemple, le mot *Elohim* qui, en hébreu, est au pluriel. L'Ancien Testament parle bien d'un Dieu unique et singulier, pourtant. Il faut croire qu'il y a une raison à cela. Les Juifs qui lisent l'hébreu peuvent se glisser derrière le sens caché des mots.

– C'est vrai. Autrefois chaque Juif lisait l'hébreu et comprenait plus ou moins ce qu'il lisait. Les enfants l'étudiaient dès l'âge de trois ans et lisaient la péricope de la semaine, génération après génération.

– Et aujourd'hui ?

– Il y a parmi nous ceux qui étudient la Bible et le Talmud. Mais la jeune génération, il faut le reconnaître, s'éloigne des études religieuses.

– Quel dommage. »

Sergueï se redressa : « Pardonnez-moi, c'est l'heure de la prière. Accompagnez-moi jusqu'à la petite chapelle où nous célébrons l'office de Sexte, j'en serai heureux. »

Mon père était troublé que la visite s'interrompe, et aussi que Sergueï se soit adressé à lui de cette façon, l'obligeant à regarder en face une tradition qu'il avait abandonnée depuis de nombreuses années.

Nous nous dirigeâmes vers la chapelle, Sergueï et mon père en tête, maman et moi à leur suite. Arrivé devant l'entrée, Sergueï se tourna vers mon père : « N'hésite pas. Reviens me rendre visite et nous reprendrons la conversation sur la foi, la prière et beaucoup d'autres sujets. »

Il l'embrassa et nous tendit la main en guise d'au revoir. C'est seulement là que je remarquai sa stature, ses cheveux lâchés sur les épaules, le sourire fin aux commissures de ses lèvres. Si notre visite lui avait visiblement été agréable, l'importance de la prière en temps et en heure l'emportait.

Le visage de mon père se ferma tandis que nous franchissions l'enceinte du monastère. Maman chercha à dissiper le malaise : « Sergueï est un homme aux manières très agréables. »

Les deux chevaux et le poulain que nous avions attachés à des arbres avaient eu le temps de brouter l'herbe grasse et manifestèrent la joie de nous voir de retour. Mon père voulait dire quelque chose, mais les mots ne vinrent pas à son secours. Il caressa la crinière de son cheval comme s'il espérait que ce geste entraînerait l'éclosion des mots. Il lâcha finalement : « Sergueï considère la foi avec un très grand sérieux.

– Mais pourquoi éveille-t-il en nous un sentiment de culpabilité et d'infériorité ? demanda maman d'une voix qui n'était pas la sienne.

– Culpabilité ? Infériorité ? s'étonna mon père.

– La culpabilité de ne pas être aussi dévoué que lui aux écrits sacrés. L'infériorité parce qu'il n'y a pas une chose au monde pour laquelle nous sommes prêts à donner notre âme. »

Manifestement surpris par cette réaction, mon père répondit : « Je crois que tu exagères. Son rapport aux Juifs est très positif.

– Aux Juifs croyants, pas aux Juifs libres. »

Nous enfourchâmes nos montures et prîmes la route lentement, en silence. Je savais que mes parents n'étaient pas pressés de retourner sur la rive qui, à cette heure, bouillonnait comme un chaudron.

42

Après une heure au pas, maman suggéra : « Il serait temps de manger quelque chose. Allons à l'auberge Les Fruits des bois. »

Tiré de ses pensées, mon père acquiesça.

« Ils ont toujours de la bonne soupe, et la bonne soupe met de bonne humeur », déclara ma mère, heureuse que les mots soient venus à son aide.

Mon père redressa la tête dans le col de son manteau, visage fermé.

Nous poussâmes nos montures au galop et une demi-heure plus tard, nous avions atteint l'auberge où nous étions déjà venus des années plus tôt, je devais avoir alors six ou sept ans. Je me souvenais de l'aubergiste trapu et du bon sourire qui flottait sur son visage. Mes parents avaient englouti une soupe tandis que moi, j'avais commandé une coupe de glace.

« Oh, voilà d'honorables hôtes », claironna l'aubergiste en nous accueillant.

La salle dans laquelle nous entrâmes était une taverne enfumée, imprégnée d'effluves tenaces de bière. Assis sur de longs bancs en bois, une chope à la main, quelques paysans buvaient en s'esclaffant.

L'aubergiste nous conduisit dans une salle mitoyenne éclairée par des fenêtres. L'air y était plus respirable. Les tables étaient couvertes de nappes blanches.

Maman s'adressait à lui dans une langue que je comprenais à moitié : le yiddish. Il nous proposa un bortsch que mes parents acceptèrent volontiers. L'angoisse sourde qui nous habitait depuis la visite au monastère se dissipait. Le front de mon père se détendit.

Le bortsch goûteux ne tarda pas à arriver.

Dans cette pièce claire à l'écart des autres, des livres et des chandeliers étaient posés sur les tables, ainsi que des châles de prière et des livres sacrés dont j'ignorais l'usage. L'aubergiste s'empressa de nous expliquer que le samedi et les jours de fête, le lieu se transformait en synagogue.

« Où habitent les Juifs ? s'enquit maman.

– Autrefois il y en avait ici même, mais à présent ils se sont éparpillés. Ce n'est pas facile de vivre dans cet endroit désolé. Des bandes tiennent le pouvoir entre leurs mains, il n'y a ni juges ni lois.

– Comment parvenez-vous à vivre ?

– Les pots-de-vin sont une réponse à tout, dit l'aubergiste en chuchotant.

– Cela a toujours été ainsi ?

– Depuis la nuit des temps, répondit l'aubergiste, et son visage s'ouvrit.

– Des Juifs passent-ils par ici ?

– Parfois. Pas beaucoup, mais grâce à Dieu, il y a toujours au moins les dix personnes nécessaires pour la prière du samedi. »

Après le bortsch, la femme de l'aubergiste nous servit des poissons de rivière grillés sur la braise, des pommes de terre et des petits pois. Maman lui posa des questions sur les plats auxquelles elle répondit de bon cœur. Mon père restait réservé et mutique. Il me semblait que la rencontre avec Sergueï l'avait blessé.

Je contemplai l'aubergiste. Trapu, vif, la barbe clairsemée, un intérêt profond pour ses interlocuteurs peint sur le visage.

Il confia à ma mère qu'il avait préparé cinq malles au cas où il lui faudrait émigrer. Il était jeune durant la dernière guerre, il n'avait pas pris la peine de préparer ses affaires et avait dû partir les mains vides. Là, tout était quasiment prêt. La guerre approchait, mieux valait prendre ses précautions. Mon père redressa la tête pour le dévisager, comme s'il disait : Cet homme est relié à la vie. Il survivra en toutes circonstances. Certes, l'aubergiste servait les paysans dans la taverne, sa femme avait cuisiné un délicieux déjeuner, mais les pensées du couple étaient déjà tournées vers l'émigration, contrairement à nous qui n'avions fait aucun préparatif pour l'heure, luttions contre des pensées, des sensations, désireux de fuir les habitués de la rive. S'il n'y avait eu maman, nous aurions même déjà abandonné notre isba pour louer un chalet dans les montagnes.

Le silence dans la grande salle fit surgir devant nos yeux le chemin parcouru depuis le matin : la visite chez le moine Sergueï, supposée nous ouvrir l'esprit, nous oppressait. Ma mère aurait pu prononcer une phrase dont elle était coutumière : « Il ne faut rien attendre de l'extérieur. » Ce à quoi mon père avait répondu un jour : « Mais la communauté est une coquille vide », phrase lapidaire qui avait laissé maman interdite.

Tandis que nous nous régalions, je songeais : Il faut que j'écrive tout ce que nous découvrons. Mais par quoi commencer, que faut-il choisir dans cette abondance, que faut-il taire ? C'est au-delà de mes forces.

Des différends éclatent toujours entre mon père et ma mère, y compris lorsque de nouveaux décors exigent un regard calme, comme cette salle éclairée par des photophores argentés, des chandeliers lustrés, et remplie de châles de prière, de couronnes d'argent pour orner les rouleaux saints et d'étuis de phylactères chatoyants, autant d'objets de culte guettant les croyants qui viendront s'envelopper dans les vêtements saints, le jour du Shabbat. Dieu s'unira alors à ses fidèles.

Il m'est arrivé de voir ma mère murmurer une prière chez ses parents, les yeux clos, et mon père détourner le regard comme pour dire : Je suis marié depuis tant d'années à cette femme, je pensais naïvement que nous avions la même approche de la vie. Je me suis trompé. Elle est encore profondément plongée dans un monde de vieilles croyances, tous mes efforts pour l'en détacher n'ont servi à rien.

Les parents de mon père étaient aussi des gens croyants, mais le lycée et l'université l'avaient éloigné d'eux, les visites s'étaient faites plus rares, plus brèves, ils étaient tous deux morts à l'approche de la cinquantaine, mon père évite de parler d'eux.

La femme de l'aubergiste apporta un thé et un gâteau aux pommes en disant : « Prenez donc une part de mon gâteau, je l'ai sorti du four il y a une heure à peine. Il a bien levé, je crois. Je fais confiance à votre goût. » Sa voix avait une intonation agréable, comme si nous étions de retour après de longues années et incarnions un prodige.

« C'est bon de se retrouver dans un lieu familier et de manger des plats qui rappellent la maison, soupira maman.

– On voit si peu de Juifs par ici. Nous serions engloutis par le monde étranger s'il n'y avait ce petit groupe qui vient le soir du Shabbat et les jours de fête.

– Nous essaierons de venir plus souvent, promit maman.

– Je vous attendrai, ma chère. Quel âge a votre fils ?

Dix ans et sept mois, répondit maman en me regardant.

– Je vous souhaite de pouvoir l'élever dans le respect des commandements et des bonnes actions, dit la femme, oubliant que nous n'étions pas pratiquants.

– C'est un bon garçon », ajouta ma mère, comme pour me défendre.

Je contemplai la femme et m'aperçus qu'il y avait une réelle proximité entre elle et ma mère. Elle répéta : « Prenez une part de mon gâteau. Ça fait des années que j'en prépare un tous les mercredis. » Je pensais que maman demanderait pourquoi ce jour précisément, mais elle ne le fit pas.

Elle dit adieu chaleureusement à la maîtresse des lieux : « Cet endroit vivifie l'âme. Vos plats délicieux rappellent vraiment la cuisine familiale. Nous reviendrons, si Dieu veut.

– Lui seul sait ce que l'avenir nous réserve. Nous prierons pour que le départ soit cette fois moins douloureux que lors de la dernière guerre. »

Et je compris à cet instant que mon père et ma mère fuyaient ce qui s'annonçait.

43

Nous enfourchâmes nos montures et prîmes la route sous un soleil bas et doux. Maussades, mon père et ma mère chevauchaient comme si ce retour leur était imposé.

À l'approche de la rive, nous aperçûmes les habitués qui s'éparpillaient vers leurs isbas. Le regard de mon père se teinta de nervosité et d'aversion. Malgré toute sa volonté, maman ne trouva pas les mots pour l'apaiser.

Nikolaï nous attendait dans la cour. Mon père descendit le premier de son cheval pour le saluer : « Les chevaux se sont bien tenus, ils ont été fiables, ils nous ont conduits partout sans problème. » Bien qu'il eût parlé à voix basse, ses paroles résonnèrent de manière factice à mes oreilles, peut-être parce qu'il avait utilisé le mot « fiables ».

« On n'en trouve plus des pareils, dit Nikolaï, la voix gonflée d'importance.

– Exact.

– Je vais les ramener à l'écurie pour les faire boire et les nourrir. »

Et Nikolaï s'en alla.

Nous nous assîmes dans la cour, ensuqués de fatigue. Mon père ne nous avait pas dissimulé son admiration pour Sergueï et son mode de vie. Maman était réservée au sujet de cette ascèse. Ne conduit-elle pas à l'érosion de l'âme ? interrogeaient ses yeux.

Nous avions faim. Maman alla cueillir des concombres, des tomates, des radis et des échalotes dans le potager. Mon père surmonta sa fatigue et son humeur sombre : « Je vais préparer la salade. »

Heureuse de cette bonne disposition, maman le remercia.

Elle étala une nappe sur la table, sortit du fromage, de la crème et des œufs du garde-manger en demandant : « Bon, et puis ? »

Elle fit cuire des œufs au plat. Mon père apporta gaiement la salade parfaitement assaisonnée, exhalant un parfum de fraîcheur. Une buée gourmande s'élevait du café. Nous restâmes ainsi jusqu'à tard, sans paroles ni discorde. Détendu, papa tirait sur sa pipe.

J'étais fatigué, mais je ne voulais pas manquer le crépuscule ni les bruissements nocturnes, le coassement des grenouilles, le vol des oiseaux de proie et les visages de mes parents illuminés par la lampe à pétrole. Au fond de moi, je le savais : un pareil soir et une pareille nuit ne reviendraient jamais, je voulais conserver le moindre détail avant qu'il se dissipe.

Ma mère émergea de son silence pour se tourner vers moi : « Si tu allais dormir, mon chéri ? Il est tard. »

Je répondis « Bientôt » en sachant que cette fois, elle ne m'obligerait pas à quitter la table.

Je l'entendis dire : « Si les rumeurs se révèlent fausses, et espérons qu'elles le soient, je voudrais aller à Prague. Je ne sais pas comment on a fait pour ne pas y être encore allés.

– Volontiers, dit papa.

– Cette ville enflamme mon imaginaire depuis l'enfance : la synagogue *Altneuschul*, le Maharal de Prague, le vieux cimetière. Je voudrais parcourir les rues en sentant le passé. Il y a si peu d'histoire juive chez nous.

– Volontiers, répéta papa.

– J'ai toujours eu le sentiment que cette ville avait le pouvoir de nous régénérer. Mais pourquoi n'y avons-nous jamais été ? J'ai senti aujourd'hui avec une grande puissance que nous devions nous rendre sans plus tarder à Prague. »

Mon père eut un sourire d'approbation. Je l'avais vu plus d'une fois se laisser entraîner par les aspirations de ma mère, le visage illuminé, comme ce soir-là.

« Espérons que les rumeurs seront démenties, c'est impossible qu'il en soit autrement », répéta maman en s'exprimant différemment de la première fois.

Le soir s'épaississait. Le murmure sourd du Pruth nous parvenait de loin. Ce soir, il n'y a pas de désaccords entre papa et maman, me dis-je. Le désir d'aller à Prague les unit. Nous ne pourrons faire le voyage cet été, mais l'été prochain nous prendrons l'express. Papa et maman seront vêtus de leurs vêtements d'été blancs et je porterai mon costume blanc amidonné. Nous marcherons ensemble dans les rues étroites et sinueuses, bordées de magasins de tissu, de tabacs et d'épiceries, serrés les uns contre les autres, et une odeur de café moulu s'élèvera des brasseries.

Je demandai à papa si on pourrait y acheter un grand jeu d'échecs.

« Bien sûr, répondit-il, heureux que ce souhait me fût monté à l'esprit.

– Et qu'achètera-t-on à maman ?

– Un chapeau de paille à large bord, maman aime les chapeaux.

– Combien de temps resterons-nous à Prague ?

– Autant que nous le voudrons », dit-il d'une voix légère.

Je me réjouis tant que les mots disparurent de ma bouche, et ma gorge se serra.

44

Le lendemain, nous nous levâmes de bonne heure. Maman prépara un petit déjeuner léger que nous mangeâmes rapidement : café, tartines de beurre et confiture de cerises.

La rive étant encore vide, nous nous dépêchâmes de trouver un coin tranquille à l'écart, avant l'arrivée de la foule. Papa marchait en tête, maman à sa suite, je fermais la marche.

Parvenus au bord de la rivière, nous balayâmes les lieux d'un regard circulaire. Les yeux de mon père disaient une fois de plus : Ces eaux sont sublimes, tant mieux qu'il n'y ait personne.

La température froide de l'eau ne le découragea pas. Il étira son corps et plongea. Maman prit son temps, observant tendrement mon père nager, comme si elle disait : La natation et la joie de vivre ne font qu'un pour lui. Dans l'eau, sa vie est parfaite, elle se dirige vers son but. Si nous habitions près de la rivière, les déchirures de son âme se raccommoderaient, il serait comblé.

Les mots de maman, qu'ils soient prononcés ou non, s'écoulent en moi pour envahir parfois mon sommeil. Les paroles de mon père sont explicites, affûtées et capables de blesser.

Tandis que je contemplais mon père en train de nager, je vis apparaître devant mes yeux les marches du perron de l'école et les enfants ukrainiens qui avaient menacé de me frapper. Le plus méchant d'entre eux, Piotr, m'avait crié : « Tes bons sionistes ne te sauveront pas, le jour du Jugement ! On va te déshabiller, tu vas être nu comme à ta naissance, et on va te rouer de coups. »

Étrange. C'est loin de l'école, en cette heure matinale et claire près des eaux tranquilles, que je sentis le sérieux de cette menace. Piotr était susceptible de la mettre à exécution dans une semaine lorsque je retournerais en cours.

Submergé par des sensations inédites, je ne suis pas tranquille depuis que nous sommes revenus des montagnes. Je regarde les peupliers élancés, les champs de tournesols éclairés par la lumière du soir et je me dis : Ils continueront de vivre ici quand nous aurons quitté l'isba. Tout continuera de vivre en se passant de nous. Je sens que nous sommes des hôtes dans cette vie, comme je l'ai éprouvé lors de notre dernière visite chez grand-père qui prie et compulse des livres, assis en silence. Il se consacre à sa grande ferme et s'adonne à la foi de ses ancêtres, déborde d'affection pour les membres de la famille qui l'entourent. Nous, en revanche, nous sommes des hôtes de passage.

Lorsque maman retourne chez ses parents, son visage est gagné par une expression qui ressemble au lieu. Elle aide grand-mère au potager, dans la maison, et j'ai l'impression qu'il ne faut pas la déranger.

Mon père et moi n'avons pas de lien avec cette terre, nous planons au-dessus d'elle, faisons des randonnées pendant des heures dans les montagnes ou nous asseyons au bord de ruisseaux pour contempler leurs eaux fraîches.

La nature apaise mon père, à l'inverse de la foi. Son visage se crispe dès qu'il entend une bénédiction ou une prière. C'est à cause de cela que nos visites chez les grands-parents sont toujours brèves.

Grand-père et grand-mère vivent dans les Carpates. Il me semble parfois que Dieu, si grand, réside ici plus que partout ailleurs, grâce à grand-père peut-être, ou à la merveilleuse petite synagogue qu'il a construite près de la ferme.

Le samedi, nous y allons, mais pas mon père. Je suis peiné qu'il se sépare de nous en ce moment festif pour s'isoler dans les montagnes. Maman, qui le connaît bien, ne cherche pas à le persuader de venir avec nous.

Grand-père me serre contre lui sous son châle de prière et me montre les lettres dans son livre. Lorsque je suis enveloppé ainsi dans son *talith*, c'est comme si Dieu se contractait plus encore et résidait dans les lettres.

Le samedi, des Juifs des environs se pressent dans la synagogue. Grand-père les accueille chaleureusement, joyeux de voir chacun d'entre eux. Contrairement à la prière qu'il murmure durant la semaine, celle du Shabbat est parfois dite si forte que l'édifice tremble.

Le visage de grand-mère est recueilli lors du Shabbat, elle nous sert plusieurs plats cuisinés à l'avance avec des gestes brefs.

Et pendant que tout le monde est rassemblé à la synagogue, mon père arpente la montagne, solitaire.

Je comprends maintenant pourquoi il apprécie le moine Sergueï. Comme lui, il aime la solitude et se retirer du monde. Il n'est pas à l'aise en compagnie des autres. J'ai parfois l'impression que maman et moi sommes un poids pour lui.

Je lui demandai un jour s'il croyait en Dieu. Il ne me dissimula pas la vérité : « Autrefois, oui.

– Et maintenant ? » insistai-je en le regrettant aussitôt.

La question directe le mit mal à l'aise, il eut l'air de vouloir savoir pourquoi je l'embêtais et finit par dire : « Bon, puisque tu as posé cette question, disons que je suis heureux que ta mère soit reliée à ses parents et à sa foi. C'est ainsi. Mais moi, pour des raisons que je connais et d'autres qui ne me sont pas accessibles, je n'ai pas su me relier à mes parents, et ma relation avec Dieu en a pâti. J'aurais du mal à m'envelopper dans un *talith* pour prier, même si je le voulais. La nature – les montagnes, les forêts, les ruisseaux – constitue ma foi. J'y ressens la même chose qu'enfant : la beauté et la puissance de la création. Mes parents et mes grands-parents savaient donner une expression à cet émerveillement. Ta mère a reçu un grand héritage de ses parents, tu peux apprendre d'elle, pas de moi.

– Pardon, papa. »

Il me serra contre lui et je pus sentir la chaleur de ses bras.

Un soir, grand-père me demanda ce que je voulais étudier. Je répondis : « Je veux écrire comme Jules Verne.

– Qui est Jules Verne ? dit-il en inclinant la tête vers moi.

– C'est un écrivain pour les enfants. »

– Intéressant », conclut-il.

Grand-père m'a appris à reconnaître les lettres hébraïques et désormais, nous suivons ensemble la prière dans son livre. Il enseigne avec calme et douceur. Je sens que les lettres de la prière recèlent un mystère.

Lorsque mon père revient des montagnes, le samedi soir, le visage bruni par le soleil et assombri par la pénombre des forêts, il se glisse dans la maison pour prendre place sur le banc qui longe la table, non pas comme un membre de la famille, mais comme un invité. Gênée, maman lui sert du potage en silence. Il la remercie comme s'il n'était pas digne de recevoir un cadeau de ses mains.

Papa a du mal à être dans la maison de grand-père. C'est manifeste dans sa façon crispée de s'asseoir. Son visage s'ouvre dès que nous en partons, comme si un poids lui était ôté des épaules.

Sans sa présence, j'aurais sans doute absorbé plus de scènes chez grand-père. Son malaise, les mouvements nerveux de son corps m'ont dissimulé quelques expressions de grand-père, mais je dois être confiant, chaque personne proche, chaque personne aimée, revient vers moi dans une clarté nouvelle.

Lors de notre dernier séjour chez grand-père, je pressentis qu'il n'y en aurait plus d'autre. Pour surmonter ce sentiment, je demandai à maman : « Quand reviendrons-nous lui rendre visite ?

– Bientôt, je suppose. »

Ces mots ne dissipèrent pas mes craintes.

Après chaque séjour chez grand-père, les visions dont je me suis imprégné s'infiltrent dans mon sommeil. Dans un rêve, je l'ai vu se promener avec moi au milieu des plantations. Il a tendu soudain la main, cueilli une poire, murmuré la bénédiction adéquate, les yeux remplis de larmes.

Chaque fois que je me trouve à un carrefour de ma vie, les visions estivales dans la ferme de grand-père reviennent vers moi, et dans ces visions, il y a mon père : gêné, timide, désœuvré.

Grand-père et grand-mère respectaient sa gêne et la nervosité à laquelle il s'agrippait. Ils lui préparaient les plats qu'il aimait, tels du *malaï* aux prunes, du bortsch avec de petites feuilles de betterave. Mais rien n'y faisait, ces plats n'adoucissaient pas son anxiété. Il se réfugiait dans les montagnes à la moindre occasion. Contrariée par ses disparitions, maman guettait son retour, tendue.

45

La rive fourmille de monde, il me semble que les vacanciers cherchent à s'enfuir sans trouver d'issue de secours. Maman est toute remuée. Cette agitation fait briller ses yeux. Renfrogné, le regard rétréci par une ironie plus aiguë que jamais, papa lui murmure : « Enlève aux Juifs leur agitation et ils cessent aussitôt d'être juifs. » Cette formule qu'elle connaissait bien lui arracha un sourire.

« Quand comptez-vous rentrer ? demanda une femme.

– Dans quelques jours, répondit doucement maman.

– Je ne sais que faire. Je ne suis pas tranquille ces derniers temps, mes nerfs vont lâcher. Mon médecin, le docteur Blau, est resté en ville. Sans lui ma vie ne ressemble plus à rien, mais comment le consulter ? Je n'aurais jamais dû m'en éloigner. Quelqu'un comme moi ne doit pas partir de chez lui. Ma maison, c'est mon lieu. Je me suis bêtement laissé tenter par ces vacances, et maintenant j'en paie le prix.

– Asseyez-vous un moment, on va réfléchir à tout ça ensemble », dit maman. Et toutes deux prirent place sur l'herbe.

La femme poursuivit : « Les gens me conseillent d'aller voir Rosa Klein, mais je n'aime pas ses discours. Elle invente l'avenir avec de soi-disant diagnostics, alors qu'elle n'est ni une infirmière diplômée ni médecin. C'est une sorcière tout simplement. Qui sait ce qu'elle peut provoquer ! »

Elle se tourna vers ma mère : « Vous ne m'êtes pas inconnue. Où nous sommes-nous déjà rencontrées ?

– Ici, je suppose. Nous venons chaque année.

– Je m'appelle Bertha Wechselhotz, mon défunt mari était un avocat très réputé. Chaque été nous nous rendions à Baden, près de Vienne, dans une belle pension très confortable où il n'y avait pas de Juifs, c'était incomparable, nous rentrions de là-bas transformés. Mais depuis sa mort, j'ai peur d'y aller seule. Quelqu'un m'a conseillé de venir ici. Que le diable l'emporte ! C'était une erreur. Une grande erreur. J'ai besoin de compagnie, certes, mais pas de celle-là, elle me rend folle. Que me conseillez-vous de faire ?

– Qu'est-ce que votre intuition vous suggère ? demanda maman prudemment.

– Mon intuition m'induit souvent en erreur.

– Considérons les choses autrement : vous voulez voir le docteur Blau ?

– Oh oui. C'est non seulement un médecin de l'âme, mais aussi un homme admirable. Son regard suffit à calmer mes nerfs. Je me sens en sûreté près de lui.

– Dans ce cas, pourquoi hésiter, allez le voir, suggéra maman en écarquillant les yeux.

– Je vous remercie beaucoup, dit Bertha, comme si ma mère l'avait sauvée d'un labyrinthe sans issue. Mais où trouverai-je une calèche ?

– C'est très simple. Allez chez Nikolaï. Son frère et lui vous conduiront en ville. En trois heures, vous serez au cabinet du docteur Blau. La distance n'est pas aussi importante que vous croyez.

– Merci, ma chère, fit Bertha en se levant. Pourquoi n'y ai-je pas pensé plus tôt ? Merci encore. J'étais désespérée, et même perdue.

– Je vous en prie », dit maman en se levant à son tour.

Les yeux brillants d'ironie, mon père se tenait à l'écart sans se mêler à la conversation, même s'il en brûlait d'envie manifestement. Maman suivit des yeux Bertha, qui se dirigeait vers chez Nikolaï.

Les rumeurs sur la guerre bruissaient dans le moindre recoin. On aurait cru que les gens étaient dans une cage dont ils essayaient d'écarter les barreaux. Le fleuve coulait, prêt à accueillir encore de nombreuses personnes sachant nager ou ramer, mais les gens couraient dans tous les sens.

Le ciel était clair, ponctué de rares nuages. Les pâturages mouchetés de chevaux et de vaches s'étendaient alentour, sereins, au plus fort de leur verdoiement.

« Pourquoi cette panique ? demanda mon père en enveloppant les vacanciers du regard.

– La guerre approche, répondit maman d'une voix d'oracle.

– Ce n'est pas la panique qui va l'arrêter. De toute façon, elle se terre toujours ici, attendant la première occasion pour sortir de sa tanière.

– Une guerre qui approche n'est-elle pas effrayante quoi qu'il en soit ?

– Certainement, mais en quoi la panique nous aiderait-elle ? Elle ne mettra pas d'ordre dans nos esprits, au contraire, elle les enflammera plus encore. »

46

Notre maison me manqua soudain terriblement, ainsi que le jardin sur lequel donnait ma chambre. J'aime les soirées d'été qui durent des heures en revêtant différentes couleurs. Assis dehors, nous buvons du thé dans des verres oblongs, enserrés dans des porte-verres en argent qui m'apparaissent comme des objets de culte, vestiges de temps anciens.

Ces verres étincelants sont inséparables pour moi des mains de ma mère. Lorsqu'elle les saisit et se penche vers eux, j'ai l'impression qu'elle prie en silence. Je sais que c'est un mirage : maman ne prie pas en dehors de la maison de grand-père. Mais l'on n'y peut rien si, lors des longs soirs d'été, quand le jour pénètre profondément dans la nuit, mes parents sont plongés dans une contemplation attentive qui ressemble à une prière.

Autrefois, je dérangeais maman en lui posant des questions. J'ai appris l'an dernier à ne rien demander pendant ces heures sensibles. J'ai remarqué que lorsque mes parents tiennent l'anse en argent de ces verres à thé, ils perdent leur visage habituel.

Je pense : En ces heures où la lumière du jour et celle de la nuit se confondent, mes parents laissent derrière eux leurs habitudes, leurs gestes inquiets, et ils se relient non pas à leurs propres parents mais à leurs ancêtres, aidés dans cette prière muette par les verres à thé qu'ils tiennent dans leurs mains.

Passé minuit, ils les posent sur la table basse et reprennent leur visage habituel. Ils ne parlent pas, ne se disputent pas, se replient chacun dans leur coin, plongés en eux-mêmes. Somnolant déjà, je les contemple, sentant qu'il leur en a coûté de vivre ce moment.

Certaines nuits, maman sort le bougeoir de la vitrine, l'allume et le pose sur la table. C'est un vieux bougeoir tout simple qu'elle a acheté au marché et dont le socle est gravé des mots *Shabbat Shalom*.

Maman a remarqué un jour : « Un seul bougeoir, c'est comme un seul œil, normalement ils vont par deux. » Depuis, je regarde le bougeoir comme s'il était séparé de son compagnon et avait erré de maison en maison pour arriver jusqu'à nous. Maman essaie d'adoucir son chagrin durant les longues nuits d'été en plantant une bougie dans son calice ; il diffuse alors la lumière absorbée pendant son errance.

Nous avons à la maison quelques objets achetés par maman ou qu'elle a reçus de ses parents. Elle m'a dit une fois que les objets aussi avaient une vie et qu'il fallait les traiter avec précaution.

Dans la vitrine du buffet, il y a un livre de prières très ancien, couvert de velours. Une fois par an, à Kippour, maman le sort pour prier. Elle a reçu ce précieux livre de sa grand-mère. Orné de gravures d'artistes, il exhale une bonne odeur de feuilles sèches.

Mes parents jeûnent le jour de Kippour, mais ne vont pas à la synagogue. Mon père reste allongé dans sa chambre pour lire. Assise au salon, ma mère prie, la tête couverte d'un foulard.

Le jour de Kippour, mon père tire les rideaux devant les fenêtres et une pénombre secrète nous sépare de l'extérieur. Lorsque la pénombre s'épaissit, ma mère se lève, va embrasser mon père, puis vient m'embrasser, le visage pâle. Il me semble qu'elle a jeûné et prié pour demander que papa soit apaisé et que rien ne vienne perturber mon sommeil.

47

Nous trouvâmes encore le temps de rendre visite à tante Yulia, la blessure béante de la famille. Belle et douée, sa vie ne s'était pas déroulée sur un chemin tout tracé. Benjamine des sœurs de ma mère, elle excellait en mathématiques au lycée et tous lui prédisaient un brillant avenir. Mais son destin l'avait déviée loin de la route des grands accomplissements. Le jeune homme dont elle était amoureuse et qu'elle s'apprêtait à épouser avait brutalement rompu leurs fiançailles. Brisée, elle était venue habiter chez nous.

Je me souviens d'elle errant de pièce en pièce, une traînée d'ombre dans son sillage. Elle tournait parfois la tête vers ma mère qui s'asseyait près d'elle sur le sofa. Tante Yulia ne se plaignait pas, ses yeux s'écarquillaient sans qu'elle soit capable de fixer son regard. Elle restait assise durant des heures, mutique : il ne demeurait rien de sa langue limpide qui tintait autrefois avec grâce à mes oreilles.

Ma mère et elle discutaient parfois jusqu'à tard, le soir. Ou plutôt, maman parlait et tante Yulia la regardait. La voix de ma mère s'infiltrait dans mon sommeil, ses paroles résonnant comme la lecture d'un poème. Ne se mêlant pas à ces conversations, mon père se retirait dans la chambre à coucher pour se plonger dans un livre. Il éprouvait de l'affection pour tante Yulia et s'efforçait de soulager sa peine avec ma mère. À son retour de la fabrique, il l'interrogeait du regard : « Comment va Yulia ? »

Je ne pourrais dire combien de temps Yulia a habité chez nous, mais je me souviens de son séjour comme d'un épais silence en continu. De la musique classique s'échappait parfois du gramophone. Tante Yulia se tenait prostrée, pourtant sa présence emplissait le salon. J'avais envie de m'approcher d'elle tout en n'osant pas.

Il lui arrivait de me poser des questions, toujours directes et à-propos comme : qu'apprend-on aujourd'hui en calcul ? Mais le mot « aujourd'hui » me donnait l'impression qu'elle se réveillait d'un long sommeil et cherchait à savoir ce qui s'était passé dans la réalité en son absence. Un jour, elle me dit : « J'aimais les cours d'art plastique et la professeure aimait mes dessins, elle les accrochait dans la classe. Et toi, aimes-tu dessiner ?

– J'aime regarder les dessins », lui répondis-je franchement.

Je me souviens parfaitement du dernier petit déjeuner de Yulia chez nous. Le voile avait quitté son visage, et elle m'avait caressé la tête en me demandant si le livre qu'elle m'avait offert, *Les Légendes d'Orient*, m'avait plu. Le repas s'était déroulé par ailleurs en silence.

À la fin du petit déjeuner, ma mère et tante Yulia avaient enfilé leur manteau. J'eus curieusement le sentiment qu'elles partaient pour une longue route jonchée d'obstacles et j'en fus effrayé.

« Où allez-vous ? demandai-je à maman.

– Je reviendrai bientôt », dit-elle d'une voix distraite.

Plus tard, j'appris que grand-père possédait une petite maison sur la rive du Pruth qu'il avait louée à l'un des ingénieurs du chantier de la voie ferrée ; celui-ci étant retourné en ville une fois la construction achevée, la maison était désormais vide.

Tante Yulia avait décidé d'y habiter le temps que passe son chagrin. Maman avait essayé de l'en dissuader, mais Yulia avait tenu bon : « J'ai besoin de solitude en ce moment, d'arbres et d'eau. Cela ne m'effraie pas d'être seule. »

Je demeurai pour la première fois seul avec mon père. Il commanda un repas tout prêt dans un restaurant, qui nous fut livré dans une vaisselle étincelante par un serveur élancé, tout de blanc vêtu. Je n'avais pas peur, mais à mon retour de l'école, j'eus la sensation que la maison s'était rétrécie en l'absence du contact de la main de ma mère. Je sentis le froid monter de toutes parts.

Mon père acheta une glace et un gâteau au pavot pour adoucir le manque que je ressentais, mais je me languissais de maman d'heure en heure. Je demandai à mon père s'il ne valait pas mieux la rejoindre pour l'aider.

« Tante Yulia souhaite être seule, nous ne ferions que la déranger. »

Je ne comprenais pas comment notre affection pourrait la déranger, mais je ne posai pas d'autres questions.

Dans la nuit, des rêves vinrent me torturer. Je vis maman et Yulia errer sur une terre aride, le visage hâlé, perdues dans l'immensité désolée. Maman la suppliait de revenir chez nous, mais tante Yulia s'entêtait : « Laisse-moi ici, c'est mon lieu à présent.

– Que boiras-tu ? Que mangeras-tu ? Et puis les nuits sont froides.

– Ne t'inquiète pas pour moi, je m'arrangerai. » Une détermination implacable recouvrait le visage de Yulia.

Maman se tenait près d'elle, les bras ballants. Son désespoir était si violent qu'il me réveilla en pleine nuit, mais je n'osai pas aller voir mon père. Je restai étendu dans mon lit, les yeux ouverts, jusqu'au matin.

Maman passa trois jours avec tante Yulia. Elles aménagèrent ensemble la maison, achetèrent le nécessaire, puis maman rentra, le visage épuisé, les yeux exorbités. Elle n'embrassa ni mon père ni moi et s'enfonça dans un fauteuil sans ôter son manteau. Mon père approcha un tabouret et s'assit à côté d'elle en lui demandant : « Comment ça s'est passé là-bas ?

– La maison est isolée, il n'y a que des pâturages, des arbres et de l'eau. Pas âme qui vive à l'horizon. Je ne voulais pas la laisser, mais elle a insisté avec force. Je n'ai pas eu le choix. »

Depuis, maman va lui rendre visite chaque mois. Elle voudrait y aller plus souvent, mais Yulia ne l'autorise pas à briser sa solitude. À son retour, maman est tendue et ses yeux brillent.

« Que fait Yulia ? s'enquiert mon père prudemment.

– Elle jardine, cueille les fruits du verger et coupe du bois pour le chauffage.

– Et le reste du temps ?

– Elle lit et écoute de la musique.

– Elle est malheureuse ?

– J'ai du mal à la sonder. »

Nous vivons en pensant à l'isolement de tante Yulia, jour et nuit. C'est une douleur qui ne quitte pas notre maison. À mon retour de l'école, je trouve maman au salon, le visage empreint de tristesse. « Pardon, je n'ai pas préparé le déjeuner. On va cuisiner quelque chose rapidement », dit-elle, contrite.

J'essaie de me rapprocher d'elle.

« Que se passe-t-il, maman ?

– Rien. »

Je sais qu'elle souhaite m'éloigner de cette zone douloureuse, mais je n'y peux rien si chaque mot, chaque syllabe prononcés à la maison me rappellent que tante Yulia s'est infligé une réclusion sévère dont ma mère tente vainement de la sortir. Mon père, qui est en contact avec de nombreuses personnes dans la fabrique qu'il dirige et qui est habitué aux relations humaines, est tout aussi impuissant.

Que faire ? La question est contenue dans chaque heure du jour.

Les voyages de maman chez Yulia sont accompagnés de tension et de crainte. Une calèche arrive tôt le matin pour être chargée de vivres et de vêtements, puis maman s'en va. Sur le pas de la porte, mon père et moi la regardons s'éloigner.

Je me souviens des jours où Yulia vivait chez grand-père et venait nous rendre visite, auréolée d'une gaieté juvénile et d'un rire limpide. Elle avait été admise à l'université où elle était tombée amoureuse dès la première année. Ma mère, mon père et moi étions d'accord pour dire qu'Arthur nous plaisait : peu bavard et très attentif, il étudiait à l'académie de musique et avait donné quelques concerts chez nous. Qui pouvait penser que cet amour volerait en éclats ?

48

Mon père avait demandé à Nikolaï de nous amener les chevaux tôt le matin. Nous quittâmes la rive discrètement pour aller rendre visite à tante Yulia.

La plaine est si différente des montagnes : on y est à découvert en l'absence des grands arbres protecteurs, le visage baigné de lumière, les narines enivrées par l'odeur du trèfle fraîchement coupé. C'est peut-être à cause de ce sentiment soudain d'être à nu que je laissai échapper un appel au secours, livide. Maman s'agenouilla pour me verser de la limonade, puis nous nous assîmes sur l'herbe. Honteux que l'on se soit arrêté à cause de moi, je dis : « C'est rien, ça va bientôt passer. » Mais maman pensait qu'il valait mieux rentrer à l'isba.

Papa me fit grimper sur sa monture et mon poulain fut attaché à la jument de maman. Arrivé à l'isba, je brûlais de fièvre. Maman me donna de l'aspirine et prépara un thé. Une faiblesse s'immisçait dans mes os, je tremblais.

Le docteur Zeiger vint m'examiner le soir et déclara : « C'est une influenza. » Il tendit d'autres comprimés à maman en s'adressant à moi : « Mon jeune ami, tu ne dois pas quitter le lit durant trois jours. Le quatrième, tu commenceras à sentir un soulagement. » J'eus la curieuse impression que j'allais m'engager sur une route sombre et douloureuse où je souffrirais pendant trois jours, puis le poulain me ramènerait à l'isba sous les applaudissements de mes parents.

Le docteur Zeiger resta jouer aux échecs avec papa. Maman prépara le dîner. Je captai des bribes de leur conversation et de leurs silences, j'appris aussi pourquoi les parents de mon père étaient morts à une cinquantaine d'années. Son père, à cause d'un diagnostic erroné, et sa mère, à cause d'une infection qui n'avait pas été traitée à temps. Alerté trop tard, le docteur Zeiger n'avait pu les sauver. L'affaire avait des accents de secret douloureux.

Le docteur répéta sa célèbre maxime : « Un médecin n'est qu'un médecin, rien de plus. »

La nuit, je brûlais encore de fièvre, et des rêves fondirent comme des oiseaux de proie sur mon sommeil. Ma mère demeura à mon chevet. Je vis le moine Sergueï et tante Yulia parler de réclusion. Maman ne se mêlait pas à leur conversation, mais mon père était satisfait. Pour la première fois, je l'entendis dire : « L'isolement nous élève. »

La fièvre ne diminua pas, y compris le troisième jour. Quelques vacanciers ayant eu vent de ma maladie vinrent aux nouvelles. Maman sortit leur en donner et raconta ce qui s'était passé. Je pouvais percevoir l'attention du petit groupe. Maman conclut : « À présent, Erwin se repose dans son lit. La fièvre n'a toujours pas baissé mais le docteur Zeiger a promis qu'il se sentirait mieux bientôt.

– Il faut faire venir un médecin plus connu pour avoir un autre diagnostic, lança quelqu'un d'une voix forte.

– Attendons encore un jour ou deux », dit maman, comme si elle réclamait un délai.

Mais l'autre insista :

« À votre place, je n'attendrais pas.

– Le petit ne vomit pas, ne se plaint pas de douleurs et ne délire pas. C'est certainement un refroidissement. L'aspirine et le thé vont faire leur effet.

– Mais pourquoi prendre un risque ? »

N'en pouvant plus, mon père sortit à son tour de l'isba et s'écria d'une voix qui n'était pas la sienne : « Vous pouvez laisser les parents décider de ce qui est bon pour leur enfant ? Nous faisons confiance au docteur Zeiger, c'est l'un des meilleurs médecins de la ville, si ce n'est le meilleur. C'est sûr qu'il ne court pas après l'argent et soigne les pauvres sans rien leur demander. Et c'est à cause de son humilité que vous ne lui faites pas confiance ? Moi, j'ai confiance en lui de toutes mes forces.

– Faites comme vous voudrez, je suis simplement venu donner mon avis, dit l'homme en faisant marche arrière.

– Nous avons une confiance totale en lui », asséna mon père.

Les gens n'avaient manifestement pas imaginé une telle réaction. Je crus qu'ils allaient retourner sur la rive, mais je me trompais. Maman continua de parler avec eux, présentant des excuses pour le coup de colère de mon père.

J'entendis des chuchotements, puis une voix claire : « Vous pouvez faire ce que vous voulez, bien sûr. Nous sommes venus vous témoigner notre affection et vous mettre en garde. Sachez que nous sommes très attachés au jeune Erwin. On ne doit pas laisser quelqu'un brûler de fièvre pendant plus de trois jours. Il existe de meilleurs médecins, avec tout le respect que nous devons au docteur Zeiger. »

Mon père crispa les poings pour ne pas leur répondre. Ma mère voulut encore apaiser le petit groupe, mais sa douceur n'y fit rien. « Il faut appeler d'urgence le docteur First. »

C'est là que les divergences de vues entre mes parents et les vacanciers sur les compétences du docteur Zeiger m'apparurent. Il n'avait jamais travaillé à l'hôpital. « C'est un médecin social, dit-on pour l'enfoncer. Certes, il est fidèle aux pauvres, mais ce n'est pas ce qui lui donne les compétences pour poser un diagnostic précis. On l'aime, bien entendu. Il est des nôtres. Mais c'est à l'hôpital qu'on forme des médecins dignes de ce nom, c'est ainsi. »

J'eus l'impression que l'objet de la dispute n'était pas ma fièvre, mais la formation médicale du docteur Zeiger. Maman essaya de les amadouer : « Nous enverrons une calèche chercher le docteur First si la fièvre ne baisse pas.

– Pourquoi attendre ? Pourquoi tergiverser ? Chaque jour est décisif.

– Je vous promets que nous ne tergiverserons pas. Pourquoi ne me faites-vous pas confiance ? Erwin est la prunelle de mes yeux », dit maman, au bord des larmes.

Touché en plein cœur, le petit groupe se dispersa, mais mon père ne se calma pas pour autant : « Tu comprends maintenant pourquoi je ne veux pas venir ici ? Ces gens ignorent ce qu'est l'intimité. Tout doit être public, tout doit être montré. Et de préférence dans l'hystérie.

– Ils ont de bonnes intentions, dit maman, versant de l'huile sur le feu.

– Non, on ne peut pas justifier la vulgarité et l'intrusion en masse. » Mon père continua de maugréer, mais les mots qui se pressaient dans sa bouche ne me parvenaient plus.

Les gens se dispersaient dans un grand brouhaha. Il était clair qu'ils parlaient de moi, de ma maladie et de mes parents trop négligents pour appeler un spécialiste.

Le tumulte cessa, mais je sentais l'hostilité de mon père s'intensifier. Il finit par s'écrier : « Je ne remettrai plus les pieds ici. Toi oui, si tu veux, mais sans moi. »

Le lendemain, la fièvre diminua, passant de 40° à 38. Maman partit annoncer la bonne nouvelle aux vacanciers. Mon père resta à l'isba. Nikolaï nous apporta une miche de pain et des produits laitiers, demanda comment je me portais et remarqua : « Les citadins tombent souvent malades, c'est à cause de la ville. »

Mon père se doutait manifestement qu'il voulait dire « les Juifs », mais il ne releva pas. Désireux de le voir partir, il grommela quelques syllabes, mais Nikolaï ne bougeait pas : « Les gens qui ne sont pas reliés à la nature ont tendance à tomber malades pour un rien. » Mon père ne réagit pas plus à ce constat en tout point semblable au précédent.

Un paysan apporta une lettre de tante Yulia. Maman s'assit sur un tabouret pour la lire.

J'apprends à apprécier les petites choses de la vie : la lumière ici est éclatante et pleine de nuances. Les pommes et les prunes ont mûri dans le verger, je grimpe sur une échelle pour les cueillir. C'est une joie comme je n'en ai jamais connu.

Je commence ma journée par un café et un gâteau aux pommes que je prépare moi-même, je vais au potager, bêche et arrache les mauvaises herbes avec soin. J'arrose les plants s'ils sont secs. À neuf heures, je rentre à la maison et mange une salade accompagnée de fromage et de pain noir.

Après le petit déjeuner je m'installe pour lire La Montagne magique *de Thomas Mann. Entre deux séances de lecture, j'écoute de la musique. L'après-midi, je prépare une soupe de légumes et des boulettes d'épinards, puis je retourne à* La Montagne magique. *C'est un livre qui correspond parfaitement à ce lieu. Je lis lentement en m'imprégnant des longues phrases gorgées de sensibilité et de réflexion.*

La solitude ici est remplie de lumière et de musique. L'herbe, les arbres, l'eau, tout est dans les justes proportions. À l'approche du soir, je nage dans le Pruth, en cette saison, l'eau est tranquille et tiède. Je nage avec les canards, et cela aussi est une sensation inédite.

Ma vie se déroulerait tranquillement si je n'avais parfois certaines pensées fugaces. Mais pas d'inquiétude : je me sens plutôt bien. Chaque jour, je découvre une nouvelle vision. Ce sont de petites choses : le duvet qui recouvre les prunes, leur goût. J'ai toujours aimé les prunes, et plus encore à présent. J'ai aussi appris ici que les plantes n'étaient pas moins proches de nous que les bêtes. J'ignore si elles ont des sentiments et des sensations semblables aux nôtres. Mais à qui d'autre que nous pourrait être destiné le fruit magnifique qui mûrit patiemment sur une branche ?

Pardon pour la longueur de cette lettre et pour son trop-plein de subjectivité. Ôtez l'inquiétude de vos cœurs. Je vis, je respire et j'apprends chaque jour quelque chose de nouveau.

Dans l'attente de votre visite,

Votre Yulia

49

Maman prépara pour le petit déjeuner une semoule au lait sur laquelle elle dispersa des copeaux de chocolat. Je me régalai. Elle me contemplait : « Tu as l'air d'aller beaucoup mieux. »

Je sortis de l'isba et découvris que les champs de tournesols avaient été fauchés pendant que j'étais alité. Les champs rasés semblaient plongés dans un deuil gris. La beauté dorée s'était éteinte, comme si elle n'avait jamais existé.

Mes parents enfilèrent leur maillot, je revêtis mes vêtements habituels, et nous partîmes tous trois vers la rivière. En chemin, mon père déclara : « Tant qu'il y a une rivière dans laquelle on peut nager, la vie est supportable. » À ces mots, maman releva la tête et le regarda avec amour.

Mon père et ma mère nagèrent la brasse en se dirigeant vers le milieu de la rivière, tandis que je les suivais des yeux. Deux longues barques voguaient non loin d'eux. Je pensai, une fois de plus, que mon père et ma mère étaient des jumeaux dans l'eau. Dommage qu'il leur fallût aussi marcher sur la terre ferme.

P. s'approcha de moi pour demander : « Comment était ta maladie ? »

Je n'avais jamais entendu une telle formulation. Je répondis : « C'est passé.

– Tu as rêvé ? »

Je ne savais comment esquiver la question : « Un peu.

– Je suis assaillie de cauchemars aussi lorsque je suis malade. Parfois, je ne peux pas les affronter, je me lève en pleine nuit et je me prépare un thé. Mieux vaut être éveillé que faire de mauvais rêves. Tu te sens mieux maintenant ? On voit la vie sous un meilleur jour après une maladie. L'appétit grandit, les pensées sombres disparaissent. Tu ne vas pas nager aujourd'hui, je suppose.

– Exact.

– On ressent de la faiblesse après une maladie. Ça peut durer une semaine, parfois plus, mais c'est une faiblesse agréable. Quel âge as-tu Erwin ?

– Dix ans et sept mois.

– Tu sembles plus âgé. »

Je voulus dire que j'avais dix ans et sept mois, ni plus ni moins, mais je me tus.

« Mes parents ne m'emmenaient pas sur leur lieu de vacances à ton âge. Ils me laissaient toujours avec la domestique, une femme maussade qui me donnait une tape sur la main chaque fois que je touchais la nouvelle nappe. Je n'ai pas de bons souvenirs des moments passés seule avec elle. Mes parents, paix à leur âme, étaient de bonnes personnes, mais avec moi, comment dire ? Ils n'étaient pas sensibles. À la fin de l'année, quand je rapportais un bulletin avec une note au-dessous de la moyenne, ma mère m'assénait cruellement : “Je ne pourrai montrer ce bulletin à personne. Comment se fait-il que tu aies échoué ?”

« Ses paroles me faisaient pleurer, mais elle ne cherchait pas à me consoler. Mes parents ne m'ont jamais dit un mot gentil. Mon père était plus facile à vivre que ma mère mais il était occupé au magasin, je ne le voyais que le week-end. Maman était toujours à la maison, insatisfaite, maugréant, se fâchant contre moi et contre le monde entier. Elle ne m'a jamais demandé : “Tu as mal ?”

« Toi, tu as de la chance. Tu as une mère et un père qui t'aiment, ils font attention à toi, ils t'apprennent à nager et t'aident dans tes devoirs, je suppose. Il faut que tu remercies le ciel d'avoir de tels parents. Les miens ne m'ont pas aimée, et depuis personne ne m'aime, on m'ignore. On m'affuble de toutes sortes de sobriquets. P., qu'ils m'appellent, comme si je n'avais pas de nom. Tu me comprends, hein ?

« Lorsque je désire attirer le regard des gens autrement que par ma beauté, ils disent que ce n'est que de l'apparence. Ils ont tort, ils me dégoûtent. »

Ne sachant que répondre, je restai figé tel un golem. Fort heureusement, P. s'éclipsa en apercevant mon père et ma mère qui sortaient de l'eau.

Cette nuit-là, je rêvai que P. venait m'enlever. J'essayais d'échapper à ses bras, mais elle implorait, tendre et douce : « Aime-moi un peu, si tu m'aimes, ma vie changera. Caresse-moi la tête, le cou, les seins. N'aie pas peur. Si tu m'aimes, tu grandiras vite et tu deviendras un chevalier. Personne ne me comprend, tout le monde pense que je suis bête, on m'affuble de toutes sortes de sobriquets. J'ai un nom. Je m'appelle Peppy. Continue de me caresser, ça m'est doux. Murmure à mon oreille que tu m'aimes, j'aime tes murmures. Mais ne raconte pas à ton père ni à ta mère ce que nous avons fait ensemble. Ça doit rester un secret. Chaque fois que tu te languiras de moi, appelle-moi par la pensée et je viendrai au milieu de la nuit. La nuit, tout est différent. Tout est plus agréable. »

Je me réveillai, heureux de voir qu'il faisait déjà grand jour, papa et maman préparaient le petit déjeuner.

50

Le lendemain, papa commanda une calèche et nous partîmes rendre visite à tante Yulia. C'était une belle et fraîche journée. Nous longeâmes la rive où les gens nous saluèrent d'un signe de la main. L'homme à la jambe coupée agita ses deux longs bras.

Des larmes coulèrent sur le visage de maman. Elle ne les essuya pas.

« Qu'y a-t-il ? s'étonna papa.

– Les gens m'ont émue. »

La calèche venait d'être repeinte et ses ressorts nous portaient comme si nous avions été sur un tapis volant. Maman se détacha de mon père et de moi pour se replier sur elle-même.

Après une heure de route plaisante, Nikolaï tourna la tête vers papa pour demander : « Où voulez-vous aller exactement ?

– Au village Ivanov, enfin, pas au village même, mais à la maison isolée, au bord de la rivière. L'ingénieur responsable de la voie ferrée y a vécu quelques années.

– Je sais, dit Nikolaï. Je crois qu'il n'y habite plus.

– C'est ma belle-sœur qui y réside à présent.

– C'est vrai, c'est vrai, on la voit bêcher. »

Papa n'échangea plus un mot avec Nikolaï tout le reste du chemin. À l'instar de maman, son visage se fermait de plus en plus. J'avais l'impression qu'ils songeaient l'un comme l'autre au destin de Yulia qui avait choisi de s'éloigner du monde pour s'installer dans un endroit isolé.

« Nous approchons », annonça Nikolaï.

Mon père et ma mère redressèrent la tête, on aurait dit qu'ils émergeaient des profondeurs de l'eau.

Nous trouvâmes facilement Yulia, qui était en train de bêcher. Elle leva la main en s'écriant : « Grands dieux ! » comme si sa cachette avait été découverte.

Très émue, maman l'embrassa en murmurant : « Pardon de faire intrusion ainsi. Nous ne voulions pas quitter la rive sans t'avoir rendu visite.

– Je vous attendais. Je vous attendais ardemment », dit Yulia d'une voix majestueuse.

Mon père ne bougeait pas, contemplant les deux sœurs comme s'il ne s'agissait pas de sa femme et de sa belle-sœur, mais d'une énigme réfractaire à tout déchiffrage.

« Entrez, c'est ici mon royaume, que Bounia connaît déjà. Mais vous, vous n'êtes jamais venus chez moi, dit-elle à papa et moi. Cet endroit est merveilleux. Je n'imaginais pas à quel point. »

La maison était vaste et austère. Dans la première pièce : une table de cuisson, un poêle en briques, deux chaises, une table, un chandelier accroché au mur ; dans la pièce suivante : un lit couvert d'une modeste couverture, une commode, un chandelier. Dans la troisième pièce, il y avait un phonographe sur une table basse près d'un fauteuil en bambou, et dans un coin, un grand poêle en faïence.

« Voici mon royaume. Où vais-je vous faire asseoir ? Tenez, prenez place sur le tapis. »

Très émue, elle s'excusa : « Ma maison n'est pas prévue pour accueillir des invités. Personne n'est venu me rendre visite depuis que je suis là, à part ma sœur. J'ai tout ce dont j'ai besoin : le ciel, l'eau, les arbres qui s'étendent au-dessus de moi. À ma droite, des champs de maïs, à ma gauche, des champs de tournesols. J'ai mes propres carrés de légumes, un verger qui donne des fruits à profusion, j'achète les produits laitiers chez les paysans, n'est-ce pas tout ce dont un être a besoin ? La nuit, je lis *La Montagne magique*. Flaubert et Proust m'attendent déjà sur une étagère. Ce n'est pas difficile d'aimer ce paysage. Il élargit l'âme. Que pourrais-je demander de plus ? »

Nous étions ébahis. Yulia n'avait jamais été aussi volubile. Comme si, redoutant nos questions, elle voulait nous persuader que rien ne lui manquait, y compris les êtres humains, et qu'il n'y avait rien de meilleur que la solitude.

Elle ajouta : « J'avoue que je craignais l'hiver. Mais c'était une inquiétude infondée, j'ai coupé quantité de bois, comme un vrai paysan. Couper du bois et le détailler en bûches réclame un effort. Après deux heures consacrées à cette tâche le corps respire autrement.

« L'effort a payé : la cheminée et les deux poêles en faïence ont chauffé toutes les pièces, je n'ai pas senti le froid. La neige abondante a enveloppé la maison comme un édredon blanc. J'ai écouté de la musique et lu *La Montagne magique*. J'étais pleinement avec moi-même. Je n'ai manqué de rien. »

Elle avait une expression étrange, comme si elle faisait face à une nouvelle expérience. Assis sur le tapis, mon père avait l'air stupéfait. Apparemment, les paroles de Yulia le frappaient.

Elle nous servit des fruits en disant : « Il y en a eu en abondance cette année. D'abord des cerises, puis des prunes et des pêches, et maintenant des pommes et des poires. Le garde-manger est rempli. »

Il me sembla qu'au-delà de sa volonté de nous convaincre qu'elle ne manquait de rien, elle cherchait à nous persuader de quitter la ville. La nature est notre lieu naturel – pas les rues des villes qui corrompent le corps et l'âme.

Mon père demanda si elle était déjà arrivée au passage où Thomas Mann décrit les flocons de neige.

« Pas encore, répondit-elle en écarquillant les yeux.

– C'est un chapitre qui m'a beaucoup impressionné à l'époque. J'ai compris que Thomas Mann essayait de cerner l'existence par tous les moyens : chimiques, physiques, biologiques ; l'intérieur et l'extérieur ; le sentiment et la sagesse.

– C'est juste, dit tante Yulia, avant d'exprimer ses réserves : Je me sens plus proche de Tchekhov. Il n'est pas ambitieux d'une manière aussi démesurée. »

Cette remarque parut surprendre mon père qui dit prudemment, en choisissant chaque mot : « C'est l'ambition d'embrasser l'existence humaine par tous les moyens que tu trouves démesurée. Tu penses qu'une vision étroite lui est préférable ?

– Je n'ai pas parlé de préférence, j'ai dit que Tchekhov m'était plus proche », maintint Yulia.

La querelle se poursuivit. Je ne me souviens pas de chaque détail, mais du visage de maman qui se décomposait. J'étais étonné que papa continue de se disputer sur des sujets théoriques alors que maman souffrait tant.

C'est, je crois, la vue de son visage douloureux qui m'arracha un cri si inquiétant qu'il glaça les adultes. Maman se leva pour me serrer contre elle : « Qu'y a-t-il ?

– Si on mettait Erwin au lit ? » proposa tante Yulia. Ce que papa fit en me soulevant dans ses bras. Maman me borda. Je fermai les yeux et plongeai dans la torpeur.

Manifestement, je dormis plusieurs heures. Lorsque j'ouvris les yeux, le jour basculait déjà dans le crépuscule. Debout de chaque côté du lit, mon père et ma mère me scrutaient.

« Comment as-tu dormi, Erwin ?

– Bien.

– Tu veux rester allongé encore un peu ou boire quelque chose ?

– Je vais bientôt me lever. »

Cette phrase, que je répète chaque matin quand maman me réveille, fit éclore un sourire sur le visage de mes parents, comme s'ils avaient la confirmation que tout allait bien, à part la fatigue du voyage pour venir jusqu'ici.

Tante Yulia me prépara un thé et une tartine de beurre et de confiture. J'avais faim. Le pain frais était si délicieux que je demandai une seconde tartine, qu'on me servit.

Sur le pas de la porte, Nikolaï râlait contre le retard. Mon père lui promit qu'il lui paierait chaque heure supplémentaire. « Cet enfant est encore malade, on n'y peut rien, on ne peut pas le bousculer. »

Yulia voulait que nous emportions des fruits du verger, mais maman refusa. « Tu habites loin de toute habitation, ces fruits sont une nourriture vitale pour toi. »

Crispée, elle serra sa sœur dans ses bras en disant : « On se reverra bientôt, prends soin de toi. » Mon père l'embrassa tendrement sans un mot. Yulia me serra contre elle en murmurant : « Mon bon petit. »

Embrumé par l'étrange sommeil qui m'avait assailli, je distinguais mal son visage. Ma mère, qui s'efforçait de se maîtriser, et mon père, entraîné par son penchant pour la controverse, n'avaient pas réussi non plus, semble-t-il, à la cerner vraiment.

Le voyage chez tante Yulia avait déposé en moi les pièces nues dans lesquelles elle s'isolait.

Nous fîmes nos adieux rapidement. Yulia resta sur le seuil et agita sa main en guise d'adieu. Plus nous nous éloignions, plus sa silhouette me paraissait grandir, déployant ses ailes pour prendre son envol.

Maman pleurait, comme si quelque chose que nous ignorions lui avait été révélé. Mon père se tenait plein de raideur sur le siège de la calèche. Ne comprenant pas comment il pouvait laisser maman si désemparée, je dis : « Nous reviendrons bientôt voir tante Yulia. » Mes paroles ne firent que redoubler les pleurs de maman, qui sanglota jusqu'à l'isba.

Le docteur Zeiger vint m'examiner dans la soirée. Il me scruta, toucha mon front, m'ausculta, puis me demanda si j'avais envie de jouer aux cartes. Ravi, je répondis par l'affirmative. Il sourit : « Cet enfant est en bonne santé, il n'y a pas lieu de s'inquiéter. »

Maman prépara le dîner pendant que mon père et le docteur faisaient une partie d'échecs. L'atmosphère était douce dans l'isba, comme si un danger invisible s'était éloigné.

« Je vais bientôt partir d'ici, annonça le docteur Zeiger en déplaçant une pièce sur le plateau. De nombreux patients m'attendent chez moi.

– Promettez-moi de ne pas répondre chaque fois que l'on vous importunera. Le dévouement a ses limites. »

Le docteur leva les yeux du plateau pour demander : « Mais si ce n'est moi, alors qui ?

– Vous n'êtes pas responsable du monde entier.

– Oh, non, mais de mon quartier, que l'on appelle un faubourg et où vivent trois mille hommes, femmes et enfants, si. Il faut bien que quelqu'un prenne leurs maux en charge. Ne vous inquiétez pas, je n'ai que cinquante ans, j'ai la force de le faire.

– Pardon », dit papa en écartant les mains.

51

Mes parents passèrent les derniers jours sur la rive à nager beaucoup. Je n'avais pas le droit d'entrer dans l'eau. Assis sur l'herbe, je contemplais les nageurs et les vacanciers qui bronzaient tranquillement.

La nouvelle de notre prochain retour à la maison avait réveillé mes vieilles peurs qui avaient pour nom Piotr. Je voyais son visage et ses grandes dents, j'entendais sa voix rauque.

J'avais cru que l'exercice physique pratiqué avec mon père aurait chassé ces craintes, mais elles étaient toujours nichées en moi et perturbaient mon sommeil.

Je me sermonnais : un garçon de mon âge ne doit pas laisser la peur se développer en lui. Il faut que j'apprenne à donner des coups et à en prendre. Sans cette détermination, je serai irrémédiablement un impotent. Apparemment, mon père a mis du temps à trouver une telle hardiesse, c'est pour ça qu'il cherche à me rendre plus fort à la moindre occasion. Je cours, je fais de la gymnastique, je soulève des poids, mais personne n'y peut rien si tout cela développe mes muscles sans effacer de ma mémoire le visage effrayant de Piotr.

Mon père et ma mère sortirent de l'eau. Ils s'assirent près de moi et nous goûtâmes aux pommes et aux pêches que maman avait emportées dans son sac à dos. J'ai parfois l'impression que nous demeurons à l'écart des habitués de la rive à cause de leurs habitudes alimentaires.

Avoir fendu ensemble les eaux du Pruth avait vivifié mon père et ma mère. Le chagrin dû à la réclusion de tante Yulia semblait oublié.

« Il nous reste combien de jours à passer ici exactement ? » dit papa nonchalamment.

Karl Koenig sortit de son isba pour aller nager. Il vint nous saluer et mon père lui demanda dans combien de temps il pensait partir d'ici, question qu'il s'abstenait de poser aux autres.

« Quand j'aurai terminé mon chapitre. Je ne rentrerai pas tant qu'il ne sera pas au point. Si mon intuition ne me trompe pas, ce sera dans une semaine ou dix jours.

– Vous serez parmi les derniers.

– Impossible de rentrer chez moi tant que ce chapitre est couturé de toutes parts. Il faut réunir les fragments, articuler les paragraphes. Je ne parle pas d'arriver à la perfection, je continuerai de polir le tout chez moi, mais il faut que ce chapitre tienne debout avant que je quitte l'isba. »

Karl Koenig poursuivit en parlant du problème des détails. Il ne faut pas s'y perdre, mais choisir ceux qui sont nécessaires. Des détails superflus sont un poids. Après tout, le roman est une idée qui ne doit pas être engloutie dans un océan de broutilles.

« Comment distinguer le nécessaire du superflu ? dit mon père.

– Ce sens de la mesure vient avec le temps, comme pour tout artisan. Quoi qu'il en soit, la concision est une des qualités d'une prose honnête. Je m'efforce de gommer toute parole inutile. Je n'ai jamais regretté un mot supprimé.

– Pourquoi qualifiez-vous un roman d'“idée” ?

– Cela exige en effet des explications. Nous en discuterons longuement si nous en trouvons le temps. Dommage qu'il s'écoule si vite. Quand j'étais jeune, je ne savais que faire de mon temps libre, il me pesait. Maintenant, il me file entre les doigts. Espérons que nous nous verrons l'an prochain. Quand quittez-vous la rive ?

– Dans trois jours environ.

– Vivement l'an prochain alors », dit Karl Koenig d'une voix étrange en courant vers l'eau.

52

Mais les rumeurs sur la guerre qui approchait se répandaient et rampaient dans les cœurs. Certains pensaient qu'il fallait se dépêcher de rentrer chez soi pour protéger sa maison, d'autres rétorquaient que chaque jour de vacances supplémentaire était un présent. Qui savait quand nous pourrions de nouveau nous asseoir sous un arbre, au bord de l'eau, et jouir de cette quiétude ?

Le sarcasme n'avait pas pour autant disparu du regard de mon père. Maman continuait de justifier les autres : Unetelle était malade, ses jours étaient comptés. Untel était veuf depuis un mois. Tel autre avait perdu toute sa fortune dans des paris. Nous n'avions pas le droit de juger les êtres. Nous n'étions ni procureurs ni juges.

Slovo vint vers nous et me demanda : « Comment va le jeune homme ?

– Il était malade et il a guéri, répondit maman à ma place.

– Il ne faut pas s'inquiéter outre mesure, notre corps est une machine prodigieuse, il s'affaiblit parfois, attaqué par diverses bactéries, et dans ce cas, mieux vaut ne pas quitter son lit. À l'armée, on disait que le plus efficace est de rester au chaud, de se reposer en buvant beaucoup d'eau et de laisser le corps se défendre. »

Le visage de mon père revêt une expression particulière lorsque Slovo parle. Le soir, il imite sa voix de basse et son assurance gagnée lors de son long service militaire. Sa culture est restreinte, ses connaissances médicales tout autant, mais les habitués de la rive ont tendance à accepter ses conseils du fait de son immense expérience acquise pendant la guerre, et après.

Quoi qu'il en soit, mon père l'aime bien et lui pose des questions sur son service dans l'équipe de secours qu'il commandait.

« Un secouriste n'est qu'un secouriste, rien de plus, a-t-il coutume de dire, avant d'ajouter aussitôt : Mais il ne faut pas mépriser l'expérience. Sur le champ de bataille, un secouriste voit beaucoup de blessés dont un grand nombre dans un état grave. En l'absence d'un médecin, c'est lui qui prend le relais. Il est l'ange salvateur sous le feu des bombardements. Lui, et lui seul. »

« Que pensez-vous de la guerre qui approche ? Est-ce vraiment le cas ? demanda mon père, comme si Slovo était une autorité militaire.

– Je sens l'odeur de la poudre, répondit Slovo en touchant ses narines.

– Ce sera une guerre semblable à la précédente ?

– Espérons que non. C'était atroce. Ce n'était même pas une guerre, mais un massacre.

– Que conseillez-vous ? Rentrer immédiatement chez soi ou demeurer ici jusqu'à la fin des vacances ?

– Ça n'a pas de sens de se hâter. Attendons de voir. C'est une philosophie que j'applique souvent.

– Que conseillez-vous alors aux habitués de la rive saisis par la panique ?

– Les Juifs sont toujours paniqués, on ne peut rien y changer. Ils multiplient chaque rumeur par deux ou trois. C'est dommage qu'ils n'aient pas été enrôlés dans l'armée dans leur jeunesse. C'est bon pour le corps et l'âme. On n'y apprend pas seulement la discipline, ça structure aussi la raison. Les Juifs sont rebelles. L'armée vous enseigne, entre autres, à suivre les ordres, à marcher droit et à ne pas penser à vous.

– Ça ne rend pas bête ? » ne put se retenir de demander mon père.

Stupéfait par la question, Slovo mit un temps à répondre : « Pas du tout. L'armée vous apprend l'ordre. La vie est impossible sans cela, sans être habillé impeccablement, sans être dans le rang. S'il n'y a pas d'ordre, tout n'est que confusion et tumulte. »

Mon père avait oublié que l'armée était au-dessus de toute critique pour Slovo, comme pour tous les militaires de carrière.

Slovo leva soudain les yeux, détailla mon père de la tête aux pieds comme s'il disait : Je vois à présent que vous êtes irrémédiablement Juif. Je pensais avec naïveté que vous étiez un Juif différent, sportif. Il s'avère que je me suis trompé. Le Juif ancien est profondément ancré en vous.

Il quitta mon père avec un au revoir mou. Je compris qu'il était déçu de s'être trompé sur son compte.

De retour à la maison, mon père éclata de rire sans un mot d'explication pour maman, qui n'avait pas assisté à la scène. Elle le regarda, stupéfaite : cela faisait longtemps qu'elle ne l'avait pas vu rire aux éclats. Elle demanda ce qui se passait, comme si papa était assailli de douleurs. Il n'arrivait pas à parler. Ce n'est que plus tard, lorsqu'il se calma enfin, qu'il put lui raconter. Le soulagement se peignit sur le visage de maman.

53

Chaque jour, un couple ou deux quitte la rive, et la même question leur est posée : « Pourquoi abrégez-vous vos vacances ? »

Les adieux aussi ont leurs règles : les vacanciers se rassemblent devant l'isba de ceux qui partent, essaient de les persuader de ne pas s'en aller, et lorsque leurs suppliques apparaissent vaines, ils leur souhaitent bon retour et une année tranquille jusqu'aux prochaines vacances. Ceux qui partent distribuent les vivres qu'ils avaient encore dans leur garde-manger et prennent la route.

Je fus témoin d'adieux pleins d'émotion et de larmes. La femme qui partait se lamentait : « Je ne vous oublierai pas, ni tout ce que vous m'avez donné. Je serais volontiers restée si mon père n'était pas malade. Il n'y a pas meilleur endroit qu'ici, c'est le paradis sur terre. Je me chasse moi-même de cette oasis de paix, qui sait ce qui m'attend ? »

Glacés, les gens pleuraient. Les pleurs sont fréquents ici. Chaque chanson, chaque refrain, et plus encore une photo du passé, suscite les larmes. Évidemment, mon père ne peut se retenir alors d'avoir un regard railleur. Il dit que les gens font de ces adieux toute une cérémonie empreinte de sensiblerie, de manières d'enfants gâtés et d'hypocrisie. Chacun de ces moments fait naître en lui une nouvelle formulation, un nouveau sarcasme, et lui inspire quelques adjectifs impitoyables. Il regarde les vacanciers du haut de son piédestal, ne leur passant rien.

J'entendis maman lui dire, un jour : « Pourquoi n'as-tu pas de compassion pour les gens ?

– Leur sentimentalisme et leur ridicule ne les en rendent pas dignes », lui répondit-il sans la regarder.

Le lendemain, je demandai à maman si la guerre allait nous séparer.

« Qu'est-ce qui t'a fait penser ça ?

– Dans mon rêve, on essayait de nous séparer, lui avouai-je franchement.

– Nous resterons ensemble », dit-elle dans un sourire.

Je remarquai que, cette fois, elle avait omis de prononcer le mot « toujours ».

J'ouvris un cahier et écrivis : Journal. Pas « Mon journal », qui me paraissait trop enfantin.

Les jours ici s'achèvent. Chaque geste, chaque vision m'étonne. Ceux qui partent laissent derrière eux une grande anxiété. Les mots d'adieu sont habituels : n'oublie pas de m'écrire, il ne faut pas s'inquiéter outre mesure, ce qui semble sombre aujourd'hui aura l'air demain aussi clair que le soleil de midi. Ces mots sont familiers, mais ils frémissent d'inquiétude. Seul Slovo demeure de marbre. Il ne s'en ira pas d'ici avant la fin de sa location, ce n'est pas l'angoisse qui va le faire bouger. Il répète une ou deux fois par jour : « Je resterai ici jusqu'à la dernière heure », au cas où quelqu'un aurait des doutes sur sa décision.

Je regrette d'avoir commencé seulement maintenant à tenir un journal, alors que depuis le début des vacances, maman m'encourageait à noter mes impressions. Je préférais repousser le moment. Elle disait : « On ne peut pas savoir si ce qui te paraît important aujourd'hui le sera dans un mois, pour ne pas dire dans un an. » J'avais le sentiment qu'elle avait raison, mais ce n'est pas par hasard que je n'ai rien écrit. Il m'est difficile de relier les mots entre eux, et lorsque j'y parviens, je trouve le résultat bancal.

Maman dit qu'il faut entraîner la main afin que le jour venu elle soit capable d'exprimer les murmures du cœur. Je suppose que cette phrase lui vient de ses professeurs de piano. Cette règle est-elle également valable pour l'écriture ? Je le saurai avec le temps, je suppose.

Les jours ici s'achèvent. Mais des gens continuent d'aller chaque matin sur la rive en feignant d'être d'une humeur extraordinaire, comme si ces vacances ne devaient jamais prendre fin. Leur impassibilité est une provocation pour ceux qui partent ou s'apprêtent à partir. Slovo les tient en estime, il les regarde comme des hommes sous ses ordres qui ne se contentent pas de se soumettre à sa discipline, mais louent aussi ses vertus.

Une lettre d'une amie de ma mère nous parvint.

La ville est sens dessus dessous. Le tramway ne fonctionne plus normalement, les gens préfèrent marcher, c'est pour cela que les rues sont pleines. Tout le monde se demande si l'année scolaire va commencer comme prévu. Les rumeurs ne manquent pas, mais dans les brasseries on sert du café et des gâteaux, et je me dis : Tant que cela dure, la vie suit son cours. Espérons que les prédictions sinistres disparaîtront vite et que nous continuerons de vivre nos vies.

Vous attendant impatiemment,
Silvia

54

Les cauchemars n'ont pas disparu, mais la pensée du retour dans deux jours et demi m'attriste. Je sais que les gens que j'ai croisés ici ne sont ni des héros ni des personnes admirables, certains sont même effrayants, répugnants ou ridicules. Pourtant, j'ai le sentiment qu'ils demeureront près de moi, y compris lorsque je serai à la maison.

Gusta nous rend visite chaque jour, apportant avec elle une aura bienfaitrice. Maman et elle prennent place sur des tabourets pour discuter calmement. C'est étrange, il me semble que Gusta me transmet à moi aussi quelque chose de son intériorité. La vibration de sa voix a des modulations variées, des silences ponctuent ses paroles, de temps à autre elle relève la tête, le regard inquiet, et lâche : « Je prie pour que la prochaine guerre ne nous sépare pas. »

J'ai remarqué : Gusta utilise parfois le mot « prier » et ce mot, comme tous ceux qu'elle utilise, a un son envoûtant qui imprègne son interlocuteur.

Je n'ose pas l'observer de près. J'ai l'impression que maman et elle ont beaucoup de choses à se dire, il ne faut pas les déranger. Une interruption, même discrète, perturberait leur conversation.

J'ai entendu Gusta dire une fois : « Il y a des gens qui parasitent ma pensée pendant plusieurs jours, pas forcément parce qu'ils m'adressent la parole, mais parce que leur simple présence me sort de moi-même. Ce n'est que lorsque leur ombre disparaît que je reviens à moi. J'ai du mal à l'expliquer. »

Une des jeunes filles élancées s'est détachée de son groupe pour venir nous dire : « Nous rentrons chez nous demain matin. Nous voulions vous dire au revoir. Nous sommes ravies de vous avoir rencontrés. » Surpris, mon père a lancé : « La saison n'est pas encore terminée. Pourquoi cette urgence ?

– Nous aurions volontiers prolongé notre séjour, mais l'année universitaire démarre bientôt.

– Puis-je me permettre de vous demander ce que vous étudiez ?

– La médecine », dit-elle en inclinant la tête.

Les jeunes filles élancées ont apporté sur la rive de nouveaux comportements et un nouveau visage. Des années de sport au lycée, et sans doute au club Spartacus, ont modifié leur apparence, elles ressemblent à des non-Juives. Je ne me souviens pas de les avoir vues s'asseoir pour discuter avec les habitués de la rive, pas plus qu'elles aient été bavardes entre elles, se contentant de rester assises en silence, de nager et de s'entraîner.

J'ai entendu mon père dire, un jour : « Elles ont franchi un cap. Leur judéité ne les dérangera plus.

– Au contraire, elle leur ajoutera une dimension, affirma maman.

– Comment ça ? répliqua mon père en faisant la moue.

– Nul n'est tenu de se débarrasser totalement de la foi de ses ancêtres. »

J'ai porté de longues années en moi la silhouette élancée des jeunes filles. Elles se tenaient cachées à mon insu, et je me suis soudain souvenu d'elles sortant de l'eau, sveltes et dégoulinantes, s'enveloppant dans des serviettes aux couleurs vives avant de s'asseoir au bord de l'eau.

Il faut croire qu'elles demeureront avec moi ainsi pour toujours.

Ces derniers jours, j'ai été occupé par la résolution d'exercices de calcul et la rédaction d'impressions de lecture. Je m'y suis mis de mauvaise grâce. Mon père a vérifié les exercices, les résultats étaient bons. Ma mère a lu avec émotion les impressions de lecture avant de conclure : « Belle écriture. »

Il est plus facile de lire que d'écrire. Mon père prétend que je lis trop vite et qu'une lecture précipitée n'a pas beaucoup de valeur. Il faut prendre le temps de s'interroger sur ce que l'on vient de lire. Une lecture dépourvue de réflexion équivaut à engloutir une soupe claire.

Déjà, alors, je craignais l'écriture. Au fond de moi, je savais qu'elle était liée à une observation douloureuse, mais je n'imaginais pas qu'avec le temps elle serait un abri, un refuge, où non seulement je me retrouverais, mais où je retrouverais aussi ceux que j'avais connus et dont les visages avaient été conservés en moi.

55

Les rumeurs continuent de tracer leur sillon. Slovo se met en travers de leur chemin, affirmant qu'on ne doit pas se laisser entraîner par elles, ni par la panique. Toute guerre est terrible, mais pour l'affronter, il faut s'armer de calme, d'un moral d'acier et de maîtrise de soi. Karl Koenig ne prête pas l'oreille aux rumeurs, totalement absorbé par la composition d'un chapitre ; il ne quittera pas la rive tant qu'il ne l'aura pas achevé.

Pour la plupart des vacanciers, le séjour ici est un moment d'oisiveté plaisante. Pour Karl Koenig, c'est comme une fièvre qui monte le matin et retombe dans la nuit avancée. Plusieurs personnes se sont déjà interrogées sur cette fébrilité en se demandant s'il n'aurait pas mieux valu pour lui qu'il reste à la maison, loin des gens qui l'importunent en l'assaillant de questions vaines.

« Un peu de tumulte ne fait pas de mal à l'écriture. Il arrive qu'il l'aiguillonne, ranime le rythme et charrie avec lui des mots oubliés, répond Karl Koenig en plaisantant.

– Mais le silence et la concentration ne sont-ils pas nécessaires à l'écriture ? demande quelqu'un.

– N'oubliez pas que je suis juif. Sans Juifs autour de moi, je suis perdu. »

Il faut savoir que Karl Koenig a été marié à Marta Strum, une Viennoise catholique. Il est venu s'installer dans la région il y a quatre ans, après leur séparation. Il serait allé chez ses parents s'il avait pu, mais ils sont partis en Amérique. En l'absence de foyer, la rive est sa maison.

« Pourquoi n'êtes-vous pas parti avec vos parents en Amérique ? l'interroge une femme qui ne sait pas tenir sa langue.

– N'oubliez pas, madame, que ma langue maternelle est l'allemand. C'est à la fois l'instrument dont je joue et mon âme. Qu'irais-je faire dans la lointaine Amérique ? Ici, grâce à Dieu, tout le monde parle allemand. Je suis heureux de revenir ici chaque année, croyez-moi. Je m'y sens en famille, parmi des oncles et des cousins. Chacun est potentiellement un parent. L'étranger ne m'attire pas. J'y suis déjà allé. »

Il faut dire que lorsqu'il était marié à Marta Strum, il se tenait à l'écart des Juifs, ce que tous prenaient pour du déni et de l'arrogance. À présent, tout le monde sait que sa vie avec Marta Strum n'a pas été facile. Il cherchait le bonheur, il a trouvé une altérité hostile.

« La guerre approche. Que pensez-vous faire ?

– Ce que feront tous les Juifs. Quand ils sont chez eux, je suis chez moi. Quand ils partent en vacances, je pars aussi. S'ils émigrent, j'émigrerai. J'ai une seule règle : je fais ce que les Juifs font. Je n'ai aucunement l'intention de m'éloigner d'eux.

– Vous écrivez sur nous ? lui demande-t-on pour la énième fois.

– Non, tranche-t-il. J'écris sur moi, et ce n'est pas parce que je pense le plus grand bien de ce que je suis. La vie est si versatile, si énigmatique, qu'avons-nous à dire sur elle ? Nous lançons nos filets. Moi, j'examine ce que j'y découvre.

– Je ne comprends rien à ce que vous dites.

– La prochaine fois j'essaierai de m'exprimer plus clairement.

– Pardon si je vous ai offensé.

– Pas du tout. Vous m'avez posé une question concrète. Et moi, manifestement, je vous ai fourni une réponse confuse. »

56

S'apprêtant à rentrer lui aussi, le docteur Zeiger vint nous faire ses adieux. Cet homme à la belle prestance, fleurant bon une eau de Cologne délicate, est courtisé par de riches veuves, mais ne s'empresse pas de céder à leurs charmes. Il demeure dévoué à ses patients.

Ceux qui l'aiment s'inquiètent pour son statut social et ses rentrées financières. Le docteur Zeiger balaie cette préoccupation.

« Chaque diagnostic juste, chaque médicament qui adoucit la douleur et procure du bienfait me réjouit plus que l'argent que je pourrais réclamer. Plus encore : les femmes riches ne sont pas enclines à dépenser leur fortune, elles veulent s'enrichir. Je préfère être avec mes patients.

– Et l'avenir ? lui demandent ceux qui l'aiment, inquiets.

– Il est assuré. Tous les malades du quartier continueront de venir me voir, et nous nous en réjouissons réciproquement. L'argent va et vient, chaque patient que je parviens à soulager est un investissement sûr. »

Maman prépara un dîner de fête : une polenta au fromage et à la crème, un gâteau aux pommes et des fraises des bois. Végétarien, le docteur Zeiger affectionne les plats de ma mère.

À la fin du repas, mon père dressa les pièces sur le plateau d'échecs et annonça : « Dernière partie dans ce territoire juif ! Faites attention, mon ami, j'ai plus d'une tactique dans mon sac.

– Je suis prêt à recevoir les coups », dit le docteur en ôtant son chapeau de paille.

Mon père se surpassa ce soir-là. Il força les lignes de défense de son adversaire, et ses chevaux partirent à l'assaut pour bloquer toute possibilité de retraite. Les coups de Zeiger étaient laborieux et sans espoir. Le grand diagnosticien était démuni face au plateau d'échecs. Il leva ses longs bras blancs en disant : « Tous les fronts ont été percés. Je m'incline. Je connais désormais mes limites. »

Mon père l'étonna : « Il faut aussi de la chance aux échecs. Tout ne dépend pas de calculs exacts. » Le docteur n'était pas d'accord : « Vous avez une pensée qui correspond à ce jeu – pas moi. Ce sont les faits, il faut les accepter humblement. »

La soirée s'enfonça dans la nuit claire, et le docteur Zeiger ne prononça aucune opinion ni parole teintée d'ironie. Assis près de la table, il buvait du thé à petites gorgées, prostré, on eût dit qu'il allait bientôt disparaître totalement.

Mon père essaya de l'extraire de sa mélancolie en évoquant le temps où il était à l'université et où une étudiante ukrainienne était folle de lui, ce qui déplaisait fortement à ses parents. Son père avait donné son avis en ces termes : “Je vois que tu en as assez des membres de ta tribu. Je ne suis pas sûr toutefois que tu trouves la sérénité auprès d'une Ukrainienne.”

« Quelques jours avant Pâques, je suis allé rendre visite à la famille de Maria. Son père, un fermier costaud, m'a fait asseoir sur un tabouret et m'a demandé mon nom.

« “Qu'est-ce qu'un Juif cherche en se rapprochant des Ukrainiens ? a-t-il lancé directement.

« – Je suis tombé amoureux de votre fille et je souhaite vous demander sa main.

« – Tu veux épouser Maria ? a-t-il dit en me détaillant de la tête aux pieds.

« – Exactement. Je suis venu solliciter votre accord.

« – C'est tout à ton honneur, mais tu sais bien : chacun a sa petite cuisine. Les Juifs ont la leur, les Ukrainiens aussi. Les Juifs ne mélangent pas le lait et la viande. Les Ukrainiens, si, au contraire ! Les Juifs commercent – moi je travaille la terre.

« – Je ne respecte plus les règles de mes ancêtres", ai-je dit pour me concilier ses bonnes grâces. Mais au contraire, cela l'a mis hors de lui : "Ah bon ? Pourquoi ? Tu es meilleur qu'eux ? Tu traces ton chemin, comme ça, tout seul ? Je vais te dire quelque chose qui va sans doute te déplaire : un Juif doit être juif. C'est comme ça que Dieu l'a créé. Un Juif qui ne veut pas être juif est un démon. Et maintenant que je t'ai écouté, aie la bonté de t'en aller. Si je te vois sortir avec Maria, je te battrai sans pitié."

« Et c'est comme ça qu'a pris fin la cour que je menais auprès des non-Juives », conclut mon père d'un ton léger.

Ma mère avait déjà entendu cette anecdote à plusieurs reprises et riait chaque fois d'un rire que je ne lui connaissais pas. Le docteur Zeiger émergea de sa mélancolie pour répéter la phrase de l'Ukrainien. « Un Juif doit être juif. C'est comme ça que Dieu l'a créé. C'est une phrase intéressante. Je ne m'attendais pas à ce qu'un Ukrainien la prononce. »

Nous restâmes assis encore un long moment. Maman coupa une pastèque, en servit et resservit à chacun. Fatigué, je laissai les visions nocturnes qui s'écoulaient paisiblement dans la claire obscurité m'envelopper. Les paroles et les murmures m'accompagnèrent ainsi jusqu'à ce que mes paupières se closent.

57

De curieux bruits me réveillèrent. Il s'avéra qu'un vacancier ivre avait fait irruption dans notre isba en proférant des reproches sur les habitués de la rive qui s'étaient éloignés de la foi de leurs ancêtres et bronzaient nonchalamment, comme si le monde n'avait pas de sens.

« Que voulez-vous qu'ils fassent ? lui demanda mon père avec colère.

– Qu'ils prient ! Il ne peut exister de monde sans prière.

– Et s'ils ne le peuvent pas ?

– Qu'ils fassent un effort ! Celui qui ne prie pas sera châtié.

– Ah bon, et quand ça ? dit mon père en imitant le ton de l'ivrogne.

– Dans ce monde et dans le monde futur. C'est impossible de se dérober au regard de Dieu, il est posé sur chacun d'entre nous. Celui qui pense qu'il peut faire ce qui lui chante se trompe : il y a plus haut que lui.

– Vous voulez peut-être un café ? proposa maman.

– Non. Je veux que vous recommenciez à prier, c'est tout.

– Et si nous avons oublié la prière ? répliqua mon père en se forçant à parler doucement.

– Il faut la réapprendre. Rabbi Yitzhak, le maître qui a enseigné la prière aux enfants pendant des années, est prêt à l'enseigner de nouveau. Il n'attend que ça dans sa vieille école religieuse.

– D'accord, nous irons le voir à la fin des vacances, dit mon père pour le calmer.

– Ce sera trop tard. Il faut y aller immédiatement.

– Nous irons bientôt. Laissez-nous finir notre café.

– Je vois que vous ne me comprenez pas, dit l'autre en avançant vers mon père en titubant.

– Oh si, je vous comprends, vous ignorez même à quel point.

– Où sont les chevaux ? La calèche ? demanda l'ivrogne en écarquillant les yeux.

– Ils sont en route. En attendant, vous pouvez rentrer dormir dans votre isba.

– Menteurs. Vous êtes tous des menteurs. Je ne vous crois pas ! » cria l'autre. Et il s'en alla.

Cette irruption nous avait réveillés brutalement. Nous nous assîmes dehors pour suivre les couleurs changeantes de la lumière d'été nocturne. La silhouette et les vociférations de l'ivrogne m'habitèrent un long moment.

« Les ivrognes ont une autorité verbale certaine, remarqua mon père.

– Il faut croire que sa conscience le tourmente », dit maman.

Tous deux se gardèrent de critiquer la conduite de l'homme, comme s'il était entendu que les ivrognes ont le droit de proférer un discours sans discernement et qu'il faut accepter d'entrer dans leurs délires tant qu'ils ne sont pas violents.

Je me souvins curieusement à ce moment de nos voyages nocturnes en train : l'oscillation douce du wagon, la jolie serveuse qui nous apportait un gâteau aux fraises et du thé dans des tasses en porcelaine fine, mon père et ma mère en tenue de soirée, et moi portant un costume acheté avant le voyage.

À présent c'était différent : nous étions au cœur d'une lumière inextinguible, lumière du jour ou de la nuit blanche. Mon père et ma mère étaient déjà prêts à quitter les lieux, pas moi. Les visions de la rive ne me quittent pas. Lorsque je ferme les yeux, je vois les gens de la rive près de moi, comme s'ils réclamaient que je me souvienne d'eux. Mais il n'est pas besoin de me le rappeler : le portrait de chaque visage est gravé en moi et je l'emporterai avec moi partout où j'irai.

Ces derniers jours je vois parfois Karl Koenig dans mes divagations. Il ressemble à l'opticien du coin de la rue. Il a une apparence anodine, mais lorsqu'il ouvre la bouche, son front s'illumine et les mots résonnent comme s'il faisait la lecture d'un livre à voix haute.

Si un jour je deviens écrivain, je lui ressemblerai certainement.

58

Le lendemain, nous allâmes faire nos adieux au docteur Zeiger. À notre grande surprise, nous étions loin d'être les seuls. Certains avaient apporté des cadeaux. P. s'était débrouillée pour acheter un bouquet de fleurs, qu'elle lui offrit en faisant une révérence émue. L'homme à la jambe coupée avait apporté une petite boîte dans laquelle se trouvait une statuette japonaise.

Bouleversé, le docteur Zeiger répétait : « Mais non, ce n'est pas la peine. Pourquoi ? » Mais les témoignages d'amour abondaient. La haute silhouette du docteur se ratatinait, piégée, cherchant une issue de secours à cette fête imprévue.

P. sanglotait : « Le docteur Zeiger nous quitte. Qui prendra soin de nous, qui nous conseillera, qui pansera nos blessures ? » Ses paroles entrecoupées de larmes lui donnaient l'apparence d'une femme qui vient seulement de réaliser sa situation.

L'homme à la jambe coupée se contenait. Prenant appui sur ses deux béquilles, il avait un air sévère, semblant dire : Ça ne sert à rien de pleurer. Ça ne changera rien. Il faut prendre congé du docteur Zeiger avec dignité, pas dans l'agitation.

Mais une vieille patiente ne put se retenir de crier d'une voix qui fit tout trembler : « Nous voulons que vous sachiez que nous vous aimons. Pas seulement en raison de vos diagnostics précis, mais également de votre humanité, de vos nuits sans sommeil ; parce que, depuis des années, vous épuisez vos jambes, la nuit, pour arriver à temps auprès d'un patient gravement malade. Qui pourra jamais compter le nombre de gens que vous avez sauvés ? Même ici on ne vous a pas laissé en paix. Seul celui qui porte Dieu en son cœur accomplit ce que vous accomplissez. Vous êtes un envoyé du ciel sur cette terre. Nous devons encore apprendre à vous aimer. Jusqu'à présent, c'est vous qui nous avez aimés, c'est notre tour à présent. Partez en paix, monsieur le docteur, dans quelques jours nous quitterons la rive et reviendrons vous voir. Sans vous, notre vie est invivable. »

Il y eut un instant de sidération, puis les pleurs éclatèrent. Maman aussi pleurait. Je lui pris la main. Je craignais que ces effusions ne fassent perdre la tête aux gens, qu'ils ne se mettent à genoux, prient, crient, ou je ne sais quoi encore.

Le docteur Zeiger secoua la tête, comme pour dire : Je ne suis ni un Juste ni un sauveur. Je suis simplement un médecin. Je fais mon devoir. Je n'ai jamais rien fait de plus. Ne m'attribuez pas des qualités que je n'ai pas. Épargnez-moi.

Mais la foule qui l'entourait ne l'entendait pas ainsi. On l'acclamait avec des voix étranges. « Vous êtes notre docteur, vous êtes un envoyé du ciel. »

Qui sait à quels épanchements on aurait encore assisté si la calèche n'était pas apparue à neuf heures précises. Le docteur Zeiger ne s'attarda pas. Il grimpa et ordonna au cocher de prendre la route.

59

La foule resta encore un long moment devant l'isba, espérant que le docteur Zeiger se raviserait. J'avais l'impression que des disputes allaient éclater et des reproches fuser, truffés de mots incompréhensibles. Mon père continuait d'observer la scène, l'œil vif. L'ironie avait déserté son regard, il semblait chercher une phrase pouvant l'éclairer sur le sens de ces adieux.

Les gens finirent par se disperser et retourner sur la rive. On ouvrit les parasols, on étendit les nappes sur l'herbe pour la collation de dix heures, comme chaque jour. La scène devant l'isba du docteur planait encore dans tous les esprits, sans couper l'appétit de quiconque pour autant. Les papiers paraffinés enveloppant les sandwichs furent ôtés l'un après l'autre ; les bouteilles de limonade ouvertes, émettant de légers sifflements qui grésillèrent dans l'air un instant avant de s'évanouir.

L'homme à la jambe coupée ne put se retenir de s'écrier : « Cessez d'être aussi gloutons ! Regardez ce qui m'est arrivé. » Cette mise en garde qu'il assène chaque jour ne lui attire pas d'amis. Habitués à ses sorties cinglantes, les gens l'ignorent. Il les regarde en retour avec mépris et répugnance, comme s'ils étaient des voyous réitérant leur forfait de manière éhontée.

Bien que ma mère soit d'accord sur le fond avec lui, elle n'exprime pas son opinion à voix haute et l'impose encore moins aux autres. Il est à mentionner toutefois que les sandwichs qu'elle confectionne sont aussi raffinés que délicieux : du pain de campagne garni de fromage et de crudités.

L'ironie était revenue dans le regard de mon père, affûtée par la voracité de nos voisins et leur manie de parler la bouche pleine. Maman chuchota : « Les Juifs ne sont pas des esthètes, on n'y peut rien. Ils savent parfois s'enrichir, mais l'art de la table n'est pas leur fort. »

J'entendis P. s'adresser à l'homme à la jambe coupée : « Tu ne dois pas te fâcher, c'est mauvais pour la santé. Laisse les gens faire ce qu'ils veulent, tu ne les changeras pas.

– Il ne faudrait donc pas les mettre en garde ?

– Ça ne sert à rien, ils ne t'écouteront pas. C'est difficile de modifier des habitudes.

– Je ne peux pas les regarder sans rien dire. La gloutonnerie entraîne le diabète. On commence par amputer les doigts, puis la jambe. Les gens doivent savoir ce qui les attend.

– Tu le leur as déjà expliqué cent fois. Tes paroles ne font pas le poids face aux sandwichs. Moi, par exemple, pour être franche, j'ai du mal à arrêter de boire. Le docteur Zeiger m'a dit de faire attention mais je n'y peux rien, la vie est insupportable pour moi sans une bouteille de bière.

– Sans compter que tu y ajoutes du cognac de temps en temps.

– C'est vrai, c'est vrai. J'ai essayé à plusieurs reprises de me désintoxiquer, mais je n'y arrive pas.

– Tu ne fais pas assez d'efforts.

– Oh si, crois-moi. Mais sans une bouteille ou deux par jour, ma vie est intenable. Le monde est noir et sans issue. Je suis perdue, tout simplement.

– C'est bien ce que je dis : tu n'es pas différente de tous ces dévoreurs de sandwichs.

– Moi aussi, je vais avoir du diabète ?

– Tu vas d'abord bouffer ton foie.

– Ça m'est égal. De toute façon, je vais mourir.

– Ce n'est pas la mort, le problème. On va tous mourir. La question, c'est que cela advienne sans souffrance. Disparaître, sans se tordre de douleur jour et nuit. Et pour cela, il faut bien préparer son corps. Tu comprends ?

– Oui », répondit-elle, au bord des larmes.

60

Durant ces derniers jours sur la rive, mes parents s'investissent sans compter pour que je fasse des progrès en natation. Je me fatigue sans que cela améliore pour autant mes mouvements. Mon père continue d'effectuer des longueurs, mais maman ne me lâche pas, comme si elle s'était secrètement juré de m'assurer une progression digne de ce nom.

Je sors de l'eau, soulagé que le cours de natation soit derrière moi.

Une femme menue s'approcha de mon père, se présenta en donnant le nom de ses parents, puis ajouta : « Nous étions voisins autrefois, nous avons joué ensemble dans le bac à sable. Tu m'appelais "Mimi" et je t'appelais "Bouni", on s'amusait pendant des heures à construire des châteaux de sable en inventant des histoires. Mes parents ont quitté le faubourg pour s'installer en ville, l'année de mes cinq ans. Pendant longtemps, je me suis languie du faubourg et de toi.

« Tu venais parfois jouer avec moi devant notre maison, nous jouions avec de gros cubes que mon père rapportait de la scierie. On construisait des hôtels ou des petites maisons. Tu te souviens de moi ? »

Mon père la dévisagea, front plissé, concentrant son regard pour chercher des souvenirs au fond de lui, mais il n'en fit remonter aucun.

« C'est impossible que tu m'aies oubliée. On passait des heures ensemble, jusqu'à la nuit tombée. On mangeait dans la même assiette la semoule au lait que ta mère préparait. Nous n'avions que cinq ans, certes, mais nous étions très amoureux. »

Mon père posa la main sur sa bouche – geste qui lui permettait d'habitude de se concentrer et de se souvenir –, en vain cette fois.

La femme poursuivit : « Tu me disais : "Quand on sera grands on se mariera." "Et qui me coudra ma robe de mariée ?" demandais-je. "La couturière qui vient coudre pour maman des robes chaudes pour l'hiver", me répondais-tu. Et nous riions ensemble.

« Je vois que tu ne t'en souviens pas. Nous n'avions que cinq ans. Il y a des gens qui se souviennent de tout, en détail, et d'autres qui oublient, on n'y peut rien. Je me souviens clairement de toi, et la pensée que nous nous croiserions sans doute un jour m'a toujours égayée.

« L'année dernière, j'ai recommencé à penser à toi. Non, pas vraiment à toi, à l'enfant que tu étais. Tu étais très particulier. Tu connaissais les tables de multiplication par cœur, moi je comptais péniblement de 1 jusqu'à 10. Mes parents aussi étaient admiratifs, et même incrédules, ils te posaient souvent des colles pour te tester. Bon, arrêtons, je vois bien que tu as oublié, dit-elle, comme si elle allait vraiment conclure, mais ce n'était pas le cas. Tu étais fils unique. Ta mère t'habillait toujours avec de beaux vêtements. Chaque matin, tu apparaissais avec une tenue surprenante. Tu en avais une de marin avec un béret, et lorsque je t'ai demandé si tu savais nager, tu m'as répondu : "Bien sûr, comme tous les marins." Je t'ai demandé : "Qui t'a appris ?" Et tu m'as répondu : "Je sais nager depuis que j'ai enfilé mon costume."

« Tu m'émerveillais beaucoup, surtout par ta façon de parler. Tu avais aussi une tenue de chasseur avec un chapeau à plume. Tu surgissais en annonçant : “Je pars dans la forêt.” “Où est ton cheval ?” demandais-je. “Ne t'inquiète pas, il va bientôt venir”, répondais-tu. Je croyais tout ce que tu disais, j'étais sûre que tu étais le plus merveilleux des enfants et que nous serions toujours ensemble

« On a déménagé brutalement et ma vie a changé du tout au tout. Je suppliais mes parents en pleurant pour qu'on retourne vivre dans le faubourg. Ma mère me répondait : “Oublie le faubourg, nous vivons en ville à présent. C'est beaucoup plus beau ici.” Un jour, je me suis même enfuie et j'ai presque réussi à retrouver notre ancienne maison. »

Elle ne renonçait pas, le regard de plus en plus déterminé, comme si elle disait à mon père : Il faut absolument que je te sorte de cette amnésie.

« En effet, je revois ce chapeau à plume, dit-il en paraissant s'éveiller d'un profond sommeil.

– Alors maintenant, nous allons pouvoir prendre la route.

– Quelle route ? » s'étonna mon père, qui n'avait pas encore compris le sens de cette rencontre.

La femme poursuivit : « Tu m'appelais Mimi. Personne ne m'appelait ainsi, à part toi. J'aimais beaucoup les sons qui sortaient de ta bouche. Ils résonnent encore à mes oreilles. »

Mon père reprenait ses esprits mais pas suffisamment pour saisir tout ce qu'elle disait. Ses yeux plissés indiquaient qu'il tentait de descendre vers ces années lointaines, sans avoir la bonne échelle à sa disposition.

Il finit par se secouer et demanda : « J'ai beaucoup changé ? »

Gênée, la femme baissa la tête un instant avant de la relever : « Je suppose que l'enfant en toi n'a pas changé. »

La réponse fit éclore un sourire sur les lèvres de mon père : « Vous pensez que les enfants que nous étions n'ont pas disparu, mais sont restés cachés en nous ?

– Je suppose. Tu avais beaucoup d'imagination, dit-elle en revenant à son sujet. Je t'écoutais, bouche bée, c'était comme une musique. La nuit, je rêvais de toi, et le matin, quand on se retrouvait dans la cour, j'étais si heureuse que je sautais de joie.

– J'ai changé ? demanda de nouveau mon père.

– Sans doute, mais l'enfant en toi n'a pas changé. »

Mon père tressaillit soudain et s'écria : « Mimi ! Mais oui ! Comment ai-je pu t'oublier ? Comment ai-je fait pour ne pas te reconnaître ?

– J'étais sûre que tu te souviendrais. Tu as tant partagé de ton imaginaire avec moi. Tes histoires m'enchantent encore. »

Une rougeur monta au front de mon père : « J'aimais te retrouver le matin. Tu avais une grande tresse sur l'épaule. Tu ne parlais pas, j'étais persuadé que tu étais muette ou qu'on t'interdisait de parler. Comment m'as-tu reconnu ?

– Ce n'était pas très difficile, dit-elle avec un petit sourire.

– Grands dieux ! » s'exclama mon père.

C'était la première fois que je l'entendais prononcer ces mots. Il était bouleversé. D'ordinaire, dans ces moments, il sort sa pipe, la bourre et l'allume. Le soulagement est perceptible sur son visage après les premières bouffées, mais cette fois il n'en fit rien, incapable de répéter autre chose que « Mimi » avec stupéfaction.

Cette dernière attendait tranquillement que mon père se reprenne. Il parvint enfin à articuler : « Voici mon fils, Erwin.

Il a dix ans et c'est un bon élève. Est-ce qu'il ressemble à Bouni ? »

Mimi éclata de rire : « Sans doute.

– Il ressemble plus à sa mère », dit mon père en laissant flotter ces derniers mots.

Il avait le visage illuminé. Je savais que tout lui revenait : le faubourg, la cour, Mimi qui s'extasiait sur lui.

Changeant de ton, il demanda : « Que deviens-tu, si je puis me permettre ?

– Je travaille à l'institut Blumfeld, à Vienne.

– Tu es chercheuse ?

– Exactement.

– Dans quel domaine, sans indiscrétion ?

– La tuberculose. »

Elle continua sur un autre ton : « La situation à Vienne est très mauvaise. On a failli partir aux États-Unis avec toute l'équipe du laboratoire. Finalement, j'ai décidé qu'il valait mieux rentrer chez moi. Mes parents sont malheureusement morts, mais la maison est toujours là. Rien n'est comparable aux parents, à une maison. Les années d'exil et de recherche m'ont épuisée psychiquement. Pendant tout ce temps à Vienne, je n'étais pas moi, j'étais une machine qui pense. Je viens tout juste de me retrouver. Même ces vacances m'ont restitué quelque chose que j'avais perdu, un je-ne-sais-quoi. C'est bon de retrouver des gens dont tu reconnais la voix.

– Tu te sens bien ici ?

– Parfaitement bien, même. »

Sa réponse sidéra mon père qui me prit la main, prêt à tourner les talons, mais il se ravisa : « Je suis désolé que ma mémoire m'ait trahi. Dieu m'a doté de nombreux défauts.

Je sais maintenant qu'il m'a donné aussi une mémoire défaillante.

– Oh, il ne faut pas exagérer. »

Agité et contrarié par cet oubli, mon père demanda pardon à plusieurs reprises et finit par dire : « Merci de m'avoir rendu une part de moi-même. Grands dieux, comment ai-je pu oublier ces années avec toi là-bas ? J'imagine que d'autres scènes vont me revenir dans les prochains jours. Un homme ne peut jamais mesurer ce qu'il a oublié, ni ce qui lui a été ôté. Merci pour ce présent, déjà. Je suppose que nous nous recroiserons. Nous résidons dans l'isba de Nikolaï. Je serais ravi que tu passes nous rendre visite. »

La femme écarquilla les yeux, comme pour dire : Mais ce n'est pas une affaire dont on peut discuter autour d'un thé. Les souvenirs d'enfance sont précieux, sensibles, il faut en prendre soin. Ça n'a pas été facile pour moi de t'aborder, de te raconter tout ça, je ne sais pas si je le pourrai de nouveau.

Durant le déjeuner, mon père se tourna vers ma mère : « J'ai rencontré une femme qui se souvient de moi du temps où nous habitions le faubourg. Nous avions cinq ans.

– Que t'a-t-elle dit ?

– Elle m'a rappelé des choses que j'avais oubliées.

– Tu l'aimais ?

– Difficile à dire. J'avais cinq ans.

– Tu devais être un beau petit garçon intelligent, les jolies filles étaient sans doute amoureuses de toi.

– Je n'ai pas de souvenirs de moi à cet âge. C'est une période qui s'est effacée de ma mémoire.

– Mais pas de la mémoire de cette femme.

C'est elle qui m'a reconnu.

– Signe qu'elle aussi t'aimait.

– Je ne sais pas, cela m'entraîne vers un puits dont je ne peux sonder la profondeur.

– Que fait-elle ?

– Chercheuse dans un institut dont j'ai oublié le nom, à Vienne.

– Et elle est revenue vivre ici ?

– Elle se languissait de la maison de ses parents.

– Cette rencontre t'a troublé ?

– Un peu. Je n'imaginais pas que quelqu'un se souvenait de mon enfance, qui est si floue pour moi. Tout, là-bas, n'est que brouillard, un brouillard qui m'enveloppe depuis toujours.

– Que lui as-tu dit ?

– Rien. »

Mon père, d'ordinaire si sûr de lui, était soudain hésitant, comme s'il avait perdu toutes ses certitudes. Pour une fois, c'était ma mère qui le pressait de questions. Elle se meut comme chez elle dans ce territoire que l'on nomme l'enfance. Je l'ai souvent entendue dire : « L'enfance est la terre sur laquelle nous poussons. »

« Tu crois ça ? » lui demande papa, comme si on lui avait arraché tout ce qu'il possédait.

Cette après-midi-là, deux jours avant notre départ de la rive, je vis ma mère sous un nouveau jour.

61

Gusta vint nous rendre visite dans la soirée, vêtue d'une robe blanche qui lui allait à ravir. Maman était émue comme si elle ne l'avait pas vue depuis plusieurs jours. Mon père se retira dans l'isba, prépara sa pipe et prit un livre. Puis, avec des gestes empreints de détente et de douceur, maman servit du café dans des tasses et un gâteau aux prunes qu'elle avait préparé. Moi, bien entendu, j'étais intéressé par l'histoire du prince dont je recueillais le moindre détail.

Il s'avéra que le prince avait longtemps écrit à Gusta des lettres dans lesquelles il exprimait non seulement son amour pour elle, mais aussi son attirance pour le judaïsme. Il avait lu les écrits de Martin Buber et Franz Rosenzweig qui lui avaient ouvert les portes du mystère de la foi.

« Tu incarnes pour moi le judaïsme », lui avait-il écrit.

« Et que lui as-tu répondu ? demanda maman.

– Je suis restée interdite, avant de lui écrire la vérité : j'étais éloignée de toute foi religieuse, même mes parents ne fréquentaient plus la synagogue depuis longtemps.

– Et lui, il en a pensé quoi ? chuchota maman.

– Un homme sans foi est une plante sans terre. Le judaïsme conserve encore la lumière antique et aride de la foi. Tout le monde n'a pas la chance de naître juif. Dommage que tu ne te réjouisses pas de ce que tu es et sois loin de tes ancêtres qui ont entendu les voix et les éclairs vibrer sur le mont Sinaï.

– Que lui as-tu répondu ?

– La vérité, là aussi : je me sens proche de la littérature russe et de la musique de Bach, mais la foi en Dieu m'est étrangère. J'ignorais qu'il était au bord du gouffre en s'adressant à moi. Que c'était un homme perdu. Une racine sans terre. J'étais fascinée par sa façon de s'exprimer, ignorant qu'il taillait chaque mot dans le désespoir. Il était déjà dans une autre sphère, je ne pouvais y grimper à sa suite, ses perceptions me faisaient peur. Chaque phrase contenait une matière explosive.

– Il a continué à t'écrire quand il s'est adonné au jeu ?

– Oui, quelques lettres débordantes de désespoir et de splendeur, sur la ligne de crête de la foi. Il me racontait ses ascensions et ses chutes. Manifestement, il pensait que sa chute présente, au plus profond, était une épreuve temporaire, quelque chose comme le détachement de l'écorce avant la purification. Il m'a écrit : "Je suis encore au fond, tout au fond, mais je sens pousser les ailes qui me porteront vers un monde de lumière. Viens. Tends-moi la main, aide-moi à remonter." Je lui ai répondu que je n'avais pas la force qu'il me prêtait, que je me battais contre la maladie grave de ma mère et devais demeurer là où j'étais. Je n'ai plus reçu de lettres. »

Les derniers mots laissèrent maman désemparée.

Gusta se leva en disant : « Je vais rentrer chez moi demain, à l'aube. Je ne sais pas ce que je vais faire. Je suppose que les jours à venir me le dicteront. »

Maman voulut la retenir. Papa posa son livre et vint lui faire ses adieux. Il l'invita à rester prendre le thé avec nous et manger une autre part de gâteau, mais Gusta répondit : « J'aurais volontiers accepté, mais le temps presse. Je dois faire mes bagages et nettoyer la cuisine. Le paysan passera avant l'arrivée de la carriole pour encaisser le prix de la location et des aliments que je lui ai achetés. »

Elle me regarda soudain : « Erwin est éveillé, rien ne lui échappe. Un jour il se dira : Qui était cette drôle de femme qui n'arrêtait pas de parler ? Comment s'appelait-elle ? Il cherchera un moment, mais pas trop longtemps non plus, et il retournera vaquer à ses occupations. »

Mon père et ma mère rirent ensemble, comme si elle leur avait révélé quelque chose qu'ils ignoraient. Nous accompagnâmes Gusta jusqu'à son isba. J'étais fatigué. L'air frais et humide m'affaiblit plus encore, je tenais à peine sur mes jambes. Je m'écroulai sur mon lit tout habillé.

62

Le lendemain, nous prîmes notre petit déjeuner à l'heure habituelle. La silhouette de Gusta dans sa robe blanche flottait devant moi. Je pensais : Maintenant elle voyage dans la carriole, en route vers sa maison effrayante, si vaste pour une seule personne. Sa mère aura peut-être ressuscité entre-temps et lui fera une surprise ?

Le petit déjeuner terminé, nous partîmes sur la rive qui me parut vide en l'absence des jeunes filles élancées.

Pour être honnête, la plupart des vacanciers se prélassent, se trempent dans l'eau et font semblant de nager, à part quelques nageurs chevronnés, dont mon père et ma mère, auxquels le contact avec l'eau intensifie l'éclat des yeux. Lorsqu'ils sont en route vers la rive, ils rayonnent et paraissent plus grands.

Un parfum de séparation plane dans l'air. Certains vacanciers sont heureux de rentrer chez eux, d'autres redoutent ce retour. P. est terrorisée. Pendant tout son séjour, elle n'a cessé d'espérer que Franz reviendrait. L'amour dans lequel elle s'est consumée l'a marquée au fer rouge, laissant dans son sillage une blessure faite de manque, d'angoisse et de peur.

L'homme à la jambe coupée continue de lui conseiller de chasser Franz de son esprit. Il y en a plein, des comme lui, et sûrement des meilleurs. Un Franz vient, un autre s'en va, et toi, à l'arrivée, tu trouveras un Franz fidèle. La légèreté du propos fait éclater P. d'un rire qui se transforme en toux.

« Qu'est-ce qui te prend ?

– Tu m'as fait rire. Ça faisait longtemps que personne ne m'avait fait rire comme ça. »

Un sourire narquois se dessine sur les lèvres de mon père. J'ai parfois l'impression que nous venons ici avant tout pour affûter ce sourire, invariablement accompagné d'un regard plissé. J'ignore si quelqu'un observe ces expressions. Moi, quoi qu'il en soit, je n'en perds pas une miette.

Je sens que ces derniers jours me submergent puissamment. La légère familiarité qui s'est tissée entre les autres et nous semble s'évaporer, peut-être à cause de l'inquiétude et des angoisses qui règnent. Ce n'est pas anodin que le docteur Zeiger soit évoqué avec nostalgie.

« Tant que le docteur Zeiger était avec nous, j'étais tranquille, je faisais des nuits complètes, de beaux rêves visitaient mon sommeil, je savais qu'il ne m'arriverait rien de mal, comme lorsque j'étais enfant dans la maison de mes parents. Depuis que le docteur Zeiger nous a quittés, j'ai des insomnies, je me réveille et ne réussis pas à me rendormir. Les pensées qui tournent dans ma tête me rendent folle. Je crois que je ne vais pas tenir le coup », confia une femme qui avait l'habitude de ne pas dévoiler ses émotions.

Elle se tourna brusquement vers mon père pour demander : « Quand partez-vous, si ce n'est pas indiscret ?

– Dans deux jours à peu près.

– Vous aussi, vous sentez que ce lieu n'est plus protégé depuis le départ du docteur ou est-ce ma propre angoisse qui parle ?

– Le docteur Zeiger est un excellent diagnosticien, mais il n'est pas tout-puissant. Il ne faut pas attribuer des qualités surhumaines aux êtres », dit mon père froidement.

La femme ne s'attendait manifestement pas à cette réponse. Elle lança un regard en coin à mon père et murmura : « Désolée. C'est à cause de mon angoisse. J'espère que les esprits se seront calmés à mon retour. »

Des phrases et des mots étonnants surgissent de toutes parts. Je n'en retiens que des bribes, alors que je m'efforce de tous les capter. Je sens que des choses importantes flottent dans l'air, mais elles sont tronquées, ravalées, et j'ai du mal à les saisir.

« Nous sommes tous juifs ici ? demandai-je à mon père en me rendant compte que j'avais déjà posé la question plusieurs fois, et sachant qu'il n'est pas enclin à répondre deux fois à la même question.

– C'est exact, mon chéri, dit-il pourtant d'un ton élégant, presque royal. Qu'est-ce qui t'y a fait penser maintenant ? »

La question me troubla.

« Mon chéri » ne fait pas partie du vocabulaire de mon père, qui va toujours droit au but sans recourir aux surnoms affectueux. L'étendue de son vocabulaire ironique est bien plus vaste.

Les gens sont plus nombreux à consulter Rosa Klein depuis le départ du docteur Zeiger, ce qui la comble. Enfin, on a besoin d'elle ! Elle souffre des critiques – et il n'en manque pas – qui mettent en doute sa capacité à lire les lignes de la main. Rien ne retient les sceptiques qui l'affublent d'étranges sobriquets, le qualificatif le plus dur étant sorcière.

« Je fais de la sorcellerie, moi ? Je fais de l'hypnose peut-être ? Les lignes de la main, c'est comme une écriture manuscrite limpide. Je veux mettre les gens en garde contre ce qui les attend. Seuls les méchants m'attribuent de mauvaises intentions. Je désire le bien de chacun. Seulement le bien. »

Ces derniers jours, le moindre mot ou la moindre allusion dirigés contre elle la faisait sortir de ses gonds. Et puis, une femme lui a apporté une vieille photo de classe où l'on voit Rosa petite, toute comprimée, au quatrième rang. Rosa a pleuré longtemps à la vue de cette photo, inconsolable.

63

Les derniers jours réservent invariablement leur lot d'émotions, d'éclats et d'actes insolites. P. a disparu. Nul ne sait où, ni pourquoi. Elle était joyeuse dernièrement, ses blessures avaient cicatrisé et elle avait chanté les louanges du docteur Zeiger, dont les prévisions s'étaient réalisées. Elle riait sans fin. L'homme à la jambe coupée était soulagé de voir qu'elle était sortie de sa dépression et considérait le monde avec un regard neuf.

Et soudain, sans crier gare, elle avait disparu, comme si la rivière l'avait engloutie. L'homme à la jambe coupée, qui se reposait, se leva et prit appui sur ses béquilles, le regard furetant dans toutes les directions. La disparition de P. plongea les vacanciers dans la stupeur.

Quelques personnes passèrent la rive et les clairières alentour au peigne fin. D'autres restèrent debout, bras ballants, jetant des coups d'œil à la rivière en s'interrogeant : Qu'est-ce qui lui a pris ? Personne ne s'est moqué d'elle ces temps-ci, au contraire, tout le monde était heureux de constater que ses blessures avaient cicatrisé sans laisser de traces.

Une bonne chose arrivait tout de même à P., que tout le monde avait l'habitude de nommer ainsi, avec un sourire moqueur : on lui rendit son nom. Personne ne disait : « Où est passée P. ? » mais : « Où est passée Peppy ? » Cette évolution effaça le ridicule lié à son nom.

Les recherches se poursuivirent durant l'après-midi. On envoya deux paysans en éclaireurs, mais tout se déroulait à moitié sérieusement, comme s'il ne s'agissait pas d'une femme qui avait disparu, mais qui jouait à cache-cache. Seul l'homme à la jambe coupée était rongé d'inquiétude, soutenant que P. n'était ni une manipulatrice ni une affabulatrice ; elle était demeurée une petite fille et c'était à cause de cette innocence qu'on la roulait sans cesse dans la farine.

« Que faire ?

– Étendre les recherches, les poursuivre pendant la nuit s'il le faut, examiner chaque talus, chaque buisson. »

Mais lorsque l'homme à la jambe coupée vit que les vacanciers remballaient leurs affaires pour rentrer dans leur isba, il perdit son sang-froid : « Eh quoi, nous sommes devenus des bovins ? Personne n'a plus le sens des responsabilités ! Personne n'a de peine pour une femme si bonne qui a disparu sans laisser de traces ? Combien d'occasions de rire, combien de moments de joie nous a offerts Peppy depuis toutes ces années ? Elle était parmi nous comme un prodige, elle essayait toujours de nous égayer. »

Nul ne réagit à son cri désespéré. Il resta un long moment assis dans une posture de militaire, mutique, puis il se redressa sur ses béquilles et hurla : « Vous rendrez des comptes sur cette disparition ! Il y a plus haut que nous, chaque personne qui abandonne son prochain en sera tenue pour responsable ! »

Il y eut un frémissement. Quelqu'un lui cria sans bouger : « Qu'est-ce que tu veux de nous ?

– Un peu d'humanité, c'est tout.

– Que devons-nous faire ?

– Ne pas partir comme ça. Rester, chercher, être responsables. Penser à la singularité de chacun, c'est là-dessus que le monde repose. Sans singularité, la vie n'a aucun sens. »

Et lui, qui la plupart du temps ne bougeait pas de sa place sur la rive, allait cette fois de l'un à l'autre, comme un officier de réserve aiguillonné par une vieille fierté cachée qui lui dictait ses mots.

Il entreprit d'organiser une expédition dans les montagnes afin que les paysans et le monde sachent que nous ne renoncions pas à l'individu, car chacun est une partie précieuse et sacrée d'un tout céleste.

Quelques habitués de la rive s'approchèrent de lui pour le dévisager avec étonnement, ce qui le fit taire.

64

Maman s'est attelée aux valises. La calèche viendra nous prendre dans deux jours pour nous ramener à la maison. Anxieuse, elle range les vêtements précipitamment, comme si elle refusait de regarder ce qu'elle rapporte à la maison. Mon père la suit des yeux sans rien dire.

Je remarquai à un moment que ses gestes ralentissaient. Elle posa les vêtements sur la table pour les plier soigneusement un à un, comme pour conserver l'atmosphère dont ils s'étaient imprégnés au fil des jours.

Familier de la langue muette de ma mère, mon père ne posa aucune question et ne fit aucune réflexion. Maman prépara un café pour eux deux, et pour moi, un chocolat. Nous passâmes la soirée sur la terrasse, assiégés par une fine tristesse dont j'ignorais la cause.

Maman servit des sandwichs au fromage, œuf dur et crudités en abondance. Affamés, nous mangeâmes avec appétit.

Mon père, qui ne ratait pas une occasion de railler les dévoreurs de sandwichs de la rive, mangeait avec la même avidité. De son côté, ma mère était heureuse que nous ne laissions pas une miette.

« Je suis contente d'avoir avancé avec les bagages, dit-elle. Nous pourrons consacrer toute la journée de demain à la natation. »

Elle se tourna vers moi : « Tu as bien progressé. Je pense qu'aux prochaines vacances, tu pourras nager en toute liberté. » J'avais un sentiment différent, que je tus.

Cette nuit-là, je rêvai que Térésa, ma maîtresse, venait me demander comment s'étaient passées mes vacances.

« Comme toujours.

– Il n'y a pas eu de surprises ?

– Des petites.

– Laquelle, par exemple ?

– J'ai vu un faon entre les arbres, il m'a regardé un instant, puis il s'est sauvé.

– Tu as un autre exemple ? »

Sa question était si directe que ma réponse se déroba. Je parvins à dire enfin : « Nous avons rendu visite à tante Yulia. Elle habite seule près de la rivière », et je regrettai aussitôt d'avoir confié un secret que j'aurais dû taire.

Térésa voulut connaître d'autres détails : « Elle est mariée ? »

Acculé, je répondis : « Non. »

Je trouvai une sortie pour échapper à ses questions et osai demander : « Est-ce que Piotr est déjà rentré de vacances ?

– Il n'est pas parti. Sa famille ne peut pas se le permettre.

– Qu'est-ce qu'il a fait pendant tout ce temps ?

– Il a joué au football, nagé dans la rivière et donné un coup de main dans le magasin de légumes de sa famille. Pourquoi cette question ? »

Saisissant l'occasion, je me confiai : « Il a menacé de me frapper.

– Il y a une raison à cette menace ?

– C'est parce que je suis juif, je suppose.

– N'aie pas peur. Je vais lui parler. On ne doit pas menacer quelqu'un à cause de sa race ou de sa religion.

– Je n'ai pas peur. Mon père me fait faire de l'exercice deux fois par semaine et parfois plus.

– Sache que Piotr n'a pas de limites. Il est violent. Je parlerai aussi à ses parents. »

Mais à ces mots je craignis que l'intervention de la maîtresse n'ajoute de l'huile sur le feu et je dis : « Ce n'est pas la peine de vous en mêler.

– C'est mon rôle. Ma mission. Si la maîtresse ne maintient pas l'ordre et ne fait pas respecter les bonnes manières, qui le fera ? C'est une honte de menacer quelqu'un. Moi, quoi qu'il en soit, je ne le permettrai pas. »

Plus elle parlait, plus je sentais que ça ne ferait que nourrir la colère de Piotr ; je ne pourrais pas échapper à ses bras costauds.

Et je sentis soudain la peur dans mes os.

65

Il y eut une grande émotion avant notre départ. Slovo, le secouriste géant, faisait les cent pas le long de la rive, son grand corps tendu comme s'il allait haranguer les vacanciers ou proclamer une phrase qui nous ferait tous trembler. Je me trompais.

Ce fut l'homme à la jambe coupée qui se dressa sur ses béquilles pour tancer ceux qui se prélassaient : « Deux jours se sont écoulés depuis la disparition de Peppy. Nous n'avons pas tout mis en œuvre pour la retrouver. Et vous restez là comme si de rien n'était. Or il s'est produit quelque chose : Peppy n'est plus là. Elle ne joue pas à cache-cache, c'est une femme sensée. Son sang retombera sur nos têtes si nous ne la retrouvons pas d'ici la fin des vacances.

– Que faire ? demanda quelqu'un innocemment.

– Ce n'est pas une question !

– Pourquoi ?

– Parce qu'il faut agir ! On ne tergiverse pas dans un moment pareil. Ça équivaut à fuir l'action. »

L'homme à la jambe coupée ressemblait à celui qu'il était la veille ou l'avant-veille, mais son expression disait la fureur d'un homme dont l'esprit a gagné en puissance, et les mots en volume.

Sa voix s'éleva encore, glaçante : « Il faut louer les services de pêcheurs, ils ont des sens aiguisés, ils connaissent par cœur la rive et les eaux du Pruth. On ne peut pas être indifférent au sort de quelqu'un que l'on a vu chaque jour, avec qui l'on a mangé, ri, et dont on a partagé la peine. »

Slovo s'immobilisa soudain pour entonner le vieux chant militaire bien connu, *Maria, Maria*, et même si cela sembla déplacé sur l'instant, très vite tout le monde se joignit à lui.

Métamorphosé, Slovo ressemblait à la fois à un ténor et à un chef d'orchestre à qui un air oublié donnait des ailes, et les vacanciers, qui, une seconde plus tôt, paressaient, indifférents, négligés, préoccupés par leurs petites affaires, se levèrent, comme s'ils s'étaient secoués et avaient compris qu'il y avait en eux de la vie, une vie réelle qui réclamait d'être révélée.

Le chant enflait, et il était clair qu'il n'avait pas encore atteint sa pleine puissance. Les gens se levaient les uns après les autres, ébahis, comme si Slovo les avait envoûtés par sa voix vigoureuse.

Aussitôt après lui, la femme qui avait été opérée d'une tumeur entonna *La Traviata*. Chanteuse lyrique dans ses jeunes années, elle avait été surnommée « le rossignol de Bucovine ». Elle chantait d'une voix extraordinaire, comme si elle avait surmonté tous les obstacles sur son chemin et chevauchait vers l'avenir. Transportée par sa voix, la foule se mua en un chœur gigantesque.

Les paysans s'agglutinèrent, stupéfaits : ils ne pouvaient imaginer que de telles sonorités puissent jaillir des vacanciers paresseusement affalés sur la rive.

Encouragée par la foule qui l'accompagnait, la cantatrice poursuivit son envol. Sa voix portait loin.

Maman me serrait la main sans rien dire. Papa aussi était étonné.

Ces gens qui, à peine quelques minutes plus tôt, étaient prisonniers de leur égoïsme s'étaient éveillés pour s'unir en une chorale qui proclamait : Nous sommes vivants, nous aimons la vie, nous ne laisserons pas le désespoir s'abattre sur nous.

L'attitude de l'homme à la jambe coupée était la plus impressionnante de toutes. Vêtu d'un semblant d'uniforme militaire, dressé sur ses béquilles, il paraissait déclarer : Je suis prêt à en découdre comme durant la dernière guerre, même si on m'a amputé d'une jambe au-dessus du genou. La vie m'a bien malmené, mais je n'abandonnerai jamais les gens qui ont été avec moi dans la lumière ou la plus profonde obscurité.

Je n'avais jamais vu un tel rassemblement. Il y avait là une femme élancée dont la voix d'alto s'élevait avec puissance, entre deux arias, pour chanter en yiddish la souffrance des hommes, les humiliations, le labeur exténuant, les domestiques exploitées et les petits orphelins qui quémandaient dans les rues.

Elle aussi avait été chanteuse dans sa jeunesse et sa voix, bien que plus basse que celle de sa camarade, était puissante et pleine de rage.

Et cela continua, comme en cercles concentriques. Slovo, par qui tout avait commencé, ne laissait pas les voix faiblir. Il reprit *Maria, Maria* dans une tonalité qui transforma le refrain militaire en un chant vibrant de nostalgie. La cantatrice enchaîna avec les arias de Verdi. Ce chant collectif dura deux heures. Il était clair que nul n'était prêt à s'arrêter.

L'homme à la jambe coupée profita d'une courte pause pour claironner : « Le cri de Peppy s'élève de sa prison. Allons la libérer maintenant que nous avons la force de le faire, allons vers elle qui est prisonnière dans les montagnes, alors qu'elle est innocente. »

Ce cri de guerre ne fit qu'amplifier la voix extraordinairement martiale de Slovo qui semblait dire : Nous sacrifierons notre vie s'il le faut. La vie n'a de sens que si l'on garde un visage humain.

Le chant se serait prolongé sans fin si une femme ne s'était évanouie. Slovo troqua sa baguette de chef d'orchestre contre sa trousse de secours et s'agenouilla auprès d'elle en moins de temps qu'il ne faut pour le dire. Elle reprit ses esprits en le remerciant : « Grâce à Dieu, tu es avec nous. À présent, je n'ai plus peur. »

Slovo ne la quitta pas pour autant. Enveloppés par les voix extraordinaires, les gens marchaient dans l'herbe à petits pas. L'évanouissement de la femme avait intensifié la tension. Ils étaient tous sur leurs gardes, comme guettant une autre surprise.

66

Une silhouette s'approchait alors que la nuit était déjà avancée : l'homme à la jambe coupée s'était traîné sur ses béquilles jusqu'à notre isba. Il se rongeait les sangs depuis la disparition de Peppy, des maux de tête violents l'assaillaient depuis plusieurs heures. À court d'aspirine, il était venu solliciter notre aide.

« J'en ai fort heureusement, je vais vous en chercher », dit maman en se dépêchant d'apporter deux comprimés et un verre d'eau, qu'il avala, avant de dire : « Je n'ai pas fermé l'œil depuis que Peppy a disparu. J'essaie de m'obliger à dormir, ne serait-ce qu'une heure, mais le sommeil refuse de m'accueillir, et je reste désemparé. »

Voilà que cet homme toujours si tranchant, assenant conseil sur conseil à Peppy, se révélait soudain faible et s'en remettait à mes parents comme s'il demandait l'aumône.

Il expliqua d'une voix douloureuse : « Peppy est une femme versatile, elle n'a pas un esprit ordonné, elle est submergée par des pensées plus étranges les unes que les autres, préoccupée par elle-même du matin au soir. Mais elle est touchante. En fin de compte, c'est une enfant perdue dont il faut prendre soin.

« Le jour funeste de sa disparition, elle parlait d'elle, comme à son habitude, de ses peurs, mais aucun trait sur son visage n'annonçait le danger à venir. J'étais persuadé qu'elle continuerait de parler ainsi jusqu'à soixante ans. Que rien ne la changerait. » Après un temps, il poursuivit : « Et elle a disparu. Comme emportée par le vent, ou Dieu sait quoi.

– Que craignait-elle ? demanda maman.

– Elle-même. Son âge. Ce qui l'attend. Elle haïssait Franz et se languissait de lui en même temps. Je la grondais d'être ainsi la proie de charlatans et d'illusionnistes. Elle m'avait promis d'arracher Franz de son cœur, mais elle a flanché. Son cas est incurable. Quoi qu'on lui conseille, elle ne changera pas. Je savais bien qu'elle était en danger, mais j'ignorais à quel point. Elle était là, il y a deux jours encore, et elle n'y est plus. J'ai loué les services de trois paysans. Ils sont revenus bredouilles en disant : “Elle n'est pas sur la terre ferme. Notre voyante, qui tire les cartes, ne la voit pas en tout cas.” Je leur ai demandé s'ils pensaient qu'elle s'était noyée. “Probablement”, m'ont-ils répondu.

« Je ne les crois pas, pas plus que leur voyante. Elle avait peur d'aller dans l'eau, elle y entrait à peine. Mon cœur me dit que le désespoir a fondu sur elle et l'a tant bouleversée qu'elle s'est enfuie de son isba pour se cacher dans un buisson. Le désespoir est une tique qui ne vous lâche pas, une fois en place. »

Manifestement à court de mots, il baissa la tête pour ajouter : « Pardonnez-moi de vous avoir dérangés. Je ne savais pas vers qui me tourner, puis j'ai pensé à vous. On se connaît peu, mais on se côtoie depuis des années après tout. »

Maman lui proposa un sandwich et un café.

« Non merci, je vais retourner dans mon isba. Les deux cachets vont peut-être soulager mon corps. C'est mal de la part de Peppy de me causer un tel tourment. Dieu sait que je n'ai jamais souhaité que son bien. »

Et sur ces paroles, il nous quitta, nous laissant silencieux. Maman semblait redouter que la vision de cet homme et son discours ne perturbassent mon sommeil. Elle renonça à dire qu'il était tard et que je devais aller me coucher.

Mon père, qui n'était pas un de ses adeptes, reconnut cette fois que ce n'était pas un homme insensible. Maman estimait que son lien avec Peppy était désintéressé et qu'il s'inquiétait réellement pour elle, sans attendre aucune faveur en retour.

Cette nuit-là, de nombreuses visions me submergèrent. Slovo marchait en tête d'une procession, une baguette de chef d'orchestre à la main, suivi par la cantatrice et la femme gracile qui chantait des airs populaires en yiddish. Plusieurs personnes leur emboîtaient le pas. Certains jouaient de la flûte, d'autres du tambour. Ceux qui ne participaient pas à la procession, tels l'homme à la jambe coupée et d'autres vacanciers allongés sur l'herbe, paraissaient malheureux. Maman avait le regard traversé par une incrédulité émue. Mon père s'interdisait de s'extasier. L'ironie de son regard s'était atténuée, mais il en restait une trace, comme s'il disait : Cette mascarade ne peut pas effacer les multiples tares de nos vies.

Tandis que je m'étonnais moi aussi de la procession menée par Slovo, la femme qui avait reconnu mon père se tourna vers moi : « Tu ressembles à ton père. Tu as les mêmes traits.

– Tout le monde dit que je ressemble à maman, ne pus-je m'empêcher de lui répondre.

– C'est une erreur. »

Je faillis demander : Tout le monde se trompe alors ?

« Tu ne peux imaginer à quel point tu ressembles à ton père », répéta-t-elle en s'éclipsant.

La procession revint, avec plus de puissance cette fois : sa baguette à la main, Slovo faisait de la magie. Non seulement les gens chantaient, mais ils dansaient aussi, comme des acrobates. J'étais persuadé qu'ils allaient bientôt entraîner avec eux ceux qui se tenaient debout sur le côté ou étaient allongés sur l'herbe.

Je vis maman adossée contre un arbre et m'en réjouis, comme si je l'avais découverte après de longues recherches. Elle aussi se réjouit de me voir.

« N'est-ce pas que je te ressemble ? lançai-je aussitôt.

– Assurément. Qui a pu t'en faire douter ?

– Une femme m'a dit que je ressemble à papa.

– C'est vrai, un peu, mais pas plus qu'un peu », assura-t-elle en me faisant un clin d'œil, et nous rîmes ensemble.

Elle me demanda soudain : « Erwin, qu'est-ce qui reste en toi de cet été ? »

Je ne savais que répondre. Tant de visions et tant de visages m'avaient été révélés. Qu'y avait-il à dire ?

Maman me dégagea de ce trouble en répondant elle-même : « Ce que nous voyons aujourd'hui sera plus limpide dans un mois, peut-être dans un an. Pas d'inquiétude. Rien ne se perd. » Les paroles de maman me semblent parfois énigmatiques. Papa non plus ne comprend pas toujours ses intentions. Un jour, il m'avait dit : « Ta mère possède une langue qui lui est propre. Seul le dieu des langues la comprend. »

Elle m'avait serré contre elle en murmurant : « Mais toi, tu me comprends. Les gens n'interprètent pas toujours mes paroles comme il le faut. Toi, tu sais exactement ce que je veux dire. On ne peut pas te berner. Tu es très sensible aux autres. »

67

J'aime la langue de maman et j'aime lorsqu'elle s'assoit sur mon lit pour me lire des histoires. J'ai entendu un vacancier dire un jour : « Un enfant de dix ans doit lire tout seul. C'est aux bébés qu'on fait la lecture. »

Mais la lecture de maman est irremplaçable. Elle diffuse les mots en moi avec douceur et m'accompagne d'une main légère vers les portes du sommeil, où je continue d'entendre la vibration fine de sa voix.

J'ai déjà remarqué : la nuit s'écoule sans cauchemars dans ces cas-là. Les mots de maman ont le pouvoir de chasser les petits démons qui me harcèlent, et d'éclairer mon sommeil. Chaque fois que je lui demande de me lire une histoire, elle répond : « On va s'organiser une petite fête. » Elle m'emmène loin dès les premières phrases. Je passe de pays en pays, de la mer à la terre ferme, et atterris finalement sur la rive du Pruth. Dès qu'ils m'aperçoivent, mes parents s'exclament : « Bravo, Erwin, bravo, Erwin, bravo, notre héros. » Tous deux viennent vers moi en acclamant ma victoire. Ils ont l'air si jeunes et si joyeux, comme délestés de toute inquiétude et de toute détresse. Je songe alors, de nouveau, qu'ils sont en réalité des créatures aquatiques. Ils ont des gestes si souples dans l'eau, et lorsqu'ils en émergent, un halo de joie les enveloppe un moment. Mais il suffit d'un geste inesthétique ou d'une voix tonitruante pour faire sortir mon père de ses gonds. Ma mère essaie de l'apaiser, en vain. Le mouvement de tête de mon père est explicite : je préférerais être sur l'autre rive, loin des gens.

68

L'air était agréable, humide et imprégné des averses nocturnes. Une odeur de trèfle fraîchement coupé s'élevait des champs alentour. Des carrioles chargées de pastèques parcouraient les chemins en soulevant de la poussière. Des vaches tachetées broutaient dans les larges pâturages, une grande quiétude en émanait.

Mon père dit : « Et voilà. » Ce qui signifiait : ces vacances aussi sont sur le point de se terminer, et je doute que nous soyons devenus plus intelligents.

Maman tempéra : « Nous n'oublierons pas les gens si facilement, ni les visions qui se sont présentées à nous.

– Qui, par exemple ?

– Le moine Sergueï dans son monastère.

– Il se renferme d'année en année.

– Mais il est impressionnant. »

Mon père tenta d'articuler une phrase pour lui répondre, mais les mots ne se reliaient pas les uns aux autres. Il fit un geste de la main comme pour dire : Restons-en là.

« N'oublie pas le Pruth, la nage », dit maman en élevant la voix, désespérée.

Mon père ne réagit pas plus à cela.

Malgré sa tendance à argumenter, il cadenasse parfois sa bouche et ne prononce pas un seul mot de la journée. Maman a alors les traits tirés.

Nous nous dirigeâmes vers la rive. Quelques personnes s'étonnèrent de nous voir partir d'ici plus tôt que prévu, ce à quoi mon père rétorqua : « Vingt-cinq jours, c'est plus que suffisant, il me semble. »

« Espérons que nous nous reverrons l'an prochain », dit une voix venue d'un autre âge, une voix des commerçants de la rue juive, sur un ton où la crainte se mêlait à la fatalité.

Maman était bouleversée. Les séparations, les transitions, les gens qu'elle n'avait pas vus depuis longtemps, les paysages qui avaient disparu de sa vue et surgissent de nouveau – tout cela la retourne. Coutumier de ses états d'âme, mon père l'enlaça alors en prenant soin de ne pas user d'ironie.

La femme qui se souvenait de leur enfance commune dans le faubourg s'approcha pour confier : « J'ai eu une enfance difficile. Mes parents étaient malades, je les soignais et je subvenais aux besoins de la maisonnée. Mais avec les années, ces jours m'apparaissent comme les plus beaux de ma vie. Je préfère ne pas évoquer les autres.

– Pardon, dit papa.

– Pourquoi ? demanda la femme d'une voix claire.

– Pour les années effacées de ma mémoire. J'ignore pourquoi. Maintenant, grâce à toi, elles me reviennent.

– Ce furent sûrement de bonnes années, des années absolument normales qui ne t'ont pas fait souffrir.

– Je n'ai pas du tout eu une enfance heureuse », s'empressa de préciser mon père.

La femme le regarda droit dans les yeux comme pour dire : Certaines choses nous échappent.

Je remarquai qu'elle était vêtue simplement, mais avec goût. Son visage trahissait une tendresse contenue. Il était manifeste qu'elle avait d'autres choses à raconter, mais elle se contenta de demander : « Tu rentres quand ?

– Dans deux jours.

– J'espère que nous nous reverrons.

– Certains répandent de sombres rumeurs, dit mon père.

– À Vienne aussi, il règne une ambiance sinistre, des brutes font régner la terreur dans les rues, heureusement que je suis revenue dans mon pays d'origine. Ici, je suis à la maison, même si tout ne va pas bien, les lieux me sont familiers. À Vienne tout est oppressant, bruyant, effrayant. La plupart des gens de l'institut ont trouvé refuge en Amérique, mais je me suis dit : Mieux vaut rentrer à la maison, chez mes parents, jusqu'à ce que la fureur soit passée. »

Je voyais pour la première fois mon père écouter quelqu'un en s'identifiant à lui, comme s'il disait : Dommage que nous ne nous soyons pas revus plus tôt. Devinant ses pensées, la femme dit : « J'étais occupée, me consacrant corps et âme à mes recherches, qui avançaient bien, j'étais certaine d'accomplir quelque chose pour la société. Après la mort de mes parents, ma vie personnelle me semblait vide de sens. L'équipe est éparpillée à présent, je doute de revoir mes collègues, un jour.

– Après la guerre, une vie nouvelle s'épanouit, comme on dit », déclara mon père avec un curieux petit rire.

69

Mes parents ne nagent pas aujourd'hui, ils se contentent de suivre des yeux les nageurs et ceux qui barbotent. De temps à autre, une lueur surgit dans le regard de mon père, comme pour dire : Chaque année les mêmes visages las, les mêmes personnes qui engraissent, chaque année les mêmes parasols épouvantables. Pourquoi viens-je ici ? Qui m'y oblige ?

Maman, qui connaît bien les regards de mon père, dit cette fois avec les yeux ce qu'elle dit parfois à voix haute : On n'y peut rien, on a grandi dans des familles juives, et c'est pour cela que nous le sommes aussi. Il est préférable d'être avec des Juifs qui te déplaisent que dans une pension ou un hôtel où tu côtoierais des autochtones qui te haïssent. On ne pourra pas échapper à notre destin, mieux vaut l'accepter.

Depuis la disparition de Peppy, l'homme à la jambe coupée reste en retrait à sa place habituelle, à l'ombre, lançant des regards courroucés aux vacanciers, se redressant régulièrement sur ses béquilles pour crier : « Nous ressemblons désormais à du bétail ! Il y avait parmi nous une femme singulière qui nous distrayait tous, d'année en année. Une femme merveilleuse avec un bon cœur. Elle a disparu, et personne n'en parle. Il n'y a plus de solidarité dans le monde, plus de responsabilité, plus de compassion. Honte à vous. »

Et j'eus soudain devant les yeux la silhouette de Peppy se débattant dans les flots du Pruth. Ses longues jambes essayaient de repousser les eaux pour approcher de la rive, elle y arrivait presque, mais le courant puissant l'emportait dans un tourbillon.

Sentant que j'étais bouleversé, maman me prit par l'épaule : « Je sens que Peppy va revenir aujourd'hui ou demain. Elle doit avoir honte, il faut qu'elle surmonte cela. »

Monsieur Rauch apparut, accompagné de son chien aux pattes fines. Tout dans l'allure de monsieur Rauch, dans le rapport qu'il a à lui-même et à son chien, indique un bourgeois Gentil plutôt qu'un Juif. Il revient chaque année, traînant son étrangeté à sa suite, ne parlant quasiment à personne, pas plus que quiconque ne s'adresse à lui. Maman dit : « Chaque homme a ses besoins : on n'est pas tenu de tout expliquer. Monsieur Rauch a besoin de venir ici pour être près des autres. » Il n'a pas changé depuis la première fois où je l'ai vu, son étrangeté lui colle à la peau. À la fin de la saison, il range ses vêtements dans deux grandes malles, commande une calèche et retourne chez lui. Ayant possédé plusieurs affaires jusqu'à il y a quelques années, il est fortuné et s'est retiré dans sa grande maison, rue des Lilas. On le voit parfois, tiré à quatre épingles, promener son chien en ville. Quand maman l'aperçoit, elle s'écrit : « Voilà monsieur Rauch », réjouie par son allure si rare.

C'est étrange, me dis-je, nous avons croisé beaucoup de gens cet été. Me souviendrai-je de tous ? Mon père dit souvent : « Si on ne connaît pas l'histoire de quelqu'un, ses actes et ses motivations, il s'efface bien vite de notre mémoire. »

Maman est d'un autre avis : il suffit parfois d'un seul geste, un tressaillement, une main tendue ou un hochement de tête, pour se sentir proche de quelqu'un. Il est des gens qui n'ont de cesse de répéter : « Laissez-moi. » La plupart du temps, ce sont des gens blessés qui ont perdu confiance en l'homme. Il est très difficile de s'approcher d'eux. Leur vie est un mystère et ce mystère les nourrit. Ils n'ont pas besoin des autres. Mais la majorité des gens recherchent la présence de leurs prochains. Ils sont heureux lorsqu'on leur réserve un bel accueil. L'intimité réchauffe le cœur, fait surgir le bien et le beau. Il est des gens dont nous ne savons rien, pas même le nom, mais leur rencontre fortuite dans la rue ou dans un magasin nous réjouit, comme s'ils étaient de vieilles connaissances que nous espérons secrètement rencontrer une seconde fois.

Mon père est un homme droit. Ses attitudes sont mesurées, sa pensée ordonnée et ses propos étayés par un livre ou un article qu'il a lu. Maman s'émeut toujours. Lorsque nous voyageons, ou que nous sortons les meubles de la maison pour passer les murs à la chaux, des flots d'émotion jaillissent en elle, entraînant des paroles au sens insaisissable sur le moment, comme : « Les fleurs sont magnifiques, mais leur vie est si brève qu'elles éveillent en nous la douloureuse conscience de l'éphémère. Les arbres, en revanche, vivent longuement, nous les accompagnons tout le temps de la floraison, de la dormance, et à nouveau de la floraison, ce n'est pas pour rien qu'il est dit dans la Bible : L'homme est l'arbre du champ. »

Quand ma mère prononce ce genre de phrase, mon père ferme les yeux en assénant : « Voilà encore des paroles subjectives qui ne s'appuient sur rien d'autre que le moi du locuteur. » Cette phrase martelée par mon père s'est gravée en moi. Rien d'étonnant à ce qu'elle me revienne, y compris lorsque je ne m'y attends pas.

70

Nikolaï vint nous apporter du pain de campagne, des produits laitiers et un petit pot de miel. De bonne humeur, il nous dit : « Les gens reçoivent tout comme si ça allait de soi : les eaux de Pruth, les fruits et les légumes, le lait que donnent les vaches. Mais rien ne va de soi. L'homme n'est pas maître de son destin.

– Que doit-il faire alors ? demanda papa, faussement interrogateur.

– Rendre grâce. Il y a un Dieu dans le ciel qui nous accorde le meilleur, nous devons Lui rendre grâce pour cela. Il ne faut pas être redevable.

– Ce n'est pas dénué de sens, dit mon père pour éviter une querelle.

– Un homme qui ne rend pas grâce lance un défi au ciel.

– Depuis quand pensez-vous cela ? s'enquit mon père, affable.

– Depuis des années, quand je vois les gens prendre du bon temps l'été, en oubliant qu'il existe un Dieu dans le ciel.

– Il n'en est rien, soyez tranquille. Dieu fait en sorte qu'ils ne l'oublient pas.

– Je ne les vois pas rendre grâce. Je ne les vois pas prier. Les Juifs de l'ancien temps, qui habitaient par ici jadis, se levaient tôt le matin et couraient prier. Trois fois par jour, qu'ils priaient. Leurs descendants ignorent l'existence de Dieu. Je ne parle pas de vous, monsieur. Vous êtes un homme lettré, un homme d'esprit. N'ai-je pas raison ?

– Il y a du vrai dans ce que vous dites, dit papa d'une voix sibylline.

– Les Juifs sont obligés d'être meilleurs que les autres, plus fidèles. Ils ont été autrefois choisis par Dieu, ils savent ce qu'Il exige de nous. Aujourd'hui, ils se prélassent sur la rive, bronzent, se gavent de nourriture et Le défient. C'est interdit de faire ça. Celui qui défie Dieu sera châtié. »

Souhaitant mettre fin à la conversation, mon père répéta : « Il y a du vrai dans ce que vous dites. »

Passant de ces considérations célestes à des questions plus concrètes, Nikolaï demanda à quelle période nous reviendrions l'an prochain.

Mon père, qui ne s'était pas départi d'une ironie contenue, baissa la tête pour dire : « Une guerre est sur le point d'éclater, qui sait ce qu'elle va engendrer, qui sait ce qui va se passer ?

– Les guerres, ça va, ça vient. Les Juifs reviennent toujours quand la guerre se termine. Mon grand-père, qui est décédé depuis longtemps, louait déjà des isbas aux Juifs. Mon père a continué à le faire, et maintenant, c'est à mon tour. Vous reviendrez certainement ici après la guerre. J'aurai retapé l'isba d'ici là, je vais la passer à la chaux, elle sera comme neuve à votre retour.

– Je serai ravi de revenir.

– Je vais m'occuper aussi du potager.

– Merci d'avance, dit mon père, souhaitant qu'on lui laisse la paix.

– Pendant la Grande Guerre, les Juifs ont eu peur des Russes et se sont enfuis. Ils se sont trompés. S'ils étaient restés, personne n'aurait pillé leurs maisons, mais bon, ils sont revenus, ils se sont vite remis sur pied, ils ont retapé leurs maisons et ouvert des magasins. On ne peut pas anéantir les Juifs. Ils se relèvent et recommencent de zéro. Ça, c'est à mettre à leur crédit. Leur vitalité est infinie, on a des choses à apprendre d'eux de ce côté-là, vous n'êtes pas d'accord avec moi ?

– Je doute que cela vaille vraiment la peine d'apprendre quoi que ce soit d'eux, répliqua mon père froidement.

– Il faut apprendre des Juifs la ruse et la sagesse. Là-dessus je pense que tout le monde est d'accord », dit Nikolaï, un sourire malin au coin des lèvres, comme s'il avait réussi un tour de passe-passe.

Tout était prêt pour le retour à la maison. Mais curieusement, maman ne se dépêchait pas d'emballer les dernières affaires. Mon père ne la pressait pas non plus. Nous restâmes assis dans la cour jusqu'à tard dans la nuit, contemplant l'obscurité et les braises rougeoyantes. Je savais que si je posais une question à maman, elle me répondrait, mais de mauvaise grâce et distraitement.

Ces derniers jours, la pipe ne quitte pas la bouche de mon père. Il la nettoie et la bourre de tabac sans cesse, comme un plaisir qu'il entretient avec lui-même, mais parfois il semble qu'il essaie ainsi de filtrer les pensées qui le perturbent.

Personne ne comprend mon père à part ma mère, toujours prête à aller vers lui, bienveillante. Il est conscient de son dévouement, mais n'exprime pas de gratitude.

On me prêtait moins d'attention. Au fond de moi, je savais : ce qui a été ne sera plus ou aura un autre visage. Écrire mes impressions, comme m'y incitait ma mère, était au-delà de mes forces. Si déjà j'avais pu classer les visions amassées en moi, j'en aurais été heureux.

Mais la nuit, lorsque maman s'assied au bord de mon lit, j'oublie que nous allons partir dans deux jours et demi. Un grand nombre de personnes ont déjà quitté les lieux, ne sont restés que ceux qui s'obstinent à profiter de leurs vacances jusqu'au bout.

Cette année, nous rentrerons deux ou trois jours plus tôt que prévu. La nervosité de mon père nous a gagnés. Maman lève parfois la tête pour dire : « J'espère que Victoria a pris bien soin de la maison et n'a pas oublié de laver les rideaux. C'est agréable de rentrer dans une maison claire et propre. »

Mon père a un autre sujet d'inquiétude. La fabrique qu'il a œuvré à développer au mieux pendant des années est demeurée sans surveillance. Son fidèle contremaître, un homme à moitié juif, a décampé en confiant les clés à un vieil employé. Mon père a appris la chose incidemment par un vacancier.

Nous sommes assis dehors, respirons l'air humide en contemplant les champs gris fauchés. Le silence est désormais notre langue, maman aussi l'a acquise. Quand mon père se tait jusqu'à oublier de proférer ses critiques habituelles, c'est signe qu'il est fâché contre lui-même.

Moi aussi, je reste assis, pétrifié. Le silence immobile me remplit d'une tristesse que je ressens dans mes bras et mes jambes. Les pleurs sont bloqués en moi depuis plusieurs jours et ne demandent qu'à jaillir, mais je me retiens. Je sais que maman, effrayée, m'enveloppera d'une tendresse affolée.

Mon père laisse échapper de temps à autre un grognement, comme si sa poitrine avait été poignardée ou qu'une pensée sinistre lui faisait mal. Vers quoi les jours nous mènent-ils ? se demande-t-il, et j'éprouve moi aussi cette pensée douloureuse.

Une bruine nocturne se mit à tomber. Mon père et ma mère débarrassèrent la table et rentrèrent dans l'isba.

La tristesse m'envahit et la fatigue me submergea. Maman prépara les lits. Mon père qui d'ordinaire glissait à ce moment-là une remarque ou une réserve demeurait silencieux. Il espérait manifestement que je m'endorme. Mes paupières étaient déjà fermées, mais mon ouïe encore en éveil, lorsque je l'entendis dire : « Je ne reviendrai plus sur la rive. Il faudra envoyer Erwin en colonie de vacances, ce n'est pas un endroit pour lui, ici.

– Il a fait des progrès en natation, dit maman pour souligner le bon côté de ces vacances.

– Mais il a aussi eu sous les yeux des créatures étranges et a été témoin de comportements inesthétiques. Reconnais que l'ambiance ici n'est pas des plus stimulantes.

– Au moins il n'a pas été traité de sale Juif.

– Reconnais – mon père insista sur ce mot désagréable – que cette serre juive n'est pas épanouissante. Erwin doit faire du sport, se renforcer. Un garçon robuste n'en a rien à faire qu'on lui crie sale youpin. Et puis, il faut qu'il aille à des concerts, au théâtre, au cinéma. Les Juifs sont matérialistes des pieds à la tête.

– Tu inclus aussi le docteur Zeiger là-dedans ? Mon amie Gusta ? La femme qui était ton amie d'enfance ? Karl Koenig ? Et tant d'autres gens attentifs qui ont été si bienveillants avec nous ?

– Ils sont les exceptions qui confirment la règle. »

Je n'entendis pas la suite de la conversation. Je plongeai dans un sommeil lourd de rêves, et avant de me réveiller, j'entendis la voix de la jeune femme de Nikolaï me susurrer : « Ne lui accorde pas d'attention. Je fais ce qui me chante. Si tu viens me voir, je te donnerai quelque chose qui te sera très doux. »

71

Le lendemain Nikolaï nous apporta un pain de campagne, des produits laitiers, trois œufs et une coupelle de confiture de prunes. Mon père lui prit le panier des mains en le remerciant et lui annonça notre intention de rentrer à la maison.

Nikolaï fit mine de s'étonner : « Pourquoi cette précipitation ?

– Nous avons prolongé notre séjour au-delà de ce que nous avions prévu. Il est temps de rentrer.

– La guerre est sur le point d'éclater, qui sait quand vous pourrez revenir nous voir ? Ne vaudrait-il pas mieux rester quelques jours de plus ici, profiter du soleil d'été et des eaux du Pruth ? Monsieur est un excellent nageur.

– Nous ne pouvons pas rester », répondit mon père, impatient de clore la conversation. Mais Nikolaï insista : « La guerre est encore loin. Les villes sont menacées, mais pas les villages. La campagne est rarement touchée par les combats. »

Comprenant que mon père ne changerait pas d'avis, il dit : « J'irai voir mon frère ce soir pour lui demander de passer vous prendre demain matin. À quelle heure ?

– Huit heures.

– Il sera là, il est ponctuel. »

L'été dernier, maman avait organisé un repas d'adieux auquel avaient participé le docteur Zeiger, Gusta et un autre invité taiseux dont j'ai oublié le nom. Il émanait du docteur Zeiger une douceur agréable. Alors, déjà, de méchantes rumeurs bruissaient, mais, venant de plus loin, elles étaient étouffées et n'avaient pas été aussi oppressantes que cette année.

Je me souviens que l'invité taiseux, après avoir descendu quelques verres de vin, avait élevé la voix : « Qu'est-ce qu'on leur veut, aux Juifs ? Ils ne sont déjà plus juifs, ils ont renoncé à tout. C'est seulement parce qu'ils continuent de se rassembler sur la rive du Pruth ou du Danube qu'on s'en prend à eux. Je ne comprends pas cette logique. Dans un an ou deux, ils auront renoncé à ce plaisir douteux. »

Satisfait de ces remarques pertinentes, mon père l'avait complimenté. Maman et Gusta observaient les visages éloquents des hommes sans prendre part à l'échange.

Après le départ du docteur Zeiger et de l'homme taiseux, maman et Gusta avaient eu une tendre conversation. Papa était resté prostré devant l'isba.

Moi, je pensais à notre maison, à notre salon, aux fauteuils en velours si doux à caresser, aux abat-jour confectionnés par maman, aux dessertes stylisées, à la vitrine du salon où brillaient les petites tasses de porcelaine, au tapis épais et chamarré devant lequel maman n'avait pas caché sa joie lorsqu'un antiquaire nous l'avait livré.

Chacun de nous aime le salon. Mon père, pour y lire dans un fauteuil, ma mère, pour y écouter de la musique, et moi, pour y rêver. Tous les lieux ne se prêtent pas à la rêverie. À l'époque déjà, je craignais que la maison et son mobilier si agréable ne nous soient ôtés à cause de la guerre, ou d'autre chose.

Cette année, c'est différent. Nous sommes seulement tous les trois, il n'y a pas d'invités. Maman a préparé un repas d'adieux simple et bon : une tourte à la farine de maïs, garnie de crème et de fromage, et un gâteau aux pommes en dessert. Comblé par ces mets, mon père se réjouit à la pensée que demain nous serons à la maison. Mais la tristesse d'abandonner l'isba qui s'est ancrée dans mon corps me submerge.

Maman s'approcha de moi : « Il ne faut pas être triste. Nous reviendrons l'année prochaine, c'est une brève séparation. Une année passe vite, l'an prochain tu nageras avec nous, nous traverserons le Pruth ensemble. Tu auras onze ans et sept mois. »

À cause des efforts de maman pour les prononcer, ces mots réconfortants eurent un effet inverse. Je pressentais que ce qui avait été ne serait plus et que les gens croisés ici allaient se disperser à tous les vents, tandis que je resterais vide comme une coquille de noix.

Je posai la tête sur l'oreiller sans m'endormir. Les visions de la rive et celles de la maison se mêlaient en moi, me donnant le vertige. Je pris ma tête entre les mains pour endiguer le tourbillon et, miraculeusement, ce geste fut efficace. Je vis flotter devant mes yeux les enfants de ma classe. Il y avait deux autres garçons juifs à part moi, chacun doté d'un caractère bien distinct. J'aimais beaucoup Arthur, un infirme qui marchait avec des béquilles. Il avait été plusieurs fois agressé, mais il ne pliait pas. Il se battait vaillamment en agitant ses béquilles en direction de ses agresseurs, ou même en s'aidant d'elles pour les rattraper et les frapper. Ses jambes sont peut-être paralysées, mais ses membres supérieurs sont robustes. De plus, lorsqu'il se bat contre ses ennemis, il pousse un rugissement si effrayant que les garçons y réfléchissent à deux fois avant de l'approcher de nouveau.

Arthur est un élève moyen qui s'efforce de ne pas prendre trop de retard. Les professeurs l'estiment et lui posent parfois des questions. Il répond au prix d'un grand effort : il rougit et bégaie, comme s'il escaladait une échelle branlante. À une époque, les élèves riaient à chacune de ses réponses, mais ils se retiennent à présent, ou plutôt, ils n'osent plus. Il me semble parfois qu'il se tient fièrement sur ses béquilles, comme s'il avait conscience de sa valeur.

Un jour, il m'a demandé si j'allais à la synagogue. Je lui ai répondu franchement.

Il m'a regardé avec affection et un peu de peine. « Moi, j'y vais tous les vendredis soir et tous les samedis avec grand-père, il est chantre, il a une voix merveilleuse. »

Le deuxième petit garçon juif s'appelle Werner, il est filiforme et aspire ardemment à l'excellence, qu'il atteint en la payant au prix fort. Chaque fois que le maître annonce : « Le contrôle de Werner ne comporte aucune faute – dix sur dix », il se prend une gifle ou un coup de pied pendant la récréation. Long comme une tige, vulnérable, il essaie de rendre les coups, mais ses mains n'atteignent curieusement jamais leur cible.

J'ai souvent envie de lui conseiller de réduire son ambition, qui le rend détestable aux yeux des autres, mais je m'abstiens. Son visage et ses bras couverts d'écorchures et de cicatrices témoignent que les signes de haine sont gravés dans sa chair.

J'entendis soudain, comme si j'y étais, la rumeur grondante des trente garçons de la classe et je n'eus pas envie d'y retourner. Je m'entraîne souvent, seul ou avec papa. La plupart des garçons n'ont pas tendance à m'embêter, mais Piotr ou un garçon de sa bande me lance parfois : « On n'oublie pas que tu es juif. »

Mon père m'encourage à rendre coup pour coup, et je me suis battu plus d'une fois contre plus grand que moi. Mais je n'y peux rien si je n'ai pas la capacité de me montrer dissuasif. C'est pour cela que je reste à distance, tout en sachant au fond de moi que si quelqu'un m'attaque, je me défendrai.

72

Nikolaï vint encaisser le prix de la location et la somme due pour l'achat des vivres.

Mon père lui tendit les billets en disant : « Prenez.

– Et le pourboire que vous me laissez toujours ?

– Il y est. Vous pouvez compter.

– Vous m'êtes fidèle, pas besoin de compter. Quand nous reverrons-nous ?

– Aussitôt après la guerre, dit mon père, laconique.

– Vous pensez émigrer ?

– Nous verrons.

– Les Juifs ont tendance à émigrer en temps de guerre.

– Les Juifs sont des êtres humains comme les autres. Ils partent quand un danger s'abat sur le lieu où ils vivent.

– Reconnaissez que pendant la dernière guerre, les Ukrainiens n'ont pas quitté leurs maisons. Seuls les Juifs ont émigré, vous ne pouvez pas me contredire là-dessus.

– Vous avez raison, comme toujours. »

Maman continuait de préparer les bagages, pliant les vêtements les uns après les autres avant de les poser soigneusement dans la malle. J'ai l'impression que sa délicatesse masque une nervosité contenue. Les adieux lui sont difficiles cette fois, contrairement aux autres années. Je sens que papa aussi, malgré sa flopée de reproches sur cet endroit, n'est plus si pressé de rentrer à la maison.

Ces derniers jours, il parlait de la fabrique en des termes mêlant angoisse et incertitude. Maman essayait de le distraire, mais il peinait à expliquer ce qui le préoccupe exactement.

Il partit faire une promenade en me laissant seul avec maman, qui continuait de déposer les vêtements et les objets avec soin dans la malle, enveloppant les assiettes dans du papier journal et les couverts dans un étui spécial.

Maman est attachée aux objets qu'elle a reçus en cadeaux, aux animaux qu'elle croise sur son chemin et aux gens qui ont du mal à conduire leur vie. Elle s'agenouille lorsqu'elle s'adresse à une femme dans un fauteuil roulant et prononce des phrases aux intonations réconfortantes.

Je me souviens d'un jour où elle s'était agenouillée ainsi devant une femme, qui l'avait réprimandée : « Il ne faut pas mettre le genou à terre. Je ne suis qu'une femme qui a du mal à marcher. Je ne mérite ni considération ni apitoiement.

– Je voulais simplement vous entendre.

– On peut m'entendre en restant debout. »

Maman s'était relevée en rougissant.

La femme avait insisté : « Je ne mérite pas de considération. Si vous connaissiez mon passif, vous me mépriseriez, mais vous m'avez l'air bien naïve. Pardonnez-moi, je n'avais pas l'intention de vous vexer, mais votre attitude m'a semblé exagérée. Je ne pouvais pas ne pas vous le dire. »

« Dans un peu plus d'un jour nous serons à la maison, dis-je.

– Tu es content de rentrer ? demanda maman sans me regarder.

– J'ai peur de retrouver Piotr.

– Ta maîtresse Térésa, ton père et moi serons à tes côtés. Piotr est un enfant violent, mais la violence n'est pas toute-puissante non plus, on peut la maîtriser. Il y a des enfants violents dans toutes les écoles, il y en avait dans la mienne aussi, qui n'apprenaient rien, ne progressaient pas et redoublaient. La violence est une lourde tare, qui se retourne contre soi si on ne la contrôle pas. »

D'habitude, j'ai confiance dans les paroles de maman, mais cette fois, elle eut du mal à me convaincre.

73

C'était notre dernière nuit et je ne dormis pas. Je restai assis sur un tabouret devant le poêle. Les voix et les visions se présentaient les unes après les autres, imprimant en moi leur inquiétude enfouie.

Le soir, quelques habitués de la rive étaient venus tenter de nous persuader de prolonger notre séjour : « C'est dommage de ne pas profiter du soleil et de la rivière. Chaque jour ici sera scellé dans de l'or. La guerre approche, qui sait quand nous pourrons revenir dans cette oasis ? »

Mon père avait repoussé cet argument : il ne fallait pas ignorer la menace qui planait, et ce n'étaient pas trois ou quatre jours qui changeraient quoi que ce soit à l'affaire. Les vacanciers étaient dubitatifs : « La guerre n'a pas commencé, on peut douter qu'elle éclatera bientôt. Un retour prématuré à la maison est un affolement inutile.

– J'ai une fabrique, argua mon père.

– Nous aussi, nous avons des magasins et des entrepôts », s'entêtèrent les autres.

Mon père et ma mère se montrèrent inébranlables et les vacanciers repartirent, désappointés.

Ensuite vint la femme qui avait joué avec mon père lorsqu'il avait cinq ans. Elle portait une robe de soirée sombre qui la mettait en valeur. Je la scrutai de près. Elle tendit la main à maman en disant : « Je m'appelle Yetti Bachwald. J'ai connu votre mari lorsque nous avions cinq ans, nous ne nous étions pas revus depuis.

– On n'oublie pas facilement une amitié enfantine importante », répondit maman.

Yetti inclina la tête.

Mon père avait changé de visage. Son air tranchant avait reflué pour laisser place à une douce lueur dans ses yeux.

« Que faites-vous, sans indiscrétion ? demanda maman.

– Je faisais de la recherche sur la tuberculose jusqu'à l'année dernière. L'institut s'est autodissout et l'équipe s'est dispersée. Une grande partie a souhaité partir en Amérique et moi, je suis revenue dans ma ville natale, dans la maison de mes parents. Voilà où j'en suis, ni plus ni moins. »

Mon père s'intéressa à son domaine de recherche. Yetti détailla avec un grand sérieux toutes les étapes de l'étude, en utilisant des mots et des termes que je ne comprenais pas. En revanche, cela était manifestement très clair pour mon père, puisqu'il posa plusieurs questions pertinentes.

« Je vois que tu n'as rien oublié des cours de biologie », dit Yetti.

Maman intervint : « Freddy a un penchant naturel pour les sciences.

– Vous appelez votre mari Freddy ! Quand nous étions enfants, je l'appelais Bouni, et lui m'appelait Mimi. Notre monde était fait de rêveries et de chimères. Celui de Bouni était plus charnel que le mien, je m'y laissais entraîner. C'était il y a environ vingt-cinq ans.

– J'ai toujours senti que Freddy avait un très fort penchant pour les sciences exactes, dommage qu'il ne l'ait pas suivi. Ce n'est pas moi qui l'en ai empêché en tout cas.

– C'est vrai – c'est moi qui ai choisi de ne pas le suivre. Mes parents ont voulu que j'étudie le droit et je leur ai obéi. D'emblée, je n'ai pas été à l'aise avec cette matière, mais j'ai fait des efforts pour continuer de l'étudier, jusqu'à ne plus supporter la structure de la pensée juridique, et j'ai arrêté.

– La pensée scientifique te correspond bien, dit maman.

– Impossible de revenir en arrière, ce n'est pas la peine de spéculer.

– Nul ne sait ce qui l'attend, dit Yetti, qui ajouta aussitôt : Quand j'ai été embauchée à l'institut, j'étais persuadée que la recherche serait désormais ma boussole. Je m'y suis plongée corps et âme et soudain, toute cette grande entreprise si prometteuse s'est totalement évanouie comme si elle n'avait jamais existé. De même qu'on ne peut ressouder une fracture, qui sait si et quand les gens qui ont été éloignés de la recherche pourront s'y consacrer de nouveau.

– Et comment vous sentez-vous chez vos parents ? demanda maman avec précaution.

– Ils ont quitté ce monde. Une maison vide m'attendait.

– Vous n'allez pas retourner à Vienne ?

– Pas prochainement, je crois. »

Mon père resta attentif toute la soirée. Les angles de son visage s'étaient estompées et il ne quittait pas Yetti des yeux, à l'inverse de maman qui bougeait les mains différemment de d'habitude et répétait une phrase qui ne lui correspondait pas : « Il faut savoir tirer les leçons. »

Je savais que je conserverais aussi cette soirée au fond de moi. Je ne savais pas quoi précisément, mais j'avais le sentiment que, loin de m'être étrangère, Yetti était au contraire une parente revenue vers nous après s'être éloignée pour d'obscures raisons.

Maman, qui d'ordinaire écoutait et observait attentivement, posait des questions d'un ton pointilleux, comme si elle voulait toucher du doigt l'énigme qui avait pour nom Yetti. Je m'en étonnais. Qu'y avait-il à déchiffrer dans une rencontre qui avait eu lieu vingt-cinq ans auparavant ?

Il faut croire qu'elle sentait que le lien entre Bouni et Mimi avait quelque chose d'indestructible. Ce n'était pas Yetti qui se sentait étrangère ce soir-là dans l'isba, mais maman.

Yetti se leva en disant : « Il se fait tard, et vous vous levez tôt demain. Je vais y aller. Espérons que le temps fera se croiser de nouveau nos chemins. » Elle tendit la main à maman, puis prit celle de papa entre les siennes.

74

La calèche arriva plus tôt que prévu, ne nous laissant pas le temps de prendre notre café matinal. « Ce n'est pas grave, dit papa. Nous nous arrêterons à l'Auberge du cheval blanc et mangerons là-bas tranquillement. »

Contrairement aussi à ce qui avait été prévu, ce n'est pas le frère de Nikolaï qui vint nous chercher. Il avait envoyé à sa place son jeune fils, un grand garçon chaussé de bottes cirées, qui souleva les deux malles en se plaignant de leur poids : le porte-bagages allait céder.

« Votre père nous ramène chaque année chez nous et chaque année nous avons ces deux malles.

– Ça ne change rien, elles sont lourdes.

– Il n'y a jamais eu de problème.

– Qui paiera si le porte-bagages se casse ?

– Moi », dit papa.

Maman rentra voir si nous n'avions rien oublié et fut enchantée de trouver ses lunettes de lecture près du lit.

Nous prîmes la route.

Une surprise nous attendait sitôt sortis de la cour : les vacanciers barraient le passage en agitant la main. Ne s'attendant manifestement pas à ce contretemps, le jeune cocher se tourna vers mon père : « Dites-leur de se pousser sur le côté.

– Ils sont venus nous dire au revoir.

– C'est pas comme ça qu'on fait », laissa échapper le jeune homme, courroucé.

Mon père perdit patience : « Vous pouvez bien accorder un instant à ceux qui ont envie d'exprimer ce qu'ils ressentent ! »

Nous descendîmes de la calèche. Les gens embrassèrent maman, qui reçut cette marque d'affection avec émotion. Mon père, peu enclin à tant de familiarité, gardait ses distances.

« Pourquoi nous quittez-vous ? demanda la femme à qui l'on avait découvert et ôté une tumeur avec succès. Qu'y a-t-il en ville ? La ville est dangereuse pour la santé. Chaque jour passé dans la nature nous évite une maladie, c'est comme un bon médicament.

– Nous reviendrons », dit maman, comme s'il était question d'une brève séparation.

L'homme à la jambe coupée était également là, un peu à l'écart, ne nous lâchant pas du regard, comme pour dire : Moi, en tout cas, je ne bougerai pas d'ici tant que nous n'aurons pas retrouvé Peppy.

Maman leva les bras en l'air en s'écriant : « Nous ne nous éloignons pas de vous. Nous reviendrons, nous nous retrouverons. Nous sommes une seule et même famille. Comme dans toute famille, il y a des désaccords, mais ce qui nous unit est plus fort que ce qui nous sépare. Je vous embrasse tous, profitez bien de vos derniers jours de vacances. »

Mon père était mal à l'aise. Les mots de ma mère le sidéraient. Désarçonné, il me prit par la main et m'entraîna en disant : « On y va. » Maman ajouta : « Nous penserons à vous et vous penserez à nous. »

À ces mots, mon père prit également la main de maman et nous remontâmes dans la calèche.

Devant ces adieux émouvants, le jeune cocher ricana : « Les Juifs en font toujours des tonnes. » Il fouetta les chevaux et nous nous mîmes en route.

Bouleversée par ce rassemblement, maman éclata en sanglots. Mon père la serra contre lui, ne sachant comment la consoler. S'efforçant de ravaler ses larmes, maman murmura : « Ce sont des gens bien, qui portent leur destin avec un grand courage, qu'est-ce qu'on leur veut à la fin ? »

Se sentant manifestement coupable, mon père dit : « Tu as raison. Si nous avons avancé notre retour, c'est parce que je dois m'occuper de la fabrique et que c'est bientôt la rentrée pour Erwin. » Maman cessa de pleurer et se recroquevilla sur le siège.

Tandis que nous contemplions en silence les champs fauchés dont les lisières avaient viré au gris, tous trois secrètement enivrés par ce paysage simple et tranquille, le cocher arrêta la calèche, descendit de son siège et se tourna vers mon père : « Je ne peux pas continuer sur ce chemin plein de bosses et d'ornières. Il ne convient pas aux calèches, mais aux grandes carrioles tirées par des bœufs. »

Mon père mit pied à terre pour lui répondre.

« Nous passons chaque année par ici.

– Je n'irai pas plus loin.

– Que voulez-vous ?

– Que vous descendiez tous.

– Vous allez nous laisser au milieu des champs ? demanda mon père en haussant les sourcils.

– Qui me paiera les dégâts ?

– Moi, s'il y en a, dit mon père en élevant la voix.

– Payez maintenant.

– C'est inconvenant de réclamer un paiement en cours de trajet. Je connais votre père, vos oncles, ils nous transportent depuis des années. J'ai été leur hôte et ils ont été les miens.

– Je n'en ai cure. »

Il faut savoir que mon père laisse libre cours à sa colère lorsqu'il est face à une injustice et n'hésite pas à aller jusqu'à la confrontation si nécessaire.

Le cocher le scruta de la tête aux pieds. Comprenant qu'il n'avait aucune chance de lui extorquer de l'argent sur-le-champ, il changea de ton : « Vous me paierez quand ?

– Lorsque nous serons arrivés chez nous.

– Et si ma calèche s'abîme, quand paierez-vous les dégâts ?

– À la fin du voyage aussi. Pas avant.

– Si ce n'était mon père, je vous aurais plantés là et je serais rentré », dit le jeune homme pour se sortir de l'imbroglio dans lequel il s'était fourré.

Mon père ne se démonta pas : « On ne menace pas les gens comme ça au milieu d'un trajet. »

Plus de soixante ans se sont écoulés depuis ce retour tendu à la maison avec mes parents. Les années n'améliorent pas la mémoire, mais les scènes d'enfance ont une longue vie. Ce jeune cocher haineux qui cherchait à nous dépouiller flotte devant mes yeux comme une vision prophétique. Bien sûr, j'ignorais alors qu'il n'était qu'un signe annonciateur de ce que l'avenir nous réservait. J'étais épouvanté par sa violence. Fort heureusement, mon père avait tenu bon et avait été très clair : à la moindre provocation, il réagirait sans pitié.

75

Le retour à la maison m'enchanta. Victoria n'était pas là mais elle avait tout nettoyé et garni le garde-manger de produits laitiers, de fruits et de légumes. Maman s'empressa de préparer une collation.

Nous nous mîmes à table comme si nous n'étions jamais partis.

Je m'endormis en un clin d'œil. Mon père me porta dans mon lit et je revis les eaux bleu-vert du Pruth, les longues péniches remontant le courant, et les enfants des paysans plongeant du pont. Rien n'avait bougé. Mais où étaient les habitués de la rive ? Où avaient-ils disparu ? me demandai-je si effrayé que je me réveillai.

C'était déjà le soir, une soirée de fin d'été fraîche et paisible. Le mois passé sur la rive, le retour sous la menace du cocher, les hommes et les paysages que nous avions croisés m'apparurent soudain comme une terre inconnue où l'invisible était plus grand que le visible.

Les récriminations répétées de mon père tout au long du séjour : « Que faisons-nous là, mieux vaudrait être chez nous et profiter du jardin », cette amertume qui ne l'avait pas quitté pendant les vacances – tout cela s'était dissipé. Serein, il tranchait finement du pain à table, en proposant à maman en disant : « Le pain de campagne de la boulangerie Stern est toujours mon préféré. »

Ce soir-là, je découvris son dos voûté. Il m'avait semblé jusque-là qu'il se tenait droit comme un sportif aguerri ; je remarquai subitement que son dos était arrondi et s'arrondissait plus encore lorsqu'il bourrait sa pipe.

Maman dit : « C'est bon de rentrer à la maison. Finalement, c'est le meilleur endroit pour l'homme. » Les phrases de ma mère ont un son agréable, y compris lorsqu'elle ne dit rien de neuf.

Mon père leva les yeux au ciel. Je craignis que les désaccords habituels ne reprennent. Je me trompais. Il raconta un souvenir du lycée sur un certain Ivan, qu'il avait affronté dans une course de fond. Celui-ci avait fourni tant d'efforts qu'il s'était évanoui au milieu de la course. Mon père était arrivé premier, mais le jury ne l'avait pas déclaré vainqueur, son concurrent ayant déclaré forfait pour une raison médicale qui l'avait conduit à l'hôpital.

Je savais que mon père était un excellent sportif, mais j'ignorais qu'il avait compté parmi les meilleurs coureurs de fond. Je pensais sa nature impatiente plus adaptée aux sprints et aux moyennes distances. Je m'étais trompé.

Maman sortit le bougeoir du buffet, planta une bougie dans son calice, qu'elle alluma en disant : « Rien ne vaut un dîner aux chandelles. »

Nous mangeâmes notre menu habituel du soir – salade, omelette, fromage et yaourt – dont le goût, cette fois-là, me parut nouveau.

« C'est étrange, dit maman. Je vois la rive devant moi et elle me semble loin, comme si je m'y étais trouvée il y a longtemps, et non pas ce matin.

– Les distances nous embrouillent parfois, répondit mon père.

– La rive fait désormais partie de nous. »

Je m'attendais à ce que mon père rétorque : « Pas de moi », mais à mon grand étonnement, il écarquilla les yeux sans rien dire. Il avait l'air de comprendre pour la première fois une partie du ressenti de maman, et de regretter les désaccords qui les avaient divisés depuis des années.

76

Le lendemain, maman ouvrit la porte de derrière et la lumière du jardin inonda la maison. Victoria avait bêché, arraché les mauvaises herbes et tondu la pelouse en notre absence. Une odeur d'herbe coupée flottait dans l'air.

Je ne vis pas mon père, levé tôt pour aller à la fabrique.

Maman dit d'une voix douce qui m'ébranla pourtant : « C'est la rentrée demain, il faut préparer ton sac et ton uniforme. » Je vis les larges marches du perron de l'école et cette brute de Piotr qui se tenait sur la première. La peur enfouie me submergea.

« Papa m'entraînera ce soir ? demandai-je.

– Il va rentrer tard. »

Maman se tenait au milieu du jardin, émerveillée par les rosiers et les robustes acacias dont les fines ombres se mêlaient.

Les menaces de guerre dont bruissait la rive étaient absentes ici. Une quiétude de fin d'été emplissait les maisons.

Maman retourna au salon et s'assit dans un fauteuil en disant : « J'aime notre maison. »

J'entendis de la tristesse dans sa voix, comme si nous n'étions pas encore arrivés, mais toujours ballottés sur la route.

Je me retins de lui confier mes angoisses.

Elle alla à la buanderie repasser mon uniforme, des vêtements de mon père et à elle. Mes pensées s'envolèrent vers tante Yulia, sa maison isolée, son verger et ses plants de légumes. Je vis aussi la chambre consacrée à la musique où elle restait de longues heures à écouter Bach.

Un jour, après une visite à tante Yulia, maman avait dit : « Yulia panse ses blessures. » Depuis, je songe parfois à ses jambes : les blessures ne saignent plus, mais refusent de cicatriser. Elle les bande lentement, totalement absorbée par sa tâche.

Le soir, mon père rentra de son travail, fatigué, mais pas démoralisé. Certes, la fabrique avait été cambriolée, toutefois les dégâts étaient mineurs. À la question de maman, désireuse de savoir si la ville avait changé en notre absence, il répondit longuement : « On ne sent rien dans les rues. Les cafés sont bondés. Les gens achètent et vendent. Les Juifs ont tendance à exagérer, à susciter l'affolement, il ne faut pas y céder et s'armer de patience. » Assise près de lui, maman buvait chacune de ses paroles. Elle finit par demander : « Tu as rencontré un de nos amis ?

– J'ai croisé le docteur Zeiger. Nous avons à peine discuté, il était débordé, encore en train de courir à l'hôpital pour rendre visite à un patient. Il a pris un coup de vieux. Ses patients ne le lâchent pas une seconde, et comme d'habitude, il répond présent. Je n'ai jamais vu un tel esclavage. »

Il ferma les yeux au milieu d'une phrase et s'endormit. Je ne l'avais jamais vu s'endormir assis et j'eus peur. Maman chuchota : « On va laisser papa se reposer, il a travaillé toute la journée. » Je pensai : Elle est tout entière attentive à son sommeil.

77

Je me levai tôt le lendemain, enfilai mon uniforme, bus un chocolat chaud et partis à l'école. Maman m'accompagna du regard jusqu'à ce que je disparaisse de sa vue.

À mon arrivée, je ne reconnus personne dans l'école bondée. La plupart des enfants étaient plus grands que moi et portaient des manteaux de cuir qui leur donnaient l'apparence de petits voyous.

Le cours commença. Le professeur de mathématiques me lançait des regards affables. J'espérais secrètement qu'il ne m'enverrait pas au tableau. J'avais décidé de ne pas me faire remarquer ni de lever le doigt. Ainsi, Piotr et ses camarades me laisseraient peut-être tranquille.

Je me trompais. À la fin des cours, Piotr me fit un doigt d'honneur. Son expression était très explicite : tu es dans ma ligne de mire.

Je décampai, me méprisant de me laisser dominer par la peur, incapable d'affronter la menace. Maman m'accueillit joyeusement : « Comment ça s'est passé ?

– Bien. »

Je ne dis pas un mot de mon angoisse ni de ma rage contre moi-même.

Maman avait préparé mon déjeuner préféré : une tourte à la farine de maïs, fourrée au fromage et servie avec de la crème, et une autre tourte fourrée aux cerises noires. J'aurais aimé me réjouir, mais la joie m'avait déserté.

Je ne pouvais plus me retenir et lui confiai : « Piotr m'a fait un doigt d'honneur.

– N'aie crainte, mon chéri, papa t'entraînera ce week-end. La meilleure réponse à la menace est l'impassibilité.

– Comment y parvient-on ? »

– Papa t'entraînera. »

Gusta vint nous rendre visite dans la soirée. Je fus si heureux et si troublé que je me mis à tousser. Gusta demanda si je m'étais enrhumé. Maman répondit d'une voix claire : « Erwin est en parfaite santé. »

Nous nous assîmes dans mon salon préféré, maman dans un fauteuil, moi dans un autre lui faisant face, Gusta sur le sofa.

Pendant que maman préparait du thé et des petits sandwichs dans la cuisine, Gusta voulut savoir comment s'était passée ma rentrée. « Bien », répondis-je, contrarié par le mot banal qui m'avait échappé.

« À ton âge, je souffrais à l'école. J'étais bonne élève mais je n'avais pas d'amis et personne n'avait de considération pour moi. Ça a changé dans les grandes classes, et la vie a commencé à me sourire. »

Réconforté par ces paroles, je déclarai : « C'est bon de rentrer à la maison. » Elle me fixa, songeuse.

Je m'ouvris à elle : pendant les vacances, je m'étais habitué à être avec moi-même. L'agitation de l'école me heurtait.

« C'est souvent le cas des enfants uniques, j'en suis une, moi aussi. La compagnie des autres me mettait mal à l'aise. Je ne savais pas faire entendre ma voix, et pour tout dire, je n'en avais pas envie. »

Nous rîmes.

Maman apporta un grand plateau en argent sur lequel étaient posés des sandwichs, du thé servi dans les verres oblongs et une tasse de chocolat chaud pour moi.

« Erwin a beaucoup mûri pendant les grandes vacances, dit Gusta sans me lâcher du regard.

– Je suis contente que tu l'aies remarqué », répondit maman en déposant le plateau sur la table.

J'aurais voulu les contredire et confier que les menaces m'effrayaient, mais je me tus.

Je partis dans ma chambre après avoir bu mon chocolat, pour laisser Gusta et maman tranquilles. Mais leurs voix s'infiltraient en moi.

Maman disait : « Je suis si heureuse d'être rentrée. J'avais constamment le sentiment que la guerre était sur le point d'éclater et que nous serions obligés de faire nos valises et de quitter la maison, comme l'ont fait mes parents durant la guerre mondiale. Ce sentiment annihilait la joie de nager. Nous voici de retour, et tout est comme avant.

– Moi aussi, j'ai eu peur, confia Gusta.

– Je me réjouis tant d'être de nouveau chez nous, comme si la maison nous avait été rendue après nous avoir été ôtée. »

Mon père rentra de la fabrique, fatigué, mais les rejoignit aussitôt. Têtu, il répétait : « Les Juifs amplifient toujours leurs appréhensions, il ne faut pas passer trop de temps en leur compagnie.

– Comment trouves-tu la ville ? demanda Gusta.

– Comme nous l'avions laissée. Il y a toujours eu des vols et des cambriolages. Les Juifs exagèrent, comme d'habitude.

Ils sont maîtres dans l'art de répandre l'inquiétude et des spéculations épouvantables. »

Il semblait qu'une dispute allait éclater, mais il n'en fut rien. Maman et Gusta ne se disputent jamais. Elles discutent en se livrant leur intériorité. Conscient de cela, mon père ne tenta même pas de lancer un débat.

Gusta accepta volontiers la proposition de maman de rester dîner avec nous en toute simplicité.

« J'aime les plats simples, répondit-elle. Je viens t'aider. »

Pendant ce temps, je racontai à mon père que Piotr m'avait fait un doigt d'honneur.

« Demain je rentrerai plus tôt et nous nous entraînerons », dit-il, un sourire doux, comme il en avait rarement, éclairant son visage. Je fus soulagé. J'aime m'entraîner avec lui, nous courons dans le quartier, faisons de la gymnastique et finissons par la boxe. « Tu vas devenir un garçon invincible », conclut-il.

Le dîner fut agréable. Maman répétait : « C'est si bon de rentrer à la maison. J'ai l'impression de m'être retrouvée après avoir été exposée.

– Moi aussi, j'étais heureuse de rentrer, dit Gusta. Ma femme de ménage a tant nettoyé et briqué la maison qu'elle est comme neuve. Je n'ai pas mis le pied dehors depuis mon retour, de peur de perdre un instant de la sérénité qui s'en dégage. »

Mon père parla peu, pour finir il évoqua la fabrique : « Certes, il y a eu deux vols. Et aujourd'hui, un journalier, un Ukrainien d'un certain âge, s'est soudain dressé en proférant des menaces antisémites. Je l'ai mis en garde : "Tu travailles dans une fabrique qui appartient à des Juifs. L'antisémitisme n'est pas admis ici." Ce à quoi il a répondu en hurlant : "Je ferai entendre l'objet de ma contestation précisément ici. C'est la terre des Ukrainiens, pas celle des Juifs. Qu'ils rentrent dans leur pays !"

« Je l'ai congédié, ce qui a redoublé sa fureur. Il a hurlé encore : "Je ne partirai pas d'ici. Chaque parcelle de cette terre appartient aux Ukrainiens, et ta fabrique aussi. Toi, tu n'en possèdes aucune part et tu n'as aucun droit dessus."

« Je lui ai demandé de déguerpir. Comme il refusait toujours, je l'ai pris par le bras et l'ai fichu dehors, où il a continué de hurler. »

Un silence accueillit son récit. Puis ma mère dit : « De telles voix se font de plus en plus entendre à la campagne et en ville. Nous en avons fait l'expérience cet été.

– Il est interdit d'avoir peur », dit papa.

À notre grand étonnement, Gusta annonça qu'elle avait l'intention d'étudier le dessin : « Cela fait des années que j'aspire à prendre le temps de peindre.

– Tu vas abandonner la science pour la peinture ? » s'exclama maman.

Gusta leva les yeux : « Je n'y peux rien, j'en ai besoin.

– Tu vas lâcher la science et tout recommencer à zéro ? insista maman d'une voix tremblante.

– C'est ce que mon cœur me dit de faire. »

En d'autres temps, mon père aurait sûrement montré son irritation face à cette formulation. Mais l'atmosphère était paisible ce soir-là. Tous trois étaient proches et se comprenaient à demi-mot.

Fatigué, je quittai la table en regrettant déjà cette soirée, attristé que le temps s'écoule. Il allait bientôt me ravir les yeux étonnés de ma mère, flouter le visage de Gusta et les expressions si douces de mon père ce soir-là, comme s'il était en paix avec le monde.

78

Le chemin jusqu'à l'école m'accable, et les exhortations de mon père à ne pas craindre la confrontation n'y changent rien, même si les entraînements me font du bien. Après une heure de course et des exercices de boxe, j'ai l'impression que l'agilité de mes membres pourra me permettre de vaincre deux garçons. Mais dans mes cauchemars, c'est différent. Les brutes se transforment en une meute de petits corps. J'essaie d'échapper à leurs griffes, mais ils m'écrasent de tout leur poids.

J'ai cessé de lever le doigt en classe, contrairement aux conseils de papa. Le professeur de mathématiques me propose parfois de venir au tableau. Je préfère que d'autres y aillent.

Le docteur Zeiger vint dans la soirée. Mon père et ma mère l'accueillirent joyeusement. Il avait changé. Son visage s'était allongé, des rides tourmentées barraient son front. Les malades et les indigents ne lui laissaient pas de répit. Le pire est qu'il ne savait pas dire non.

Lui aussi estimait que l'affolement sur la rive était exagéré. Certes, on ressent un ralentissement de l'économie, on construit moins et on achète moins. Ceux qui ont des liquidités achètent des dollars ou placent leur fortune dans l'or. Quant aux pauvres – leur situation en des temps plus florissants n'était déjà pas brillante. La vie continue d'être plus puissante que les souffrances ou les humiliations.

Le docteur Zeiger parlait, décrivait, et je voyais dans une grande clarté la rivière et les vacanciers : l'homme à la jambe coupée et Peppy ; Slovo, le secouriste géant arpentant la rive, une petite mallette dans sa grande main, prêt à poser un bandage ou à fixer une attelle ; et, ce soir-là, je vis en particulier la femme à qui l'on avait ôté une tumeur, qui chantait d'une voix vibrante les arias de Verdi.

Le silence s'abattit sur nous tous après le dîner. Maman tenta de lancer une discussion pour détendre l'atmosphère, mais ses mots doux tombèrent dans le vide. Papa avait perdu ses mots, tout autant que le docteur Zeiger. Ils buvaient du thé dans les verres oblongs, l'air de plus en plus accablé.

Le docteur Zeiger finit par parler du malheur et de la souffrance sans issue ni limites. « Je me plains qu'on me réveille la nuit, mais que suis-je en comparaison de ceux qui sont opérés, encore et encore ? Les gens attendent de moi que je les guérisse, que je mobilise les meilleurs chirurgiens. Je n'ai pas le bras si long. Je ne suis que médecin, pas un faiseur de miracles. Je comprends les suppliques des gens. Je les comprends plus qu'ils ne le pensent.

– Vous n'êtes coupable de rien, dit maman.

– La question n'est pas là. Je fais face chaque jour à la souffrance à nu et je n'ai aucun moyen d'apporter de l'aide. Je répète : “Il n'y a rien à faire”, et l'homme qui se tient devant moi baisse la tête en disant : “Je vois que la médecine aussi est impuissante.” Ainsi, chaque jour, et parfois à chaque heure. Rien d'étonnant à ce que les gens perdent la raison. Ils sont si désespérés qu'ils se précipitent chez les charlatans et les sorcières. Je n'ai pas de doute là-dessus : ils se leurrent, mais je n'ai pas la force de les arrêter. Le désespoir humilie. Le désespoir enlaidit. »

Stupéfaits, mon père et ma mère se cramponnaient à leur verre. Jamais un tel flot de mots n'était sorti de la bouche du docteur Zeiger.

La stupéfaction ne quitta pas leurs visages, y compris après son départ.

79

Les jours s'écoulaient. Mon père se battait pour que la fabrique se maintienne à flot. Ayant déjà licencié la moitié des employés, il s'attelait lui-même à la tâche comme un simple ouvrier.

La fabrique, qui avait connu son heure de gloire, perdait de l'argent chaque jour. Une nuit, j'entendis mon père admettre : « Je crois qu'il n'y a plus le choix, il va falloir vendre. Je ne vais plus pouvoir tenir longtemps avec autant de pertes. »

Sur ce, Maman partit rendre visite à tante Yulia. À mon retour de l'école, je trouvai Victoria, qui avait fait le repas pour mon père et moi. Autrefois, mon père rentrait déjeuner, se reposait un peu et retournait l'après-midi à la fabrique. Maman lui préparait des sandwichs et un thermos de café.

Victoria demanda : « Comment ça s'est passé à l'école ?

– Très bien », et je ne donnai pas plus de détails.

Victoria est divorcée, elle a trois enfants. Elle aime maman de tout son cœur et de toute son âme. Elle lui confie tous ses secrets, mais elle n'aime pas les Juifs. Maman ne discute pas avec elle, je l'ai cependant entendue objecter un jour : « Les Juifs sont comme tous les êtres humains. Il y a parmi eux des bons et des méchants. Les idiots ne manquent pas non plus, et il y a beaucoup d'indigents. »

Victoria partit à trois heures et la maison fut toute à moi. C'était inhabituel, maman était toujours là pour m'accueillir à mon retour de l'école. La maison sans elle me fit peur. Je sortis dans le jardin.

Mon père rentra épuisé à la nuit tombée. J'avais envie de le réconforter, mais je ne savais pas comment. Il se changea, enfila des vêtements de sport et proposa : « Voyons ce que nous a préparé Victoria. »

Quand maman va rendre visite à Yulia, il me semble qu'elle ne part pas pour trois jours mais pour un voyage bien plus long. Je fus soulagé lorsque papa m'annonça avoir eu de bonnes nouvelles des deux sœurs par le cocher qui avait conduit maman.

Mon père surmonta sa fatigue pour sortir courir avec moi et m'entraîner à la boxe. Les exercices commencent à montrer leur efficacité : mon corps est plus souple.

La nuit, je lutte contre les brutes, que je parviens parfois à dominer, mais la plupart du temps, leur masse m'écrase.

Il m'arrive de demander encore à mon père : « Pourquoi hait-on les Juifs ?

– On n'y peut rien, il y a des préjugés contre eux.

– Ils sont justifiés ?

– Les préjugés ne le sont pas en général. »

Comme je l'ai déjà mentionné, mon père n'aime que des Juifs particuliers, sensibles et délicats. Il se maintient à distance de ceux qui sont en groupe. Maman prétend en revanche que le collectif n'est pas toujours repoussant et prend pour exemple la prière dans les petites synagogues de campagne, qui est une élévation de l'âme.

La présence de maman dans la maison se renforce en son absence. Chaque meuble, chaque lampadaire me l'évoque, sans parler du bougeoir. J'ai parfois l'impression que son désir, pendant toutes ces années, a consisté à nous transmettre la quiétude qui règne chez mes grands-parents dans les Carpates. En son absence, ses objets préférés dévoilent pleinement leur silencieuse éloquence.

Ma joie ne connut pas de limites lorsque je la vis sur le pas de la porte, à notre retour.

« Comment va tante Yulia ? » demandai-je.

Elle écarquilla les yeux pour répondre : « Tante Yulia a choisi de vivre comme une ascète.

– Elle prie ?

– Non. Elle écoute de la musique, lit Proust, passe des heures dans le jardin, contemple les plantes, et l'après-midi elle nage dans la rivière. »

Cette description me laissa sans voix.

80

Mon père fut ravi de voir arriver Karl Koenig dans la soirée. Il m'apporta sans le savoir des visions du Pruth, des vacanciers, de l'écoulement des flots. Karl est un homme généreux et bienveillant, je l'avais observé en train de discuter avec des interlocuteurs parfois pesants. Il répondait à tous. Dommage que je n'aie pas eu l'occasion de le voir plus souvent.

Mon père prit de ses nouvelles et Karl fit une longue réponse que je ne compris quasiment pas. Il parla de nouveau du fameux chapitre qu'il voulait achever pendant les vacances. Il avait terminé chez lui ce qu'il n'avait pas eu le temps de faire sur la rive. Un poids avait été ôté de ses épaules.

« C'est un long chapitre ? s'enquit mon père.

– Pas plus qu'un autre. Mais il refusait étrangement de prendre forme. Je l'ai recopié à plusieurs reprises, en vain. Il a fini par céder à mon insistance aimante, à présent il a une forme, certes imparfaite, mais acceptable. »

Sur la rive déjà, j'avais perçu que l'écriture était toute sa vie. Il lui était dévoué corps et âme. Le chapitre opiniâtre sur lequel il avait travaillé m'apparaissait curieusement comme une créature déchaînée qu'aucune ruse ne pouvait apprivoiser. Karl Koenig avait accompli sa tâche posément, pas à pas. Il s'était adressé à la créature sauvage avec des mots choisis, l'implorant de ne pas le perturber pendant qu'il la façonnait, car le façonnement est indispensable. Un chapitre qui n'est pas sculpté se traduit par une insomnie pour son auteur.

Assis dans notre fauteuil à présent, tendu mais disposé à capter des impressions, il aurait volontiers plus écouté que parlé. Mais mon père ne le lâcha pas, posant d'autres questions sur le chapitre indomptable.

Karl Koenig expliqua que le sentimentalisme corrompt la moindre parcelle de littérature. Il faut l'arracher comme une mauvaise herbe. Chaque mot sentimental est comme une écharde plantée dans la chair. Il prononça soudain une phrase qui étonna mon père : « Le ministre responsable de la littérature m'a nommé sentinelle malgré moi, je ne laisserai pas le sentimentalisme s'infiltrer dans le texte écrit.

– Et vous réussissez à vous acquitter de cette mission ? demanda mon père en le prenant au sérieux.

– Tout juste. Le ministre ne me lâche pas. Et comme tout ministre – c'est un tyran. Il trouve inlassablement des défauts dans mon travail. Il me rappelle que je me suis engagé à porter une attention à chaque mot, chaque signe.

– Quand vous êtes-vous engagé ? s'enquit mon père avec une attention accrue.

– Dans ma jeunesse. J'ignorais ce qu'impliquait un tel engagement. Il me semblait bien que c'était une aventure importante, mais je n'imaginais pas que ce serait de l'esclavage, qu'il n'y aurait plus ni jour ni nuit.

– Vous avez tout de même terminé le chapitre rebelle.

– Absolument. Mais un nouveau chapitre se présente et il réclame son dû.

– Tous les chapitres résistent autant ?

– Grâce à Dieu, non, mais la plupart, si.

– Vous n'écrivez que sur les Juifs désormais, si j'ai bien compris.

– Exact. Ils m'intéressent plus. Et puis, je me sens proche de leurs faiblesses.

– Tous les hommes en ont, vous ne croyez pas ?

– Celles des Juifs me sont familières. Je n'écris que sur ce que je connais.

– Vous avez découvert de nouvelles fragilités sur la rive ?

– L'observation extérieure n'améliore en rien l'écriture. Ce qui compte, c'est ce qui surgit en vous. Vous amassez inlassablement, et finalement ce qui en sort ne ressemble pas à ce que vous aviez vu ou entendu.

– C'est un processus mystique, dit mon père.

– Je n'aime pas ce mot. Il ne signifie rien.

– Comment le formuleriez-vous alors ?

– Nul besoin de mettre des mots sur une énigme. Mieux vaut la laisser vivre sans la qualifier. »

Ce soir-là, je vis que les propos de Karl Koenig étaient plus accessibles à ma mère qu'à mon père. Bien que silencieuse, elle n'en perdait pas un mot.

81

Durant l'automne 1938, une cloison douloureuse s'éleva entre ce qui avait été et ce qui allait advenir. Rien d'étonnant à ce que nous ne sortions pas de la maison. Je chérissais chaque instant passé dans ma chambre, le salon ou le jardin qui déployait des couleurs flamboyantes. Maman répétait : « Comme il est bon d'être à la maison. » Les paroles de maman sont toujours reliées à un geste. Elle coud, repasse, brode et a dernièrement confectionné deux beaux coussins pour le sofa.

À mon retour de l'école, je m'installe au salon et n'ai pas d'autre envie que de dévorer les petites visions qui m'appellent de toutes parts. J'ai peur qu'elles disparaissent.

Mon père se bat jour après jour pour sauver la fabrique et maman essaie de le soulager de son mieux. Elle lui fait couler un bain, prépare de bons repas, reste près de lui, pose des questions et écoute les réponses avec une attention soutenue. Les désaccords qui pesaient sur la maison, il y a quelques mois à peine, se sont évanouis. Mon père ne prononce plus de mots qui mettent le feu aux poudres.

Gusta nous rend visite de temps en temps, diffusant un halo de quiétude par sa grâce et son sourire. Il me semble parfois que le prince qui l'a aimée est encore là, à l'attendre dehors. Elle porte le poids de sa vie sans se plaindre, n'incrimine personne et ne regrette pas d'être ce qu'elle est.

Chaque soirée avec Gusta distille en moi un bienfait qui m'accompagne plusieurs jours durant. En sa présence, mon père s'extirpe de sa détresse et la lumière revient sur son visage.

Je sortis un jour acheter des chaussures avec maman et nous rencontrâmes Peppy qui nous confia la raison de sa disparition : submergée par la mélancolie, elle était partie se cacher dans la forêt. Elle était sortie de sa cachette, le lendemain de notre départ, était retournée près de la rivière demander pardon à l'homme à la jambe coupée et à tous ceux qui s'étaient inquiétés pour elle. « Grâce à Dieu, ils m'ont pardonnée », dit-elle avec un sourire honteux.

Maman se réjouit de revoir Peppy, chez qui la petite fille et la femme malheureuse se côtoient. Elle voit en elle l'enfant et lui prodigue des paroles encourageantes. Cette sollicitude bouleverse tant Peppy que l'enfance affleure sur son visage.

Elle confia également à maman qu'elle avait recroisé Franz, mais il ne lui était pas revenu pour autant. L'opinion de l'homme à la jambe coupée était toujours aussi définitive : Franz est un mufle en qui l'on ne peut avoir confiance.

« Que te dit ton cœur ? demanda maman.

– J'ai du mal à trancher, dit la petite fille en Peppy, avant d'ajouter : Comment va Erwin ? », comme si je n'étais pas présent.

« L'année scolaire a commencé, répondit maman, laconique.

– Ça me fait plaisir qu'on se croise. La rivière ne m'a pas fait de bien cette année. Elle m'a leurrée, et les gens ne m'ont pas comprise. Je suis contente d'être rentrée, d'avoir retrouvé la boutique de vêtements où je travaille. C'est bien beau d'aller sur la rive, mais c'est encore meilleur de rentrer à la maison. »

Maman m'acheta des bottines en disant : « Il pleuvra bientôt, ce sera plus confortable de sortir avec de bonnes chaussures d'hiver. » Nous allâmes ensuite au Monlieu, un café où maman est toujours accueillie chaleureusement. Je commandai un gâteau au fromage et un chocolat chaud ; maman un strudel et un café. Je pouvais apercevoir par la fenêtre l'extrémité du parc et les gens installés sur les bancs.

En fin de semaine, Piotr me provoqua en me traitant de youpin et autres mots injurieux. Il menaça aussi de me frapper. Comme il était seul, j'ôtai mon cartable et me plantai devant lui. Il ne vit pas venir mes deux premiers coups de poing, mais il se reprit bien vite. Je luttai sans céder. Nous étions tous deux en sang. Il m'insulta encore et jura qu'il me tuerait. Je l'insultai en retour.

Maman fut effrayée en me voyant. Elle me rinça le visage et pansa mes blessures. Je m'attendais à ce qu'elle me félicite, mais elle ne dit rien, manifestement trop bouleversée. Elle resta ébranlée après avoir achevé de me soigner.

Lorsque mon père rentra le soir et vit ma tête bandée, il dit, au contraire : « Je vois que tu as bien boxé. Bravo. » Et il me serra contre lui.

82

Mon père continue de m'entraîner. C'est éprouvant, mais il est si investi que je n'ose protester. Je sens que mon corps s'est élargi. Mes jambes agiles me permettent non seulement d'escalader des murs, mais aussi de hauts bâtiments.

Depuis la bagarre avec Piotr, on me respecte en classe. J'ai entendu certains élèves chuchoter : « C'est plus le même, il a changé pendant les vacances d'été. »

Mon père travaille du matin jusque très tard le soir et reste prostré dans un fauteuil après le dîner. La fabrique est sur le point de faire faillite. Il est prêt à la vendre, mais il n'y a pas d'acquéreur, et ceux qui se sont présentés ont fait une offre ridicule.

Malgré sa solidité, papa se décourage facilement, au contraire de maman. Habitée par la foi de ses ancêtres, elle répète dans les moments difficiles : « On ne doit pas désespérer. » En d'autres temps, une phrase de ce genre pouvait faire sortir mon père de ses gonds. Il ne réagit plus.

Hier, Gusta a appris que le prince lui avait légué son sceau. Le testament dissimulé par sa famille pendant des années avait été découvert et les détails rendus publics. Il n'y avait plus eu d'autre choix que de prévenir Gusta.

Mon père émergea un peu de sa mélancolie en entendant ce récit. « Quelle surprise, je ne m'y attendais pas », dit Gusta. Maman répondit : « C'est un beau souvenir de lui. » Et cette phrase me parut banale par rapport à l'importance de l'information. L'amour obstiné du prince, qui semblait s'être éteint au fil du temps, ressuscitait. Gusta s'installa dans le salon en murmurant : « Tout cela était trop grand pour moi. Que sait une jeune fille à peine sortie du lycée ? J'étais rêveuse, certes, mais je ne cherchais pas le prince charmant. Je voulais demeurer proche de ma mère et réussir dans mes études.

– Je suis sûr que c'est un bon présage, dit maman.

– Je ne suis pas habituée à de tels honneurs.

– On ne sait jamais ce que la vie nous réserve, ni pourquoi. »

Mon père les étonna toutes deux en disant : « En ces jours où tout s'effondre, une bonne nouvelle est encore plus réjouissante. »

À ces mots, Gusta éclata en sanglots profonds qui ébranlèrent tout son corps. Maman l'enlaça : « Gusta, ma chérie. C'est une bonne chose. Nous devons apprendre à accueillir les nouvelles surprenantes aussi. En fin de compte, elles sont porteuses de bienfaits.

– Je n'ai pas besoin de tels trésors. Ils me glacent.

– Tu ne sais pas tout, et certaines choses sont indéchiffrables. Laisse le temps faire son œuvre. »

83

Le docteur Zeiger s'autorise à fermer son cabinet le mardi soir pour venir nous rendre visite. Tout entier dévoué à son travail, il a perdu son humour et sa joie de vivre. Malades et indigents frappent à sa porte jour et nuit. Au bout du rouleau, il les supplie : « Laissez-moi dormir quelques heures. Un médecin aussi est fait de chair et de sang. » Il s'est déjà plusieurs fois enfui de chez lui pour trouver refuge au parc municipal, s'endormant sur un banc comme un gueux.

Mon père l'exhorte à passer la nuit chez nous : « Combien de temps allez-vous tenir ainsi ?

– Je ne peux rester. Il y a des malades pour qui je représente le dernier espoir. »

Maman prépare de bons repas chauds. Le visage émacié, autrefois si rieur et si drôle du docteur Zeiger, déborde désormais d'inquiétude et de douleur. Combien de malades peut-il aider ? Pleins à craquer, les hôpitaux publics n'acceptent plus que les cas les plus urgents, et les cliniques privées n'ouvrent pas leurs portes aux pauvres.

Ce faisant, nous apprîmes que l'homme à la jambe coupée était mort et que son enterrement aurait lieu à cinq heures de l'après-midi. Mon père rentra plus tôt de la fabrique. Nous prîmes une collation et partîmes sans tarder.

Nous savions que l'homme à la jambe coupée était un commerçant aisé, mais nous ignorions à quel point. Je connaissais de lui sa manière de se tenir assis près de l'eau, son courroux contre les goinfres et les indifférents. La plupart du temps, il était avec Peppy, la plaçant face à ses contradictions ou la consolant. De temps à autre, il faisait un don à quelqu'un dans le besoin.

Nous allâmes au cimetière à pied en coupant à travers les prairies. Les gens affluaient de toutes parts. Maman aperçut Rosa Klein portant un foulard coloré.

Mon père n'avait pas de sympathie pour l'homme à la jambe coupée, je doute qu'il ait jamais eu une vraie conversation avec lui. Mais, à la grande surprise de maman, il avait spontanément accepté d'aller à son enterrement.

Le chemin de terre qui s'élançait en dehors de la ville fit surgir imperceptiblement la rivière, les vacanciers mangeant des sandwichs sur l'herbe, buvant du café et fumant.

Plusieurs personnes se trouvaient déjà à l'entrée du cimetière. Un silence immobile s'élevait des champs et des prairies. Nous ralentîmes le pas et aperçûmes Peppy coiffée d'un chapeau jaune masquant son visage. Nous reconnûmes aisément Slovo, le secouriste dont la haute silhouette dépassait toutes les autres. Et nous vîmes aussi la femme qui avait été une amie d'enfance de mon père.

Nous nous arrêtâmes avant le portail. Le regard de mon père se rétrécit comme pour dire : Je les connais bien, tous. Je les retrouve partout comme s'ils me pistaient. N'est-il pas temps de se séparer ? Que chacun aille son chemin, vers son destin, l'essentiel est que ce ne soit pas ensemble.

Maman baissa la tête, cette fois clairement en signe de désaccord.

Slovo s'approcha de nous et serra la main de mon père en disant : « C'est bien que vous soyez là », comme s'il était préposé à l'organisation de l'enterrement. Mon père ne dit mot et fit signe à Gusta, qui se dirigeait vers nous mais avait été bloquée par quelques personnes. À la façon dont elle parlait avec l'amie d'enfance de mon père, je compris qu'elles se connaissaient bien.

Nul douleur ni deuil ne s'exprimaient, comme s'il était admis par tous que l'heure était venue pour l'homme à la jambe coupée de quitter ce monde. Il l'avait fait discrètement.

Peppy pleurait en silence, ne se préoccupant pas, pour une fois, de son apparence.

Les membres de la *hévra kaddisha* portèrent sur un brancard le défunt enveloppé dans un châle de prière, rendant son infirmité invisible. Ils le posèrent par terre, près de la tombe.

L'enterrement se déroula dans le calme. Les membres du service funéraire murmurèrent une prière, puis ils élevèrent la voix en déposant le défunt dans sa tombe, comme s'ils lui demandaient pardon de l'avoir importuné en le ballottant.

Ils s'empressèrent d'apporter la terre avec laquelle ils comblèrent la fosse dans un silence recueilli. Je voyais à présent dans une grande clarté l'homme à la jambe coupée, tel qu'il était assis sur l'herbe, le visage émacié, sa casquette militaire vissée sur la tête comme s'il était éternellement en service, la mine tantôt alerte, tantôt crispée d'amertume. Il ne faisait aucun doute que l'homme avait été impitoyable avec lui-même.

84

Alors que tous étaient encore silencieux et pensifs, le docteur Zeiger grimpa sur une caisse près de la tombe fraîchement comblée, avec l'énergie d'un homme qui a vaincu sa fatigue. Il portait son éternel costume gris et un chapeau noir élimé qu'il réservait manifestement aux enterrements.

Il commença à lire : « Nous sommes venus dire adieu à notre ami Yitzhak Hollender, qui s'est éclipsé cette nuit de ce monde. Nous le connaissions, mais à vrai dire nous ignorions tout de lui. Il n'avait pas d'enfants et ne se mêlait pas des affaires publiques. Il avait pourtant un cœur généreux. Il a pensé à chacun de nous. L'attitude qu'il avait en vacances nous a tous induits en erreur. Il restait assis seul, la plupart du temps, loin de tous, l'air de se moquer des autres ou furieux contre ceux qui semblaient avoir un trop grand appétit de vivre. Nous nous sommes trompés, mes amis, nous nous sommes lourdement trompés.

« Nous savions qu'il était un homme aisé, sans soupçonner à quel point il l'était. Il laisse sept immeubles, cinq grands entrepôts, neuf terrains et une grosse fortune. Pendant toutes ces années, il a recensé les sans-abri et les malheureux, dressant plusieurs listes, pour aboutir à une liste finale où sont inscrits ceux qui se partageront son héritage.

« Désormais, il n'y aura plus en ville un seul Juif sans un toit. Les vieillards, les orphelins, les veuves, les malades, les pauvres, tous recevront une pension mensuelle qui leur permettra de vivre décemment.

« Monsieur Yitzhak Hollender – c'est son nom pour ceux qui l'ignorent – m'a nommé légataire testamentaire avec le docteur Meiser, juge honoraire. Ce n'est pas une tâche aisée, mais nous ferons de notre mieux. Dites-vous qu'il n'y aura plus en ville un seul Juif nécessiteux, chaque malade dans le besoin aura droit à un lit à l'hôpital, à des médicaments à la pharmacie, et tout cela à partir des fonds abondants qui, selon nos estimations, devraient fructifier durant de nombreuses années. Désormais, nous n'appellerons plus Yitzhak Hollender "l'homme à la jambe coupée", mais "le sauveur de l'homme". »

Ahurie, la foule ne bougeait pas, attendant que le docteur Zeiger poursuive, commente, mais il descendit de la caisse pour se recueillir, le visage de nouveau sombre.

Alors que tous étaient encore frappés de stupeur, Slovo monta à son tour sur la caisse et entonna d'une voix spectaculaire la marche militaire *Maria, Maria*, seul dans un premier temps, puis avec la gigantesque chorale formée par l'assemblée, exactement comme sur la rive. On ne pouvait plus l'arrêter : du haut de sa caisse, il dirigeait les voix comme un chef de chœur.

Cela dura longtemps. À la fin du dernier refrain, les gens s'apprêtaient à se disperser, quand des hommes soulevèrent la femme à qui l'on avait ôté une tumeur. Une clameur réclamant *La Traviata* parcourut la foule.

Une voix profonde et puissante jaillit, justifiant pleinement le surnom de « rossignol de Bucovine » qu'elle avait eu par le passé. L'espace d'un instant, sa voix extraordinaire résonna comme pour dire : Un homme vient tout juste de monter au ciel. Nous ignorions à quel point il était des nôtres. Maintenant que nous le savons, nous implorons sa grâce. Il a suffisamment souffert durant sa vie, que le ciel lui soit clément.

Le chant prit fin, mais l'assemblée ne bougeait pas. Tous attendaient que quelqu'un monte sur la caisse, dise quelque chose ou chante. En vain.

Le docteur Zeiger se fraya alors un passage, marqua un arrêt au portail, puis sortit du cimetière, la foule à sa suite.

85

Nous étions au salon. Maman servait du thé dans les verres oblongs.

« Quel homme étrange. Je n'imaginais pas qu'il était doté d'une telle hauteur d'âme, dit mon père, avant d'ajouter : Les apparences sont toujours trompeuses. »

La femme qui était son amie d'enfance dit : « Mon père lui a acheté la maison dans laquelle je vis aujourd'hui. La négociation fut âpre. Il ne cédait pas d'un pouce sur le prix. Mon père était un homme doux. Déstabilisé par cette opiniâtreté, il a fini par céder à ses exigences. Mes parents ne l'aimaient pas. C'est ça, les riches. C'est comme ça qu'ils s'enrichissent.

– Mais, en définitive, l'argent retournera à ceux à qui il l'avait pris », remarqua maman.

Ils changèrent de sujet, mais la silhouette de l'homme à la jambe coupée ne quitta pas le salon. Je le vis assis sur l'herbe et se dresser soudain sur ses béquilles qui lui conféraient une belle allure, et sans lesquelles il aurait eu l'air piteux. Quand il prenait appui sur elles, il semblait être le maître de la rive, prêt à prophétiser. Apparemment, il aimait beaucoup Peppy, et c'était réciproque. Mais c'était un amour impossible. Peppy allait faire partie de ceux qui recevraient leur part d'héritage.

Cette soirée dans notre salon, après l'enterrement, fut douce finalement. Papa avait adopté quelques qualités de maman : il observait, écoutait, n'émit pas de réserves et ne contredit personne. La pipe ne quitta pas sa bouche.

Maman servait à manger, remplissait les verres de thé chaud, témoignant son affection à chacun.

C'était le milieu de l'automne. Dans les jardins publics, les avenues et le jardin, les feuilles se détachaient des arbres dans des couleurs flamboyantes. Nous passions des heures dehors, à contempler cette beauté qui ne reviendrait pas.

Mon père essayait toujours de vendre la fabrique, je me battais contre Piotr, et mes notes chutèrent. Quand mon père lut mon bulletin, il demanda ce qui s'était passé, un sourire en coin.

De son côté, maman mettait toute son énergie dans la préparation de plats délicieux et inventait un nouveau menu chaque jour. Mon père ne pensait pas toujours à louer ce qu'elle faisait de ses mains.

Le docteur Zeiger et le docteur Meiser avaient réussi à vendre trois immeubles et avaient aussitôt distribué l'argent aux pauvres, qui marchaient désormais dans la rue, le visage éclairé par un sourire discret. Cette grâce invisible me faisait aimer les ruelles du quartier pauvre. Même le docteur Zeiger sortit de la mélancolie dans laquelle il avait été plongé pour chanter les louanges de l'homme à la jambe coupée : « Aucun homme avant lui n'avait relevé d'un coup une foule d'indigents si considérable. Il a laissé une grande fortune, mais ce n'est pas tout. Chaque jour nous découvrons de nouveaux biens qui lui appartenaient. Les fonds subviendront aux besoins des pauvres pendant de très longues années. » Les yeux du docteur Zeiger qui avaient vu tant de souffrances et d'injustices disaient : Quelque chose de cette injustice a tout de même été réparé.

Les soirées à la maison étaient tranquilles, nous restions entre nous. Le sentiment que rien ne serait plus comme avant ne nous inclinait pas à sortir beaucoup. Nous chérissions chaque instant. Les meubles, les ustensiles, les gravures aux murs, les objets collectionnés par ma mère au fil des années dévoilaient leur minutieuse harmonie.

Le sentiment grandissant que ce qui avait été ne serait plus m'enveloppait d'une étoffe mélancolique. J'éclatais parfois en sanglots. Maman me serrait alors contre elle en disant : « La guerre est encore loin, les gens ont tendance à exagérer, tout est calme pour l'heure. Ce soir, Gusta et le docteur Zeiger viendront. Je vais préparer un repas dont vous vous souviendrez tous très longtemps. »

Du même auteur

Histoire d'une vie
Prix Médicis étranger 2004
Éditions de l'Olivier, 2004
Points n° P1384

L'Amour, soudain
Éditions de l'Olivier, 2004
Points n° P1551

Floraison sauvage
Éditions de l'Olivier, 2005
Points n° P1867

L'Héritage nu
Éditions de l'Olivier, 2006

Badenheim 1939
Éditions de l'Olivier, 2007

Tsili
Points n° P1258

Le Temps des prodiges
Points n° P1259

L'Immortel Bartfuss
Points n° P1385

Katerina
Points, n° P1799

La Chambre de Mariana
Éditions de l'Olivier, 2008
Points n° P2258

Et la fureur ne s'est pas encore tue
Éditions de l'Olivier, 2009
Points n° P2511

Le garçon qui voulait dormir
Éditions de l'Olivier, 2011
Points n° P2807

Les Eaux tumultueuses
Éditions de l'Olivier, 2013
Points n° P3224

Adam et Thomas
L'École des loisirs, 2014

Les Partisans
Éditions de l'Olivier, 2015
Points n° P4357

De longues nuits d'été
L'École des loisirs, 2017

Des jours d'une stupéfiante clarté
Éditions de l'Olivier, 2018
Points n° P4908

RÉALISATION : NORD COMPO À VILLENEUVE-D'ASCQ
ACHEVÉ D'IMPRIMER SUR ROTO-PAGE
PAR L'IMPRIMERIE FLOCH, À MAYENNE
DÉPÔT LÉGAL : MARS 2020. N° 1468 (95901)
Imprimé en France